ハヤカワ文庫 SF
〈SF2412〉

ブレーキング・デイ

—減速の日—

〔下〕

アダム・オイェバンジ
金子 司訳

早川書房

8953

BRAKING DAY

by

Adam Oyebanji

Translated by

Tsukasa Kaneko

First published 2023 in Japan by

HAYAKAWA PUBLISHING, INC.

This book is published in Japan by

arrangement with

JABBERWOCKY LITERARY AGENCY, INC.

through THE ENGLISH AGENCY（JAPAN）LTD.

ブレーキング・デイ

―減速の日―

〔下〕

登場人物

ラヴィンダー（ラヴィ）・マクラウド……機関部訓練生

ロベルタ（ボズ）・マクラウド…………ラヴィのいとこ

ヴラディミール・アンシモフ…………ラヴィの友人。機関部訓練生

ソフィア・イボリ…………………航法部訓練生

ジェイデン・ストラウス＝コーエン………ソフィアの恋人。船内弁護士

ユージーン・チェン・ライ……………中佐機関長

メラティ・ペトリデス…………………大尉副機関長

ウォレン………………………………大尉教授

ヴァスコンセロス……………………船内警備隊《シップセク》隊長

カディラ・ストラウス＝コーエン四世……チーフ・パイロット。船長

クル
ファフニール
コンリット
アオ・クィン
…………………ドラゴン

リゼット………………………………謎の少女

アンドリ………………………………リゼットの弟

イシュベル……………………………リゼットのLOKI

アイザック……………………………〈ニュートン〉のLOKI

25.0

「人間をハッキングするなんてできるわけないよ」とボズがいった。「そんなの不可能だって」彼女はタバコに火をつけようとしたが、手が震えてうまくいかなかった。タバコの細い筒が彼女の指から離れ、ふわりと床に落ちていった。ボズはののしりのつぶやきとともにそれを拾いあげようとして跳びついた。

ラヴィは小さな笑みを唇に浮かべた。

「きみがそのやり方を知らないからって、不可能だっていうことにはならないよ。それに、誰かがぼくの頭のなかで勝手に遊んでるといったのはきみのほうだろ?」

ボズが床板から顔を上げた。その表情は苦々しげだ。

「うん、だけど、あたしが想定してたのは、医師やチップセットのメンテナンス担当技術者とかだよ。どこかのろくでなし《ガルグローパー》が、あんたのインプラントをコードでめちゃくちゃにしたっていうような。誰かがあんたの生物学的な脳を乗っとって、幻覚を見せたり、〈アーキー〉にかけて、本物のメッセージを夢のなかに送りこむなんてのは考えてもいなかったよ」彼女はタバコを拾いなおし、床の上であぐらをかいた。「人間の脳には一千億ものニューロンがあるんだよ」と彼女がこともなげに指摘した。「フェイルセーフやらバックアップやら、大量の自己防衛のためのミラーニューロンのメカニズムなんかがあって。他人が気軽に入ってきて、単にあんたをハッキングなんてできるわけないんだよ。それに、たとえできるとしても、そのために必要な処理能力については？　そんなの不可能だよ」

「それじゃ、ぼくはハッキングされたんじゃないのかい？」ラヴィの声には皮肉がたっぷりとしたたっていた。奇妙なことに、絶望的な恐怖というほうがふさわしい状況であるにもかかわらず、彼のいとこ、すなわち船団内でもっとも札つきのハッカーである彼女が、言葉ではいいあらわせないほど困惑しているのを見ていると、かえっておもしろく感じた。

　彼女は後頭部を思いきり張りとばされたかのように見えた。

　ボズがようやくタバコに火をつけた。心を落ちつけるかのように、深く吸いこむ。

「違うね」彼女がゆっくりといった。「あんたは完全にハッキングされてた。だけど、くそっ、ラヴィ、そんなのは不可能なはずなんだよ。あたしだって、どうやってはじめたらいいのか、そのとっかかりさえわかってない」彼女の表情がいきなりいたずらっぽいものになった。「だけど、どこを探せばいいかはわかってる」

「なんだって？」

「どこを探せばいいかはわかってる、っていったんだよ」とボズがくり返した。彼女は最初にハッキング信号があらわれたところまでログを戻していった。「これが起きたとき、あんたがどこにいたのかを考えてごらん。あんたは船尾まで半分ほどたどったあたりにいた。より重要なのは、エンジン室のルーターがダウンしてたから、あんたは〈ハイヴ〉に接触できないところにいた。しかも、一人きりで」ボズの表情がはっきりといたずらっぽいものになった。「そしてあんたは次に何をしたんだっけ？　何をしつづけたの？　何度も何度もくり返して？」

ラヴィのみぞおちに、何かが沈む感覚があった。

「〈ハイヴ〉に接触しようとしつづけた」と彼はみじめな気分でいった。「全力でコードを発信して」

「そのとおり。そして誰かがそれを拾った。あんたのチップセットが〈ハイヴ〉に接触しようとしてたところに、求めてたものを送り返してきた。そうやって入りこんだ。そしていったん入りこむと……」彼女のいとこがあきらめを示して肩をすくめた。

ラヴィはもう一度ログを早送りしていった。いまは何を探せばいいのかがわかっていたから、見のがしようがなかった。数日《ソル》おきにハッキング信号があらわれ、そのたびに前回とはかすかに違っていた。より洗練され、あたかも失敗から学んでいるかのようだ。そしてハッキング信号があらわれるたびに、彼は奇妙な夢か、あの娘を目にしていた。だが不思議なことに、彼が目覚めているときに見た幻覚と相関関係はなかった。あれはランダムにやってきては消え去るようだった。彼は再生を止め、眉根を寄せた。

「妙だな」とつぶやく。

「何が？」

「信号だよ」彼はハッキングされた日《ソル》までログを巻き戻していった。「最初の頃のはもっとシンプルだった」と彼は説明した。「けど、これは層になってる。かすかに位相がずれてる。まるで、向こうの誰かが——」

「ブースターを使ってるみたいに！」

「そう」

「それなら意味はとおるね」とボズが考えこみながらつぶやく。「明らかに、〈ニュートン〉には〈アルキメデス〉まで信号を飛ばす電力が充分にある。ブースターを使って安定させるのは無用な努力だ。だけど、あんたのちっちゃな頭には？」彼女は自分の頭を振った。「可干渉性《コヒーレント》の信号をそんなに遠いとこまで送り返すなんてできるわけがない。〈アーキー〉の鉤爪《かぎづめ》にかけて、ラヴィ、あんたは船の中心軸をたどる途中で〈ハイヴ〉との接触が途切れたけど、どれくらいのところだっけ？　十キロくらい？」

　ラヴィはうなずいた。

「こいつは両方向性のものなんだよ」とボズが彼に思い出させた。「あんたがはじめにコードを読まれてなきゃ、ハッキングされるはずもない。だから、誰かがずっと近いところで耳をそば立ててなきゃいけなかった。ずっと近いところでね。数千キロ以内――だとしても、そいつがほんとにでかい耳をもってると仮定しての話だよ」

　ラヴィの胃袋が不安のために揺さぶられた。その誰かがそれほど船に近づいていながら、誰にも見つからずにいたことに背筋がぞっとした。

　彼はログを早送りしていった。途中でまた止めて、眉をひそめる。

「これを見てごらんよ」と彼はいった。「信号が変わってる、ほら。別の層が加わってる」

「ふたつめのブースターかな？」

「そうに違いない。けど、どうして？」

「接触しやすくするために」とボズは自信がなさそうにいった。「通信しやすくするために。そして……」

　彼女は口をつぐみ、その先をつづけようとはしなかった。

「そして、なんだっていうんだい？」とラヴィはうながした。

「あたしは機関士じゃないから」ボズがのろのろといった。「完全に間違ってるかもしれない。ただし、あたしは間違いなんかしないけど」

　ラヴィは疑わしげにぴくりと眉をつり上げた。

「それで、きみが間違ってないっていうのは何についてかな？」

「あんたの新たなブースターはここにある。船内に。これがそのベクトルだよ」彼女はラヴィが反論する前につけ加えた。「そうでなけりゃ、方向のつじつまがあわないよ。ほらね？」

　ラヴィにも見てとれた。胃のむかつきがひどくなった。〈ニュートン〉の何者かが数十万キロの——もしかしたら数百万キロだろうか——かなたから接触してきて、〈アルキメデス〉のすぐ内側に何かを置いた。そして、連中がいったいどうやったのか、いまのラヴィにははっきりとわかっていた。

　ボズもだ。

「船内警備隊《シップセク》を信用するなって、何度いって聞かせたと思う？」と彼女がいいつのる。

「〈ボーア〉の士官は、あんたをまんまとだましたんだ。〃ハイジャックされた探査機〃か、こいつは驚いたね」彼女は唾を吐き捨てんばかりの剣幕だった。「あんたが外で目にしたUFOは船団とは何も関係がなかったし、あたしたちのミッションとも関係がなかった。〈ニュートン〉と関係があったんだよ。忌々しい《サーディング》運搬船だったんだ。わずか五十キロの距離まで近づいて、積荷をほうり出し、そして離れていった。船内警備隊《シップセク》はあんたの訪問客が何をしてるのかまでは知らなかったのかも」とボズが認めた。「だけど、その正体をきっと知ってたはずだよ。連中はあんたに嘘のかたまりを食らわせて、五十リットルもの自由に使える水でもって喉に流しこませたんだ」

ラヴィは懸命に吐き気をこらえようとした。ボズが安心させるように彼の肩をぽんと叩く。

「明るい面を見てみるとしようか」と彼女が陽気にいった。「少なくとも、あの小さな黒い玉がなんのためなのかがわかったわけだろ」

ラヴィは時計を確認せずにはいられなかった。〇二〇五という数字がまぶたの裏に音もなく刻まれる。夜サイクルのあいだじゅう一睡もできずにいた。なぜなのかは彼もよくわかっていた。〈ニュートン〉、ゆくえ知れずの黒い玉、謎の娘、そうしたすべてのせいだ。

彼には完全にお手上げだった。

宇宙の黒い闇のどこかに、もう一隻の宇宙船が存在している。船団のどの船よりも大きく、より近代的で、装備もすぐれているものが。それは船団といっしょに出航した宇宙船で、かつては船団の一部だった。それなのに、その存在をいまは誰も認めようとしない。その船がそこにいることは士官連中も知っているというのに。それこそは、彼のインプラントを焼き焦がすほどに悩ませている原因だ。士官、少なくとも上級士官はあの船の存在を知っている。誰かが過去の記録ファイルを隠蔽するように命令を出し、それをつづけてきた。彼が小型艇に乗ったときに目にした謎の物体について、誰かが〈ボーア〉の船内警備隊《シップセク》に嘘をつくことを命じた。それと同じ誰かが、小型艇にセンサー計器を搭載するように命じた。それは度を超えて性能が高いため、接近してくるそうした探査機を探知できるように設計されていた。

そして〈ニュートン〉のほうも似たようなものだ。船団が〈ニュートン〉の存在を隠そうとしているとすれば、〈ニュートン〉も全力でその手助けをしている。向こうが無線をひとつ発信するだけで、この秘密は明らかになる。それでいて、〈ニュートン〉は沈黙したまま進みつづけた——しかも、数十年にわたって。なぜだろうか？

そして〈ニュートン〉からやってきた小さな黒い玉がある。頭がイカレているにしてもほどがある話だが、彼がうかつにも誰にも打ち明けずに船内に持ちこんだ、あの危険なＬＯＫＩ《ロキ》のことが。そしてあれは、彼の居室の収納箱の壁を食い破って逃げることで彼の好奇心に報《むく》いた。もしあれがハッキング信号の単なる増幅器であって、彼の頭のなかに入りこみやすくするための手段だとすれば、なぜ逃げ出したのだろうか？　そしてあれはいま、ハンガリー輪にかけて、いったい何をしているのだろうか？　急なイメージが彼の頭のなかに押し寄せてきた。あのＬＯＫＩが外殻のプレートを突き破って外に出て、クモのように船の中心軸を這い進み、エンジン室を目指すようすが。そう考えて、彼はぶるっと身を震わせた。

そして、そもそも、なぜ彼がハッキングされたのだろうか？　何が目的だったのか？　夢や幻覚は、どれをとっても腹だたしいほどにあいまいだ。ハッキングに関するかぎり、あまり洗練されたやり方のようでもなかった。肉体を乗っとって、この船を破壊させることなどできないのは、確実に断言できる。それに意思の疎通をはかりたいのなら、もっと簡単な方法があるのではないだろうか？　なぜわざわざこんな手間をかけるのか？　そして、なぜ彼が対象に？　単に船長にメッセージを送ることはできなかったのだろうか？

「すべてがあまりにもこんがらかっている。そうじゃない？」

ラヴィはがばっと起きなおり、呼吸はおびえたかすかなあえぎとして漏れ出た。あの娘がベッドの足もとにすわっている。

「きみは本物じゃない！」彼は愚かにも、声に出していった。「ぼくの頭のなかにだけ存在してるはずだ！」

彼女が、例のわずかにゆがんだ八重歯を見せて笑った。

「すべてが頭のなかにだけ存在してるんじゃないの？」と彼女がからかう。奇妙なアクセントが彼の耳の奥に響いた。「脳がなかったら何も見てとれないでしょ？」

彼女の姿が目に見えるはずがない、ということに彼は思いあたった。明かりはついておらず、それはつまり、真っ暗であることを意味している。自分自身の手さえもろくに見えない。

それなのに、彼女はそこにいて、どこかおかしい青い作業服を着ているのが昼サイクルなみの明るさで見えた。彼女が立ち上がり、ラヴィの枕もとに膝をついた。彼は悲鳴をあげないようにつとめたが、あまりうまくいかなかった。

「ぐっすりおやすみなさい」と彼女がやさしくささやく。「朝になれば、もっとはっきりわかるようになるから」

娘が彼の額に手を置いた。ラヴィはその手を感じることができた。やわらかで、気がやすらぎ、そしてかすかに温かい。「あなたに必要なのは、ひと晩ぐっすり眠ることだけよ」

「冗談はよせ」と彼はいいかけた。「こんな状態で、ハンガリー輪にかけていったいどうやって眠ることができるっていうんだ？」

だが、彼が最後までいい終えることはなかった。

あの娘は不均等な三角形の芝生に立っていた。どこかおかしい作業服の裾はくるぶしまである黒いブーツにたくしこまれ、そのブーツは彼自身のものとまったく同じように見える。彼女はリンゴの木陰《こかげ》から彼のベッドのほうへと歩いてくる。彼は毛布の下に身体を横たえ、温かな枕に頭が沈みこんでいる。彼は起き上がろうとしたができなかった。マットレスはあまりにやわらかで、あまりに気持ちがいい。彼は起き上がろうとするのをやめた。

そしていま、娘は彼のかたわらに立って顔を近づけた。

「あなたの助けが必要なの」と彼女がいった。

「どうして？」と自分がしゃべるのを聞いても、彼はもはや驚きもしなかった。

「どうしてかというと、あなたはわたしたちの手が届くところにいた唯一の人物だったから。理解してくれそうな唯一の人物だった」娘はベッドの足もとのほうに移動して腰をおろした。この場面は奇妙に見覚えがあったが、なぜなのかはわからなかった。

「理解するって何を?」

娘は暗い顔になったように見えた。それとも、空が暗くなったせいかもしれない。どちらともつかなかった。

「わたしたちの船が危険な状態にあることを。わたしの船と、あなたの船も」

急にはっきりと、自分が夢を見ているのだとわかった。そして夢のなかでなら、なんだって好きなようにできる。彼はベッドの上で起きなおった。

「危険って、どんな?」と彼は問いただした。

「お互いが危険な存在なの。わたしの船はあなたたちを殺したがっている。あなたの船団はわたしたちを殺す準備をしている」

ラヴィは笑い声をあげた。その声が夢の世界に、大きくぶしつけにこだまする。

「そんなはずはないよ。船団は武装してもいない。ぼくらのミッションは未知の惑星への入植で、戦争をするためじゃない」彼の想像上の声が険しさを増した。「もう二度と戦争は起きない」と彼は主張した。「ぼくらはそういうのをすべてあとに残してきた――それこそは、ぼくらがここにいる理由のひとつなんだ」

ふふっという娘の笑い声は小さく、ハチミツのようになめらかだ。

「あなたの船団は長距離センサーをつくって、わたしたちの船を見つけようとしている。

それにあなたの船は、本来いるはずの位置座標にいない。ひそかにエンジンを作動させて位置を変え、われわれの探査機から隠れようとしている。そして、あなたたちの声はもう聞こえてこない。無線を使わなくなったからよね」わかっているのよ、といいたげな笑みを彼女が向けた。「これは友人同士がとるような行動じゃない。あなたたちは武器もつくっている」

娘の言葉は的を射ていた。新型のセンサーの性能についてアンシモフが疑問をもらしていたことや、無線通信を禁じられたこと、それにもちろん、夜サイクルのあいだにドライヴ機関に点火されていることを彼は思い出した。船の向きの変更は偶然ではないと彼は気づいた。〈ニュートン〉とそのセンサーから角度を変えて離れようとしたのだった。

「ぼくらが隠れようとしているというだけで」とラヴィはいった。「武器をつくっているということにはならない。だけど、きみたちのほうは……」彼はいきなり娘に疑わしげな視線を向けた。「きみたちはすでに武器をつくっているんだろ？　そうやってぼくらを殺すつもりなんだ」彼は夢のなかの声から皮肉を消し去ろうとはしなかった。「それだって友人同士のとるような行動とはいえない」

彼女がうなずく。

「それはあくまでも計画よ」と同意してから、みずから訂正した。「計画のひとつよ」

夢のなかの空が夜になった。またたきひとつしない星々が天空にちりばめられている。しかしながら、娘はまるで何か見えないスポットライトに照らされているかのように輝いていた。ラヴィは少しのあいだ彼女をまじまじと見つめて、自分が何を目にしているのか確かめようとした。

「どうしたらきみのいうことを理解できるんだろうか？」と彼は尋ねた。「きみがいってることは意味がとおる一方で、この……すべて、ぼくらがいるここは、とにかく狂気の詰まったエアタンクみたいだ。それに、きみはぼくとときどき会話ができるのに、なぜほかの者とはそうできないのかな？」彼はいったん口をつぐみ、急に顔をくもらせた。「それとも、ぼくの頭がおかしくなっただけかも。もしかして、これはすべて現実には起きていないのかも」

「もしあなたの頭がおかしいのなら、そういう疑問はもたないと思うけど」と娘はいって、にっこりした。「残りの部分については、わたしの脳があなたの脳とじかに話そうとしているの。インプラントを使って、ほかにも多くのプロセシングをとっかかりにして。これは通信リンクを使うのとはわけが違うのよ、ほら。脳というのはトリッキーなものだから。あなたにさまざまな映像を見せることはできるけれど、どういうわけか音のほうは——本物じゃない音は——伝えるのが難しい。そして意味をもつ音となるとさらに難しい。はじめは簡単な言葉を試してみたんだけど、あなたの脳はそれを違うものに変換してしまった。わたしたちがはじめて会ったとき、わたしは〝おーい〟って何度も何度も呼びかけたんだけど、あなたに聞こえたのはそうじゃなかったはずよ」彼女は小首をかしげた。「ところで、最初にわたしを見たときにどんなふうに聞こえていたの？」

ラヴィはあのときのようすを思い返した。エンジン室に降りていく途中で割れるような頭痛があった。そうして……

「船殻の外で何か叩く音が聞こえた。誰かがレンチで思いきりプレートを叩いているみたいな。そうして、いきなりきみがエアロックの外側に宇宙服もなしにあらわれて、ぼくは忌々しい《サーディング》ほど肝をつぶしたんだ」

「なるほど」と娘がいって、眉をひそめる。「ちっともうまくいってなかったのね？」だが彼女は、たちまち明るい顔になった。「でも、いまは改善された。接触するたびに、脳のマップは前回よりも少し正確になって、どの刺激の組みあわせがどんな結果を生むのかわかりはじめてる。けれど、言葉のほうはまだ難しい。最初にあなたとつながったとき、ちょっとぎこちなかったと思う」

「頭がまっぷたつに割れるかと思ったよ」とラヴィはこぼした。「〝ぎこちなかった〟という表現じゃ全然足りないよ。ぼくは気絶したんだ」

「ええ、ごめんね。あなたが眠っているときのほうが通信は容易だとわかったの。ほかにじゃまになる活動が少なくて、脳内で発火しているニューロンの数も少ないし。もっとも、まだ頭痛は起きているんじゃないかと思うけど。そうだとしても、さっきもいったとおり、脳というのはトリッキーなものだから、わたしたちのメッセージは夢に変換された。意味や概念があなたに移ると、別のものに変わってしまう――」

「忌々しい《サーディング》悪夢に」

「わたしとしては、寓喩《ぐうゆ》といいたいところだけど、それでもかまわない。だけど、その点でもわたしたちは上達してる。はるかにうまくなったわ。いまのわたしたちは、ちゃんと話したりできるし、意味も通じてる。ただし、夢のなかでだけど。そして次回は、もっと容易になってるはず。あなたは目を覚ましてさえいられるかもね」彼女がいたずらっぽく微笑《ほほえ》んだ。「あなたの頭は、開いた本のように簡単に読める状態だから」

「きみはぼくの身体を乗っとれるのか？　たとえば、誰かを傷つけるとか？」

「ううん、それはわたしたちにできることの範囲をはるかに超えていて、とうていできそうにない」またさっきの真剣な顔つきになった。「だけど、わたしから説得することはできる。あなたの脳内の化学物質をかるくいじって、あなたが何かをしたいんじゃなくて、そうする必要があると思いこませることが。本来なら、あなたがためらうかもしれないようなことまでも」

「たとえば、誰かにケーキを食べる必要があると思いこませるとか？」

「そのとおりよ」と娘はいって、にっこりした。

「でなけりゃ、船に異物を持ちこませるとか？」

娘の笑みが消えた。

「ええ、それについては悪かったと思ってる。でも、時間が尽きかけていて、わたしたちは必死だった。こういって何かのなぐさめになるのなら、わたしは本当にあまりたいしたことはしなかった——したくてもできなかったの、本当に。いまのところは、まだとても難しくて。あなた自身が熱心にそうしたいと思わなければ、けっしてうまくいかなかったでしょうね」

「それで、あれはいったいなんなのかな？　爆弾？　生物兵器？」

「ううん、違う、そんなのじゃないのよ。ただのドローン。そしていまのおもな目的は、ブースターの役割を果たすこと。あれのおかげで、あなたの頭のなかに入りこむ道筋を見つけるのが容易になった。意思の疎通をはかるのが容易になった。だけど、あれはけっしてあなたに害をもたらすことはない。絶対に。わたしたちは友人になりたいの」

「なぜぼくらは友人じゃないんだい？　つまり、きみたちとぼくらの船団のあいだでということだけど。ぼくは〈出航の日〉のビデオを見なおした。ぼくらはいっしょに出発した。ひとつの船団、ひとつのミッションとして。いったい何が変わったのかな？　なぜきみたちはぼくらを殺そうとしてるんだ？」

　彼のベッドが急にぐいっと動いて、左右に揺れだした。ただし、それはもはやベッドではなく、ヨットだった。長いマストが彼の頭上高くに伸びて、視界から消えている。船腹は鏡のようになめらかな黒い水面の上で揺れている。ラヴィは舷側に身を乗り出して、両手で水をすくってみようとしたが、うまく届かなかった。

　ヨットは動いていて、あの娘は舳先《へさき》のほうにすわり、水が――大量の水だ――かすかなさざ波をたてて舳先から両側に分かれていく。ヨットはスピードを上げ、水平線を目指して駆けていく。前方の空に低く浮かんでいるのは白く輝く星だ。彼が見守るあいだに、それはますます大きく、ますますいびつになって、複数の輪を備えた頭と、長い長いしっぽを生やし、その先はフレア状に広がってふくらんだ先端で終わっている。

〈ニュートン〉だ。まだ遠く小さく、しかしヨットの舳先が上下するたびにぐんぐん近づいてくる。彼はあの娘をじっと見つめていた。彼女は待ちきれないようすで身を乗り出し、近づいてくる宇宙船を注視して、意思の力で呼んでいる。夢が変化したのだと彼は悟った。もはや彼の夢ではない。彼女の夢だ。

娘が彼に向きなおった。その肩ごしに宇宙船が浮かぶ。彼女の表情はどこか悲しげだ。

「わたしたちは一度も友人同士だったことはなかったの。そもそもはじめから。あなたの祖先、つまり〈自由財団《リバティ・ファウンデーション》〉は、ＬＯＫＩに対して不信感があった。わたしの祖先、つまり〈人類継承会《ヒューマン・ヘリテージ》〉は、ＬＯＫＩになんの問題も感じていなかった。でも、人々に対して不信感があった。誰もがインプラントに頼りすぎるようになったと考えた。耳の不自由な者でも聞こえるように、目の不自由な者でも見えるように、手足の不自由な者でも歩けるようにする手段として研究がはじまったものが、単にいき過ぎたと。誰もが自由にそれを手に入れ、コンピューターにアクセスし、マシンを操縦し、そのほかにもかつては手と脳を使っておこなっていたさまざまなことをできるようになった。あなたのご先祖たちはＬＯＫＩがわれわれの人間性を奪っていると考え、わたしのご先祖たちはインプラントに過剰に依存しているせいだと考えた。どちらの集団も、どこかほかの世界で新たな生活をはじめたがっていて、どちらの集団も、その〝どこかほかの世界〟というのはくじら座タウ星がうってつけだと考えた」彼女は甲板に腰をおろし、ヨットの舳先の壁にもたれ、膝を顎の下まで引きつけた。「あなたたちの呼び方でいう〝船団〟は、打算的な結びつきの産物だった。ＬＯＫＩはくじら座タウ星への入植計画を途中で放棄した。あなたのご先祖たちは出来あいの星間宇宙旅行のミッションと宇宙船三隻を買いとることができた」彼女は苦笑いした。「あなたたちは四隻目のオークションにせり負けた。〈星間宇宙船《ISV》-4ニュートン〉は〈ヒューマン・ヘリテージ〉が落札した。同じ行き先、同じミッション計画。両集団は一心同体で、切っても切れない関係にあった。出航日さえもいっしょで」

「それなら、何がうまくいかなかったのかな？」

「はじめのうちはよかった。船はあなたがビデオで見たとおりに出航して、太陽系を出て、約一年後にドライヴ機関をシャットダウンした。どの船も居住区輪を回転させて、巡行速度に落ちついた。でも、その数カ月後にスケイリン疫病が大発生した」

この夢の状態にあってさえ、ラヴィは喉が締めつけられるのを感じた。LOKIが設計した猛烈な生物兵器、スケイリン疫病は致死率が九十パーセントだった。それは乾いた咳からはじまり、つづいて不ぞろいの三角形をした緑色の膿疱《のうほう》が皮膚を覆って、そのあとに死が訪れる。治療法はなかった。

「〈出航の日〉よりも前にスケイリン疫病の流行があったことは知ってるよ」と彼はいった。「ホーム・ワールドで。でも、船団内でそれが発生した記録はどこにもない」

「でしょうね。発生したのは〈ニュートン〉だけだった。わたしたちは疫病を封じこめて、感染する前に人々を船外に移そうとした。でも、ほかの船は誰もわたしたちを受け入れようとしなかった。せめて子どものいる家族だけでもと残りの船団に頼みこんだのに、あなたの祖先は拒絶した。そのあとで子どもと母親だけでも避難させてほしいと頼んだ。少なくとも、そのときまでに亡くなってはいない者たちを。それでもあなたたちは拒絶した。最後に、わたしたちは捨てばちになって、なんとか生き延びることのできた、感染していない子どもたちだけを小型艇に乗せて、〈ボーア〉に向けて送り出した」彼女の声ににじむ苦々しさは取り違えようもなかった。「片道ぶんの燃料と生命維持サポートだけを積みこんで」そういって、彼女が肩をすくめた。「あなたたちがそれまでのふるまいを恥じて、人命を尊重した行動をとってくれるものと考えたの。だけどわたしたちは間違っていた。〈ボーア〉はドッキング・ステーションを使用不能にして、エアロックにバリケードをこしらえた。彼らは小型艇に触れようともせず、物資を補給して送り返すことさえもしなかった」彼女の喉に何かがつかえた。「子どもたちは死んだわ、ラヴィ。百七十三人全員が。そして全員が死んだと完全に確認できたとき、彼らは小型艇を安全な距離まで牽引してから爆破したの」娘の唇が細い筋に引き結ばれた。「よければ、子どもたち全員の名前を教えてあげるわよ。わたしたちの学校では、最初に教わることのひとつなの」

ラヴィはぞっとして、首を振った。それでいて、どうしてか、前にもこの話を聞いたことがあるように感じた。見えない風に押され、夢のヨットが果てしない水の広がりを音もなく切り裂いていく。前方には、船首のはるか先に〈ニュートン〉が低く浮かび、さらに大きく迫ってくる。すでにかなり近づいていたから、塗装はどこも剝《は》げていないし、細長く伸びた格子の中心軸には疵ひとつなく、氷もついていないのが見てとれた。巨大な居住区輪は全部で十個あり、それぞれが互いに逆方向に回っている。〈アルキメデス〉や〈ボーア〉や〈チャンドラセカール〉とは違って、この船は一日《ソル》たりとも古びていない。この船は完璧な状態だった。彼は娘に注意を戻した。

「でも、最終的にきみらは生き残ったわけか」と彼は指摘した。「そうじゃなかったら、ぼくらはこの、ええと、会話をしていないだろうから」

娘がかすかな笑みを浮かべた。

「わたしたちは生き延びた」と同意する。笑みは消え去った。「ほんの一部が。〈ニュートン〉は総数二万一千人のクルーで地球を離れた。疫病がすっかりおさまった頃には、四千人未満まで落ちこんでいた。治療法を見つけていなければ、もっとひどかったでしょうね」

「治療法を見つけただって？」とラヴィが驚きのあまりくり返した。「スケイリン疫病の？」

娘がうなずく。彼女の背後では、ヨットが〈ニュートン〉を出迎えるかのように舳先を持ち上げている。彼は夢のなかの目を細めてよく見ようとする誘惑にあらがった。船のまわりを飛ぶ影がいくつか見えた。というか、見えたような気がした。明るい船腹を背景にした、つかの間のシルエット。はっきりと見てとることはできなかった。

「わたしたちはスケイリン疫病を根絶した。でも、わたしたちは無力だった。船長や上級士官は命を落とした。植物学者もおらず、水耕栽培所はだめになった。環状通路で暴動が起きた。もしも船が自分の面倒を見ることができなかったら、そして何をどうすればいいのかわたしたちに教えてくれなかったら、わたしたちは餓死するか、仲たがいしてばらばらになっていたでしょうね。そういったわけで、わたしたちの船は船団から離れて身を隠した。居住区輪でいろいろなことが起きていたから、当時のわたしたちがもっとも避けたかったのは、わたしたちが送り出した小型艇にしたのと同じことを船団がしてくることだった」彼女の目が涙できらりと光った——そして、果敢《かかん》な抵抗のしるしも。

「きみたちはぼくらを憎んでるに違いない」と彼はささやいた。

今度は彼女が首を横に振る番だった。

「わたしたち全員が憎んでいるわけじゃない」と娘がいった。「だからこそ、わたしはここにいるの。このいがみあいに終止符を打つために。わたしは大量虐殺に関わるつもりなんてない」

「何か計画があるのかい?」

「まさしく」八重歯ののぞく笑顔がいっぺんに戻った。「ただし、あなたがそれを気に入るかどうかは確信がないけれど。あなたには船団の武装解除をしてもらって、自動応答《トランス》装置《ポンダー》をオンにしてもらう必要がある。わたしたちのほうも同じようにするから」

目が覚めているラヴィならこれを聞いて警戒しただろうが、夢のなかの彼はぼんやりと聞いているだけだった。ヨットがわずかに片側に傾く。もう少しで〈ニュートン〉のもとにたどり着くが、まるでドッキングするつもりであるかのように中心軸に向かっている。両者はかなり近づいていたから、船のまわりにちらりと浮かぶシルエットが、もっとはっきりした形をとって見えるようになっていた。

夢であろうとなかろうと、ラヴィの口があんぐりと開いて、鼓動が速まった。飛びまわっているあれは……動物だ。生きている。ホーム・ワールドでは中世後期以降見られなくなった生き物だ。それとも、あれは人工的につくりなおされた生物なのだろうか？　彼には確信がなかった。頭のなかで検索し、その名前を探り出した。

そう、ドラゴンだ。空には全部で九頭いて、〈ニュートン〉のまわりで精緻《せいち》な空中の舞いを披露している。

だけど、ぼくらは宇宙空間にいるはずだろ、と彼の頭の合理的な部分が抗議した。あの連中はどうやって呼吸してるんだ？

そのなかの一頭が彼の思考を嗅ぎつけたかのようだった。赤や玉虫色に光る青緑色のドラゴンが彼のほうに頭を振り向けると、身体もそれにならって、ヨットのほうにしなやかに方向転換した。そうして次の瞬間には、それが彼らの頭上に達していた。唐突な恐ろしさで、その宝石のごとき目は怒りに満ちて、巨大な顎《あぎと》が大きく開き、ラヴィの背丈と同じくらいの長さがある牙を剝き出しにした。ドラゴンはヨットの高いマストよりもさらに上空で首をもたげ、彼らを見おろした。

「心配しないで」と娘がささやく。「いつもこうなるの」

だが彼女の声は安定していなかった。恐怖が彼の胸をわしづかみにした。娘が目を閉じる。

ひと筋の炎がドラゴンの口から吐き出され、彼らを包みこんだ。

26.0

「ドラゴン？」とボズがいぶかしげに問いただす。彼女の表情から、〈ハイヴ〉のライブラリでそれがどんなものか調べているのがラヴィにもわかった。「妙なものを夢に見たもんだね、さすがのあんたにしても」

彼女は朝食をほぼ食べ終えたところだ。フルーツと豆腐《トーフ》の最後の残りが皿の片隅にむなしく隠れていた。〈アンシモフの店〉は店内のあちこちからナイフやフォークがカチャカチャいう音や、早朝の客たちの低い話し声が響いている。

「ぼくの夢じゃないって」とラヴィはいった。「それは彼女の夢で——しかも、彼女はあれに、とても、とてもおびえてた。なぜかとぼくに聞かないでくれよ」とはいえ、ラヴィはその理由を知っていた。自分の口から説明したくなかっただけだ。覚醒した世界にあってさえ、あのときの記憶は思い出しただけで震えがくる。

「そいつらは実在してもいないんだろ？」

ラヴィは肩をすくめた。奇妙なことに、ライブラリはその問題に関してどちらとも態度を決めかねていた。その一方で、古い映画にはドラゴンがよく出てくることを彼は事実として知っている。少なくとも、映画のなかでは誰もその存在を疑問視することなどないようだった。彼らが生きつづけたいなら、そうするしかない、とにかくも。

「あんた、それ食べる？」とボズが訊いて、彼の皿に手を伸ばしてきた。

「もちろん！」ラヴィはぴしゃりといって、彼女の手を払いのけた。「誰もがリサイクラーみたいにぱくぱく呑みこむわけじゃないんだぞ」

「勇《いさ》み足だったか。で、ドラゴンにどんな意味があるのか、その娘は説明してくれた？」

「いや。彼女は生きたまま灼《や》かれるのに忙しすぎて」あの娘の肌に水ぶくれが生じて、パチパチとはぜて火が全身にまわっていく光景を彼は思い出した。強烈な痛みがはじけ、いきなり骨があらわにのぞいていた。

ボズはひるみもしなかった。

「えとさ、今度あんたら二人がロマンティックな夢を共有することになったら、そのときはきっと忘れずに、その前に尋ねてみなよ、わかった？」

いとこの目がいたずらっぽくきらりと光る。ラヴィは急に当惑して、自分の皿を見おろした。当惑から回復したあとでさえ、また話しはじめる前に、ほかに誰も聞いていないことを彼は確かめた。

「彼女が頼んできたことは、ぼくらにできるのかな？　可能かな？」

「もっとましな疑問は、彼女が頼んできたことをあたしたちはすべきかな、だよね？」とボズがいって、低く口笛をもらす。「そんなのばかげてるよ、候補生《ミディ》。完全にばかげてる」彼女はテーブルごしに身を乗り出して、そこからはコードによる会話に切り替えた。

《トランスポンダーがこの船にほんとに存在すると仮定して、さらにあたしたちがそいつを見つけられるとして、トランスポンダーをオンにしたら、船団の正確な現在位置を〈ニュートン〉に告げることになるんだよ。向こうがあたしたちを撃つ気になったら、はずしはしないだろうね。そしてあんたのガールフレンドの考えだとこの船が搭載してるっていう武器を無効化したら、こっちは撃ち返すこともできなくなるんだよ》

《彼女も〈ニュートン〉に対して同じことをする予定なんだよ》とラヴィもコードを返した。《計画では、お互いに殺しあえるようにすることで誰も殺しあったりできなくさせる、ということだと思う》彼はすまなそうに肩をかるくすくめた。《彼女はくわしく話してくれたわけじゃないから》

《それで、もし彼女が同じことをしなかったとしたら？　あんたは夢を根拠にして、船団の三万名もの命を危険にさらすつもり？》

《だけど、彼女はそうするつもりだと思う》ラヴィもテーブルごしに身を乗り出した。

《昨日の晩、ほかにも気づいたことがあるんだ。ぼくの頭を手荒く扱うとき、いつも何かを残していくんだ。記憶を。あるときは、心に念じただけで少年にケーキを食べさせた。それよりも重要な記憶では、彼女が何か平和的な集団と知りあいになった。あの記憶は本物だよ、ボズ。あまりに本物らしくて、ぼく自身の記憶みたいに感じられるくらいなんだ。彼女は信用できると思う》

《ちょっと話を整理させて。その娘があんたの頭に植えつけていった〝記憶〟のために、その娘を喜んで信用しようとしてるってこと？　マジでいってんの、ラヴィ？　彼女はあんたが起きてるときでさえ幻覚を見せることができて、夢のなかで話しかけることもできるんだとしたら、いったいどうしてケーキや良心的な意図があるような偽物の記憶をでっちあげられないって思うわけ？》

ラヴィは急に口のなかがからからになった。昼サイクルの冷たい明かりのもとで理性的に考えてみると、すべてがばかげたもののように思えた。

　ばかげているだけじゃない、と彼は自身にいって聞かせた。イカレてる。

《そのときがくるまで、判断は控えるとしよう》と彼は提案した。《トランスポンダーや武器を実際に見つけたあとで、どうしたらいいか考えればいい。もしそれが存在しないな

らそこまでだ。存在するなら……》

彼の電子的な声は途方に暮れ、尻すぼみになった。

「作業で忙しいふりをしとけよ」とアンシモフがいって聞かせた。この言葉がラヴィのヘルメット内に反響した。「チェン・ライがやってくる」

「どのみち忙しいよ。やってるふりをする必要もないくらいに」

そうはいったものの、彼はドローンが忙しそうに見えるかどうか確認した。そのあいだにチェン・ライがセンサー装置の円形アンテナの向こうから姿をあらわした。船の中心軸に沿って加速してくるその姿は、明らかに急いでいるらしい。玉座のような形状の船外《E》操縦《M》ユニット《U》に包まれていると、機関長は昔の君主に驚くほど似かよって見えた。少なくとも、その君主が宇宙服を着て、秒速数メートルで駆け抜けていくとすればだが。

ラヴィは唇を噛んだ。周囲が安全に覆われている修理格納庫のようなところ以外では、EMUを飛ばすのはためらわれる——それなのに、チェン・ライはまさしく飛んでいく。船のどの部分にもつながっていないため、簡単に宇宙空間に跳び出してしまいかねず、そうなったら二度と戻れなくなる。小型艇が捜索に全力を尽くしたとしても、人々はそうやって命を失うことがあった。

チェン・ライにはそういった懸念などないようだった。逆推進の空気を激しく噴き出して、機関長は彼らの位置から五十メートルほど離れたところで止まった。スラスターがさらにいくつか空気のかたまりを吐き出すあいだに、彼のミラー状のフェイスプレートがゆっくりと彼らのほうを向いた。ラヴィはその冷たいガラスの奥の冷たい目を想像し、心臓が反応してドクンと打つのを感じた。

「亀裂は見つかったか？」と機関長がぶっきらぼうに尋ねてきた。「何かわずかなものでも？」

ラヴィのヘルメット内に聞こえてきたその声は普段以上にいらだっては聞こえなかったから、彼は少しリラックスした。

「ノー、サー」と彼は答えた。グローブをはめたかさばる手で、アンシモフと二人で点検していた中心軸の格子状の支柱を示す。「すべて問題なしです」彼はさらにつけ加える前に少しためらった。「ただし、温度がわずかに上がっています。三十ケルビンほどです。もっとも、応力計に変化が見られるほどではありませんが」

「よし」コードの流れによって、機関長がドローンから生のデータをダウンロードしていることがラヴィにもわかった。「それと、温度の変化によく気づいたな。目標星《デスティネーション・スター》がわれわれを温めはじめているに違いない。あと数カ月もしないうちに、外のこのあたりは第一世代以降はなかったほど暖かくなるぞ。熱によって部材にひびが入ることだけは避けたい。その点に目を光らせることにしよう」

その言葉を残して機関長はその場を離れ、居住区輪や船首のほうに猛スピードで去っていった。

「点数稼ぎのごますりめ」聞こえない距離まで無事にチェン・ライが離れると、アンシモフがつぶやいた。

「ぼくはただ、見たとおりに報告しただけだよ」とラヴィは応じて、笑みを浮かべた。もう少しアンシモフをからかってやろうとしたそのとき、チェン・ライがふたたび止まったことに彼は気づいた。機関長はEMUを制御して中心軸に近づき、それがハブの外面と接している少し手前のあたりに向かった。すなわち、ラヴィやアンシモフや作業支援用ドローンがいるところから五百メートルほど〝上〟の方向に。

どうにも解《げ》せないのは、チェン・ライがあそこで止まる理由が何もないことだ。どのチームもあそこでは作業をしていないし、その予定もない。チェン・ライはその場に一分以上も浮かんでとどまっていたすえに、また前方に向かい、ハンガリー輪の動かなくなって久しいスポークの陰に姿を消した。ラヴィは興味をもち、宇宙服の増幅視力の倍率を上げ、何が機関長の注意を引いたのか見てみようとした。だが、見えたのは支柱や配管やケーブルばかりだった。異常なものは何もない。

ただし、格子の支持部材にぴったり重なっている、黒いもので覆われた何かのかたまりは別にしてだが。

「どこに行くんだよ？」とアンシモフが訊いた。その声が彼を責めるように無線で鳴り響く。「まだ半分も終わってないってのに」

「一分で戻るよ。ちょっと確認しておきたいことがあって」

チェン・ライのようなEMUがないため、ラヴィが命綱をちょうどいい位置にある安全ケーブルにつないで、チェン・ライの注意を引いた何かがあるところまで手でたぐって進むのには一分よりもずっと長くかかった。もしチェン・ライがそこで止まっていなかったら、絶対に気づかなかったろう。近くで見てさえも、あまり興味を引くものには見えない。単に細長くてひらたい装置で、ほこりをかぶらないように覆ってある。

それとも、詮索する目から隠すためにだろうか。自分の命綱に身体がからまないように気をつけながら、彼はゆっくりと一回転して、近くに誰もいないことを確かめた。そうしてふたつの支柱のあいだに身体を押しこみ、覆いの一部を解いていった。さらにもう少し覆いをはずすと、ついに装置全体が姿をあらわした。

「ハンガリー輪にかけて、いったい何をやってるつもりだ？」

ラヴィははっとして、振り向いたはずみに身体がくるくると回りはじめ、格子の支持部材から離れていった。アンシモフの笑い声が耳に鳴り響く。

「笑いごとじゃないぞ」とラヴィがひそめた声でなじった。手足を大きく投げ出して、回転をなんとか止める。ぷりぷりしつつも命綱をぐいっと引き戻した。「いるならいるっていってくれよ」

「それなら、おまえは自分の仕事をしてくれよ。ひとりでに作業が片づくわけじゃないんだぞ、ほら」ラヴィの視点から見ると、アンシモフはラヴィの頭の数メートル〝上〟で、格子の支持部材の上に上下逆さまに立っている。いつものとおり、相手の表情を読みとることは不可能だ。目標星《デスティネーション・スター》の白いきらめきが友人のフェイスプレートのミラー面を焦がしている。ラヴィは宙返りをして格子の支持部材に足から降り立った。友人と触れあえるくらいの距離に。

アンシモフはしゃがみこみ、例の装置をもっとよく見ようとしている。宇宙服の無線ごしにでも、ラヴィは友人の鋭く息を呑む音を聞きとれたくらいだった。

「これが何か知ってるか？」とアンシモフが訊いてきた。その声には感情がこもっておらず、抑揚がない。

「かもね」ラヴィは慎重に応じた。「そっちはなんだと思う？」

推測が正しいとすれば、アンシモフはこういうたぐいのものを熟知している。もし間違っているなら、愚かなことをいうつもりはなかった。

アンシモフの宇宙服がまっすぐに立ちなおり、彼のほうを振り向いた。いまはフェイスプレートに光は当たっていない。代わりにラヴィが目にしたのは、宇宙服姿の彼自身だけだった。そしてその向こうには、船の中心軸の格子が星々に向かってどこまでも伸びている。

「こいつはカシモフ＝50マス・ドライバーだ」と宇宙服がいった。声が震えている。

アンシモフの答えを聞いて、急にそれが現実のものとなった。顔から血の気が引き、彼は頭がくらくらした。

誰かがＬＯＫＩ戦争当時に舞い戻り、スペースガンの設計をそっくりにまねていた。

第七世代の子どもたちが樹木園を駆けまわり、沈みゆくホーム・スターの人工的につくられた明かりが彼らの頭を照らしている。子どもたちはまぶしい光を気にかけているようすもない。広場や木々のあいだを駆けながら、叫びや笑い声をあげて追いかけ、第五世代や第六世代の付き添い役がそのようすを木陰から注意ぶかく見守っている。ラヴィは自分も彼らのあとを追いかけ——または、燃えさかる炎の玉のもとで、少なくとも臆することなく頭を高く掲げて歩くだけの度胸があればいいのにと思った。だが、彼にはとにかくそんなことなどできそうもなかった。彼は巨木の陰にたたずみ、ほかにどうすることもできずに見守っていた。第六世代のすべての子どもたちと同じように、彼も樹木園には暗くなったあとでしか訪れた経験がない。彼はホーム・ワールドの衛星のほのかな明かりのほうが好きだった。あの銀色の光に照らされた草を足もとで踏みしだく感触が好きだった。ホーム・スターの灼けつく熱はあまりにも強烈だ。だが、生まれたときから意図的にこのまぶしい光に慣らされてきた第七世代の子どもたちにとっては、いつもと変わらない日《ソル》だ。文字どおり、公園を散歩するのと同じくらい簡単なことだ。

無力感をおぼえつつ、彼は草原を突っ切ってやってくるソフィアに注意を向けた。今日の彼女は青色の野球帽をかぶっている。青色の作業服にあわせて念入りにチョイスしたもので、それと、あれ——彼女はなんと呼んでいたろう？——そう、サングラスをかけている。どうやら、いまあれがバミューダ輪やオーストラリア輪で大流行中らしい——水をふんだんに所有している連中のあいだでだが。あれがいったいどれくらい値の張るものなのかラヴィにはまったく見当もつかないが、あれのおかげで彼女はホーム・スターの日射しのもとでも、パニックを起こしてうずくまることもなく歩くことができている。ソフィアはいつもと変わらずエレガントに見えた。いや、いつも以上にだ、実際のところ。木々や草、そして足もとで咲き誇る野草のために、彼女の姿は……いっそう魅力的に見えた。切望で胸がいっぱいになった。

「あの娘《こ》に夢中なのね」

それは例のあの娘だった。八重歯ののぞく大きな笑みとかすかにからかうような表情を浮かべ、彼のそばで地面に脚を伸ばして木の幹にもたれている。

「こんなところで何をしてるんだ？」とラヴィは尋ねた。驚きのあまり、声が引きつれて高くなった。「いまはまずいよ」彼の視線は娘からソフィアへとスライドし、また娘に戻された。

娘の笑みがさらに大きくなった。

「彼女にはわたしが見えないことはあなたもわかってるわよね？」

「ああ、だけど、ぼくには見えるんだ。そしてきみが見えると……気が散るよ」

これを聞いて娘が笑った。心地のいい音楽的な調べで、それは螺旋《らせん》を描いて彼の耳を越え、頭上の木《こ》の葉の茂みのなかに消えていった。彼女が手を伸ばし、彼の足首をぽんぽんと叩く。

「お好きなように」と彼女はかるい調子でそういうと、姿を消した。

「誰と話しているの？」とソフィアが興味ぶかげに尋ねた。

「誰でもないよ」とラヴィはあまりにも性急に否定した。ソフィアが疑わしげに眉根を寄せる。

「ヴラドだよ」と彼は嘘をついて、親友の名を持ち出した。「ドローンの手動のインターフェースをなくしちゃったらしくて、そのことをチェン・ライに打ち明けることを考えてパニクってるみたいなんだ」

「彼ならきっとうまい解決策を思いつくわよ」彼女が晴れやかな笑みを彼に向けた。「代わりにわたしたちは、ウォレン教授が今朝の授業で何を教えようとしていたのかという問題をうまく解決することにしましょ。先生はこの問題をわざと難しく見せようとしているんだと思う？」

どういうわけか、ソフィアの笑みはうまく的を射抜かなかった。あの娘のせいだ、とラヴィは推測した。姿が見えないからといって、彼女がそこにいないということにはならない。それとも、本当にいないのだろうか？　彼は足首にあの娘の手が触れたときのことを思い出し、足もとを見つめていた。

「もう！」とソフィアがいらだって叫んだ。「わたしは何？　味けない非常用糧食？　わたしにもう少し注意を向けてくれてもいいんじゃないの？」

「ごめん」と彼は申しわけなさそうにいった。だが、あの娘——それと彼女の頼み——の記憶がなおも消えずに残っていた。「ソフィア」と彼は尋ねた。「トランスポンダーについて何か知ってるかな?」

「トランスポンダー?」

「うん」といって、彼は真実を少し曲げて伝えた。「とある第一世代の記録にそのことが言及されてたんだけど、そんなものがこの船に存在してたのか、はっきりした証拠が何も見つからなくて。船内図もなければ、ほかのも何ひとつない」

「トランスポンダーっていうのは、いってみれば、航法の初歩中の初歩といったところね」ソフィアがいらいらしつついった。「船の現在位置やベクトルを発信して、ほかの船との衝突を避けられるようにするの」

「トランスポンダーが何かくらいはぼくも知ってるよ、ソフィア。それがぼくらの船にもあるのかなって訊いてるんだよ。過去にはあったのかなって」

「ええ、もちろん」とソフィアがいった。彼が知らなかったことに明らかに驚いている。

「トランスポンダーの制御装置はメイン航法室にあるの」彼女はいささかぎこちないやり方で船内図を転送した。航法士の訓練マニュアルで、彼が自分では一度もアクセスしてみようと思わなかったものだった。「旧式で、手動のみ、ハッキングを防ぐためにね。ホーム・スターの星系内は宇宙船であふれてて、トランスポンダーの破壊工作が大問題になった。とりわけ、LOKI戦争当時は」彼女がそういって、肩をすくめた。「ここでは、たいして役に立たない。はるか昔にスイッチを切ってあるけど、いまも機能はしてるわよ」

彼女は少しのあいだ考えこむ顔つきになった。「目標世界《デスティネーション・ワールド》にたどり着いたら、また必要になりそうね。星間移動船《ISV》三隻に加えて、小型艇でしょ、それにどれくらいあるにしても探査機があって、人工衛星も飛ばすことになる。そうしたすべてがあっちこっちの方向に近接した軌道で飛びまわって。誤って互いに衝突したくはないだろうから」

「なるほどね」

「トランスポンダーの話はもう充分」とソフィアがいって、にっこりした。「勉強の時間よ」

「いいとも」

だが彼は別のことを考えていた。あの娘についてだ。それと、もし船団のトランスポンダーを作動させるつもりなら、三隻の別々の船のメイン航法室に押し入る必要があるという点についても。

27.0

ボズからメッセージが入り、フィジー輪の隠れ家《が》で落ちあおうよと提案してきたが、ラヴィは拒絶した。ソフィアとの勉強の時間が終わったあとで、さまざまなことが頭のなかでぐちゃぐちゃに弧を描いていた。ソフィア、あの娘、トランスポンダーの問題――そういったすべてが。船や船団――彼にとっての世界のすべて――が迫ってくるように感じられた。彼は理路整然と考えられなくなっていた。どこにも出口が見えなかった。ろくに息もできなかった。いまの彼がもっとも必要としていないのは、狭苦しい部屋にボズとあのはた迷惑なタバコの煙とともに押しこめられることだ。彼はすべてから逃げ出す必要があった。ほんのわずかなあいだだけだとしても。

オーストラリア輪で会うことにしようよ、と彼はメッセージを返した。ハイフォン環状通路の、十二時方向のスポークで。遅れないように。

待ちあわせ場所にいとこよりも早く着いた彼は、可能なかぎり辛抱づよく待つはめになった。美的な価値の疑わしい第四世代の壁画にもたれて、水を豊富に所有している通行者からの好奇の視線に耐えながら。一方のボズはといえば、おそらくいとこの忍耐心が崖っぷちにあることを遠くから感じとったのだろう、十二時方向のスポークの循環式昇降機《パターノスター》から、ほぼ時間どおりのタイミングでとび降りて姿をあらわした。

「話しあう必要があるんだよ」と彼女がなんの前置きもなくいった。「だけど、ここじゃ無理。どこかもっと……ひっそりしたとこで」

「あとにしよう。ぼくらは映画を観にいくんだ」

ボズは賛成しかねるため息をもらした。

「映画？　あたしたちにはもっと重要なことがあるんだよ。うんと重要なことが」

「二時間くらい待てないことなんて何もないだろ」とラヴィはあくまでもいい張った。そうして、ボズが反対しようとするのを見てとると、さらにつづけた。「ぼくにはこれが必要なんだ」

「あんたの親父《おやじ》さんのせいだよね」とボズがこぼす。「あんたをああいうのに夢中にさせるべきじゃなかったんだ」

「父さんも映画が大好きだった」とラヴィは同意した。「父さんと過ごした最高の時間のいくつかは、まさにここで映画を観たことだったよ」ラヴィは口をつぐみ、急にそれ以上はつづけられなくなった。目の端に涙がにじむのを感じた。

「オーケイ」とボズが気づいていないふりをしていう。「何を観るつもり？」

ラヴィは深呼吸をひとつして心を落ちつかせた。

「『黄金』、ハンフリー・ボガート主演、一九四八年作」

「一九四八年？ マジで？ それってまだ、ほら、馬に乗って、マスケット銃をぶっぱなしてとかそんな時代じゃないの？」

「マジでだよ。映画が十九世紀末にはじまったことはきみも知ってるだろ？」

「あんたがそういうなら」

ボズが〈ハイヴ〉にアクセスしたため、目がどんよりとした。ふたたび目の焦点が戻ったとき、そこにはひと盛りぶんの不満がともなっていた。

「これこそは、あたしが納得いかないホーム・ワールドの常識のひとつなんだよ」と彼女が不平をもらす。「ほら、完全にイカレて《サード・アップ》て」

「どうして？」ラヴィは〈ロキシー〉のほうに環状通路をたどりはじめた。船内で唯一の、〃本物の〃映画館へと。

「なぜなら、この映画全編が黄金を探し求める連中についての話だからだよ。つまりさ、誰がわざわざそんなことをするの？ たかが黄金だよ！」彼女は左の手で右手の指を一本ずつ折っていきながら、理由を数え上げていった。「人はあれを飲めるわけでもないし、吸えるわけでもないし、食べられるわけでもないし、それをまともに着ることができるわけでもない。そしておまけに、黄金は重たいだろ。移動させるために使う燃料だけでもばかげてるよ。ああいうのはまったくの無価値だよ！　それなのに、これまで誰もあたしに説明してくれたことのない何か忌々し《サーディング》くてしかも奇天烈《きてれつ》な理由から、殺しあうほどの価値があるってずっと思われてたんだから」彼女は肩をすくめた。「さっきもいったとおり、イカレて《サード・アップ》るよ」

「黄金が愛好されるのは、きらきら輝いてるからじゃないかな」とラヴィは冗談をいった。

〈ロキシー〉はすぐそこで、旧式の回転ドアの上には、同じく旧式の垂れ幕に、角ばった文字で〝只今上映中〟の映画名が告げられている。垂れ幕はドローンを使ってそこに掲げたに違いない。スタイリッシュな服で着飾った少人数の集団がぽつりぽつりと入場口を目指している。大半はカップルで、そのほとんどが第六世代だ……

ラヴィの歩調がひとりでに遅くなり、足が止まった。ボズはあやうく彼の背中にぶつかりかけた。

「どうしたのさ？」と彼女が尋ねる。

ラヴィは何も答えなかった。ジェイデン・ストラウス＝コーエンをまじまじと見つめることに忙しかったからだ。そしてソフィアではない女性が彼にしなだれかかり、彼の耳に口を寄せている。ソフィアよりも背は低く、あるべきところにふくらみがある。なかなかの美人で、しかもかすかに見覚えがあった。名前が喉もとまで出かかっていたが、そこにとどまりつづけてどうしてもそれ以上は先に進もうとしなかった。

「あれはクセーニャ・グレアムだね」とボズが彼の耳もとでささやいた。「水耕栽培所でいま売り出し中の娘、って聞いてるよ」彼女の声はいたずらっぽい好奇心で震えている。「その彼女が、あんたの航法士のお友だちの彼氏といったい何をしてるのかなあ!?」

そういわれて、ようやくラヴィも思い出した。植物学者補佐で、彼よりふたつくらい年上かもしれない。このあいだ、〈タンク〉のナイトクラブでちらっと彼女を目にしたことがあった。ボズと二人で船内の個人ファイルをハッキングしようとして、ヴァスコンセロスに見つかったその直後に。ソフィアが彼女をにらんでいたことを彼は思い出した。それも無理はなかったようだ。ジェイデンはとんだろくでなしだったわけか。しかも、二股をかけていたとは。

「どうしてきみがそんなことまで知ってるんだい?」なおも二人のほうを見つめたまま、彼はボズに尋ねた。

ボズがくっくっと笑う。

「あたしは植物学者と何人も知りあいなんだよ。いったい誰がタバコを用立ててくれてると思ってんの？」

ラヴィは何か言葉にならない返事をつぶやいた。彼としては、この反道徳的なカップルが別の映画を観にいくことを願った。ひとつはっきりしていることがある。彼としては、この夜サイクルを彼らと同じ場所で過ごしたくなかった。

おそらく、いらだちまぎれに不用意なコードを〈ハイヴ〉に投下したらしい。気がつくと録画をはじめていたが、それは機関部の任務でだけ使うべきもので、外部に流出させるべきではない。それはともかく、何かに気づいたのか、ジェイデンが顔を上げて彼のほうを向いた。相手は瞬間的に不快そうな顔つきをしたものの、すぐに表情をやわらげ、笑顔を振り向けた。ジェイデンはべったりと身を寄せているクセーニャを肩から引きはがし、二人のほうに近づいてきた。

「やあ、マクラウドのお二人さん」と彼がものうげにいった。「どんな用があって、おそろいでここに？　きみたちのいつもの周回軌道からちょっとはずれているんじゃないかな？」

ボズはラヴィの死角に立っていたが、彼女がいらだつのを彼は目やコードに頼らずとも感じとれた。

「映画を観にきたんだよ」と彼のいとこが冷ややかにいった。「ただそれだけ。あんたやあの……お友だちとは違って」

ジェイデンは当てこすりをまともにくらって顔をしかめた。だが、彼の笑顔はほぼすぐに回復した。二人に顔を寄せて、彼らの肩に腕をまわす。

「ほら、それについてなんだが」とジェイデンがささやく。「ソフィアはそりゃあすばらしい女の子だが、ちょっと……まとわりついてくるところがあってね。ぼくのいう意味がわかるかな？　こうしたあれこれをわざわざ彼女に伝える必要はない、だろ？」彼の調子が、ほんの少しだけ険しくなった。「つまるところ、ロベルタ、きみは将来のある時点で法律業務の支援が必要になるんじゃないかとぼくは思っているんだが、どうかな？　そしてきっと、きみは可能なかぎりリサイクラーから遠く離れていたいと望んでいるはずだ」彼の笑みが残忍で親しみのないものに変わった。「きみを、その、手違いで堆肥《マルチ》に変えてしまいたくはないだろう？」そうして今度はラヴィのほうに注意を移し、彼の耳もとにささやきかけた。「そして思い出してほしい。〈タンク〉できみの不正行為をかばってやったのはソフィア一人じゃないってことを。ぼくもそこにいたんだよ。きみとしても、ぼくが急に記憶違いを思い出して、警備隊長のもとに駆けこんでもらいたくはないだろう」彼は急に何かを思い出したかのように口をつぐんだ。「それに、きみが自分のことを心配していないとしても、それがソフィアにどんな影響をおよぼすか考えてみるといい。きみが何をしようとしていたにしても、彼女はその共犯者になる。訓練プログラムからほうり出されることを、彼女がきみに感謝するとも思えないな」

ジェイデンはそれだけいうと一歩さがり、二人のマクラウドの顔を交互に見比べた。

「楽しい会話だったよ」彼は二人の顔に浮かんだ反応に満足し、くるりと踵《きびす》を返すなり、すたすたとクセーニャのほうに戻りはじめ、両手を広げて歓迎するしぐさを示した。クセーニャはそれ以上ないくらいすみやかに、彼の腕のなかにとびこんできた。

ラヴィは苦いものが喉もとまでせり上がってくるのをどうにか抑えようとつとめた。

「映画なんてくそくらえ《サード》だ。もうそんな気分じゃないよ」

「了解」ボズがそういうなり、彼の手をつかむ。「さっきもいったように、話しあう必要があるんだよ」

彼女はラヴィを引っぱって環状通路をさらに進み、行き交う人々を押しのけていった。二人は〈タンク〉のナイトクラブに近づいていった。片側の壁が急になくなって、船の内部の支柱や配管が意図的に剝き出しでのぞいていた。腰の高さまでの頼りない手すりだけが、二十メートルほど下に見えている輪の外縁まで転落するのを防いでいる。輪のこのあたりの階層がフルの一Ｇで回転していることを考えてみれば、ここから転落したらひどく悪い事態を招くことになりそうだ。

ダンス・ミュージックの不明瞭な響きがすでに遠くから聞こえてきた。〈タンク〉へとつづいている張り出し通路を、ボズは歩幅をゆるめることなく彼を引っぱっていった。そうはいっても、ラヴィが腕を引いてもぎ離すまでのことだったが。

「店に入るつもりはないぞ。こんなときに、どうしてぼくが踊りたいなんて思うんだ？」

ボズが彼に憐れむような視線を向けた。

「踊りにいこうってわけじゃないよ。それに、〈タンク〉に行こうっていうんでもないんだ。もっとも、あんたは少し息抜きをする必要がありそうだけどね」

そうしてその言葉とともに、彼女は張り出し通路の手すりをひらりと乗り越えて視界から消えた。ラヴィはびっくり仰天して、裏返った声をあげた。

「あたしはここだよ、ばかだね」

ラヴィは手すりから身を乗り出してみた。ボズは二メートルくらい下の太い配管の上に立っている。

足をすべらせたらどうなるかは考えないようにして、ラヴィもそこに降りて彼女に合流した。ボズはかるい足どりで配管を環状通路のほうにたどっていった。配管は継ぎ目なく隔壁につながっていて、この階層の下をさらに伸びているが、隔壁のパネルが一枚だけはずれ、誰もそれを修理しようとはしていなかった。ボズは腹ばいになって、その暗い隙間の奥へと身体をよじりながら這いこんでいく。

わずかに胃のむかつきをおぼえつつ、ラヴィもそのあとからつづいた。彼はボズよりも身体が大きかったから背中がこすれたものの、どうにか隙間をくぐることができた。いったん隙間を抜けると、反対側の空間は身体を起こすには充分なくらい広く、おそらくは立つこともできそうだった。そこまでの確信はなかったが、それは周囲がほぼ漆黒の闇だったからだ。唯一の明かりは、彼らが通り抜けたあの隙間からどうにか這いこんでくるだけだ。それに、暗闇のなかで立つのは、配管から足をすべらせて、〈アーキー〉のみぞ知るどこかへと落ちていく可能性を高めるだけだ。彼は起きなおるだけで満足した。彼のいとこのぼんやりした輪郭が、闇のなかに浮かんで見える。

「ハンガリー輪にかけて、いったいどうやってこの場所のことを？」と彼は感心しつつも尋ねた。

「あんたと船内の個人ファイルをハッキングしにきたときに気づいたんだよ。そのあとで、もう一度戻って確認してみたんだ」彼女はくっくっと乾いた笑いをもらした。「隠れ家《が》はいくつあっても困らないからね」

彼の父親はボズをうまく訓練したものだ、と彼はしぶしぶながら認めるほかなかった。

もちろん、それほどうまく教えこんでいなければ、おそらく彼女は船内弁護士全員や船内《シッ》警備隊《プセク》の士官のうち半分とファーストネームで呼びあうような間柄になることもなかっただろうが。

「それで」と彼は尋ねた。「きみが文字どおり壁の穴にもぐりこんでまで話さないといけない重要なことっていうのは？」

ボズがタバコに火をつけると、小さいながらも、びっくりするほど明るい光が浮かび上がった。

「あんたの最後の夢についてだよ」と彼女がいった。「トランスポンダーと武器の部分のうち、〝武器〟について」

「こっちもきみに話そうと思ってたんだ」ラヴィは彼女が次に何をいおうとしているのか予想して機先を制した。「船の中心軸にマス・ドライバーが設置されてる。ヴラドといっしょに船外で作業してたときに、チェン・ライがそれを点検するところを見かけたんだ」

闇が深くて、ボズの表情ははっきりと見てとれなかった。

「マス・ドライバーは問題の半分でさえないんだよ」といとこが応じた。彼女がタバコをすばやくふかすと、赤い輝きが明るさを増した。それが小刻みに動いているため、彼女の手が震えていることがわかった。「連中がマンチェスター通路で何をしてるのかがわかったんだ」

「それというのは？」

「連中が組み立ててる探査機のことは覚えてる？　あれは探査機でもなんでもないんだよ」暗闇に隠れていてさえも、彼女の声はささやきにまでひそめられた。「忌々しい《サーディング》魚雷なんだ」

ラヴィは自分の顔から血の気が引いていくのを感じた。

「探査機にしちゃ、大きすぎるのはわかってたんだ」とボズがつぶやく。「そう、わかってた。あまりに大きな燃料容量。マーク9のスラスター。そしてソフトウェアは……」いまでは彼女の声も、手と同じく震えている。片方の手が暗闇から伸びてきて、彼の手首をつかんだ。握るその手は冷たく、安定していない。「連中があたしに頼んだあのプログラミングは？　あまりに重要な秘密であるために、誰にも話せないことって？　あんたにさえも？」ボズの爪が彼の手首にくいこむ。「連中はあたしに殺人の道具をつくらせてたんだよ、ラヴィ。標準的な自動ナビゲーション・システムはA地点からB地点まで可能なかぎりもっとも燃料効率のいい進路を選ぶ。あたしがつくったやつは、敵を狩りたてて、反撃から逃げることもできる。これはあんたが手に入れた、ちっちゃなプレゼントみたいなＬＯＫＩとはわけが違う。だけど、それほど遠くかけ離れてるわけでもないんだ。あたしとしては、小さな衛星を捕捉して、衝突を避けるためかと思ってた。だけど、そうじゃなかった。あれは〈ニュートン〉を捕捉して抹殺するためのものなんだよ！」ラヴィがぞっとしたことに、ボズはすすり泣きはじめた。「あれのパラメーターがあまりに高性能で、あまりに要求が高いってことはあたしもわかってた。だけど、気にしなかったんだ。つくることの楽しさに目がくらんで、自分が何をしてるのか、ろくに考えもしなかった。そしていま、あたしは殺人マシンをつくり上げたんだよ」彼女はいったん口をつぐみ、荒い息を長々と吸いこんだ。「あたしにはいろんな肩書きがあるかもしれないよ、ラヴィ。だけど、あたしは死刑執行人じゃない」彼女の声はあまりに低く、ラヴィにもかろうじて聞きとれる程度だった。「船内にはクルーが数千人はいるに違いない。数千人も」またしても、哀れなすすり泣きがもれた。「ニコ・イボリはあたしを、〈アーキー〉に呪われた忌々しい《サーディング》人殺しに変えちまったんだ」

ラヴィは長いあいだ黙っていた。何をいったらいいのか確信がもてなかった。

「どうしてそのことがわかったんだい？」最終的に彼はこう尋ねた。尋ねながらも、自分の愚かさに毒づいていた。なぜもっとやさしい言葉をかけてやれないんだ？　何かなぐさめになる言葉を？　彼のいとこは、〈アーキー〉にかけて、泣いているというのに。

だが奇妙なことに、この質問はじつに平凡なものだったが、ボズの気持ちを落ちつかせたようだった。

「あの忌々しい《サーディング》床下の区画だよ」と彼女が鼻をすすりながらいった。「何かをつくるのにあれほど愚かな場所なんてない。あそこであるべきじゃないっていうだけじゃない。なかでも重要なのは、あそこが宇宙空間からだけアクセスできるってことなんだ。それで、シフトの終わりに、誰も見てないすきにそっと外に出て、見てまわったんだよ。ハッチは人目につかないも同然だった。そのすぐそばに立ってても気づかないくらいで。だけど、機関長と上級士官がそろって、たったいま自分が使ったのと同じエアロックを使って出てくるのを真空用防護シートの裏に隠れて見てたなら、そして連中がボタンを――ボタンだよ、これが信じられるもんなら――いくつか押してそれを開けるとこを見てたなら、すべてはじつに忌々しく《サーディング》も明白になるだろうね」彼女がタバコを長々とふかしたため、先端の火が明るさを増して彼女の顔がぼうっと照らし出された。彼女はくたくたに疲れきっているように見えた。「その区画は戦闘用具でいっぱいだった。ステルス・アーマー、近接信管……核弾頭」

ラヴィは急にめまいを感じた。ボズと二人でマンチェスター通路の床下に降りていったときに放射線警告が鳴ったことを思い出した。すべての放射線が外の宇宙空間由来ではなかったとしたら？　彼は自分が配管からすべり落ちやしないかと心配になり、ボズの手をきつく握った。

「連中は二交替制で製作してる」とボズがつづけた。「ひとつめのチームは探査機をつくってるものとばかり考えてる。ふたつめのチームが作業を終えたあとでやってきて、ハンガリー輪にかけて、そいつを武器化してるんだよ」ユーモアのかけらもない、くっくっという乾いた笑い声。「船内に戻るまでに、あやうく空気が尽きかけたよ」

「ぼくらの手でそれを無効にできるかな？」

「できると思う。どうやってやるか――それと、どれくらい急いでやるかを考える必要があるだけで。連中はほとんど……」

二人の下の配管が、爆発音とともにいきなりぐいっと跳ねた。二人は片側に投げ出された。ラヴィはなんとかしがみつこうとしたが、配管は丸く、つるつるしていて指に引っかからなかった。

彼は転落した。

28.0

　彼の頭のなかでクラクションが鳴りわたった。それとも、それは壁の向こうからだろうか？　腕がズキズキと痛む。そしてあまりに暗くて……

「ラヴィ？　大丈夫？　ラヴィ！」ボズは取り乱している。彼女の声はどこか上のほうから聞こえてきて、それは意味をなしていなかった。

　ただし、そのあとで唐突に意味が呑みこめた。さっきの爆発。配管がぐいっと跳ねたこと。転落。彼はいま、何か丸みのある、平坦ではない面の上にあおむけに横たわっている。彼は起き上がろうとした。腕のズキズキする痛みが、痙攣性の、刺すような激痛になった。

「痛っ！」

「ラヴィ？」

「下だよ」忌々しい《サーディング》ほどにわかりきったことだ。彼は自分の愚かさをひそかにののしった。このクラクションは本物だ。その大音量に負けないように、声を張り上げて叫ばないといけなかった。煙のにおいが鼻についた。どこか近いところで、ポンプの動く音が聞こえた。

「大丈夫かい？」

「いや、腕が折れたみたいだ」声に出してそういっただけで痛みがはしった。うめき声を抑えこむ。

ボズの声がパニックのふちからやや後退した。いまはより実務的に聞こえる。

「出血は？　自分でもわかる？」

「してないと思う」彼は〈ハイヴ〉に手を伸ばし、オーストラリア輪12の船内図を引き出して、自分がどこにいるのか確かめようとした。〈タンク〉の位置を見つけ、配管を壁のところまでたどっていく。そこから下に向かって……ここだ。ハイフォン環状通路の一・五階下の、湾曲した中二階。彼の左側には電線管が二本、右側には廃水用のバラストタンクがある。それでポンプの音がどこから聞こえてくるのか説明がついた。タンクに水をためるか逆に吐き出しているかで、輪の一部分からほかの部分に大量の水を移して船のバランスをたもとうとしている。

ラヴィは顔をしかめた。輪のバランスをとるためのメカニズムなどいまはどうでもいい。

「ボズ？」

「うん？」

「逃げるんだ。いまここで、きみがよけいな注意を引く必要はない」

「あんたはどうするの？」彼女の声から、このまま立ち去ることをためらっているのは明らかだ。

「心配いらない。ぼくは機関士だから。壁に隙間を見つけて、ちょっと調べてみようと頭を突っこんだら、あやまって転落した」士官訓練生であるかどうかにかかわらず、彼はいまもマクラウド家の一員だ。必要とあれば、つくり話だってできる。「さっさとうせろ！」と彼は穏やかに呼びかけた。「誰もここできみを必要としてない！」

「そっちこそ！」彼女はそういい捨てると、急いで配管を壁のほうに戻っていく音が彼にも聞こえた。ラヴィは彼女が充分に離れるまで数分間の猶予をやったうえで、自分がこれから引き起こすことになるあらゆるトラブルを予想してうめきながら、〈ハイヴ〉にＳＯＳ信号を送った。

　船内警備隊《シップセク》が彼を探し出して引き上げるまでに一時間かかった。親切な言葉と鎮痛剤をもらったうえで、彼は医療用ドローンに乗せられ、ハイフォン環状通路に戻っていった。薬で頭がぼうっとしていたため、自分が何を目にしているのか理解するまでに一、二分かかった。店先がいくつか吹きとばされ、黒く焦げた痕が天井を汚している。泡状の消火剤が床一面を覆っていた。爆発時に壊れなかったいくつかの照明が夜サイクルのさなかにもかかわらず昼間のように明るく照らしていた。

「いったい何が起きたのかな？」と彼は尋ねた。薬のせいで、口から出る言葉はすべてもごもごした不明瞭なものになった。

「ボン・ヴォイだよ」と誰かが苦々しげに答えた。「やつらが環状通路を爆破した。死者も出てる」

ラヴィの思考は渦を巻くように過去へと舞い戻っていった。彼は貯水タンクに原始的な糸錘《おもり》を垂らし、水を盗まれたタンクの前にペトリデス副機関長と立っていた。メネンデスの弟が〝いろんなもの〟について打ち明けるのを聞いていた。少年の話はボン・ヴォイがプロパガンダの宣伝に使っている精巧なホログラムのことを指しているのかとラヴィは思っていた。だがこれは……この惨状は思っていたよりもずっとひどい。

最終的に、薬のせいか、それとも死者が出たという衝撃によって頭がぐるぐる回りだしたのかは判然としなかった。彼の意識が遠のいていった。

彼はベッドに横たわっていた。明るい青空のもと、不均等な三角形の芝生の上で。あの娘が彼のかたわらに立ち、彼に顔を寄せている。

「怪我をしているのね」と彼女がいった。

「ぼくが？」彼は怪我の痛みを感じなかった。だが、驚きを感じてもいない。「ひどい怪我なのかな？」

娘が首を横に振る。

「そうは思わない」彼女は何か考えこむかのように、ほんのわずかに眉根を寄せた。「あなたの脳波はいつもと少し違っている。薬を飲まされているみたい。けれど、並はずれてひどいわけでもない。あなたは死の扉の手前にいるんじゃないようね」

夢の空のてっぺんが暗くなった。またたきひとつしない星々が天空にちりばめられている。しかしながら、娘はまるで何か見えないスポットライトに照らされているかのように輝いていた。彼は彼女を少しのあいだまじまじと見つめて、自分が何を目にしているのか確かめようとした。

「なぜきみはここに？」まっとうな質問のように思えた。

娘がにっこりと微笑む。八重歯がのぞき、そして少し悲しげだ。

「いつもと同じ。あなたに助けを頼むため」彼女は身を乗り出して顔を寄せた。そのまなざしは真剣だ。ベッドが急にぐいっと動いて、左右に揺れだした。ただしそれはもはやベッドではなく、ヨットだった。高いマストが彼の頭上を遠くまで伸びて消えている。船腹は鏡のようになめらかな黒い水の上で揺れている。

ヨットは動いていて、〈ニュートン〉のほうに向かっている。まだ遠くて小さいが、ヨットの舳先が上下するたびにぐんぐん近づいてくる。娘は彼と向きあって腰をおろし、ヨットの舳先にもたれ、膝を顎の下まで引きつけた。宇宙船が彼女の肩ごしに浮かんでいる。

「わたしたちを手助けしてくれる？」と彼女が尋ねた。「トランスポンダーと武器について」

　この問いかけを聞いて彼は不安になったが、なぜかはわからなかった。前にも彼女がこんなふうに頼んできたことがあったろうか？　自分は手助けすることに同意したろうか？　そうしない理由はあるだろうか？

　そのときになって彼は思い出した。彼女がそれを頼んできたこと、しかも何度もあったことを。ボズとの会話、ボン・ヴォイの爆弾、彼の腕のことも。

「かもね」彼は言葉をにごした。「だけど、きみのいうとおりだった。確かに武器があった。魚雷やマス・ドライバーが。魚雷は核弾頭を搭載してるかもしれない」

　娘の肩ごしに、〈ニュートン〉がますます大きく迫ってくる。彼女は陰鬱な面《おも》もちだが、驚いてはいない。

「マス・ドライバーはとりあえず問題じゃない。それは至近距離用で、魚雷による攻撃から船を守るためのものだから。一方の魚雷は……」彼女は身を乗り出して顔を近づけ、彼の夢のなかの目を見つめた。「あなたは魚雷を無力化できる？」

ラヴィはうなずいた。

「それと、トランスポンダーのほうは？」

不安がまたしてもつのった。

「全部で三個ある」と彼はいった。あまりに性急に片づけてしまおうとするかのように。「それぞれの船にひとつずつ。古いタイプの、物理的なインターロックがあって、実際にメイン航法室にいる人間の手によってのみオーバーライド可能だ。ぼくらはこの船にしか存在していないから、どうやればいいのかぼくにはわからな――」

娘が彼の言葉をさえぎって笑いだした。彼女の背後では、ヨットが〈ニュートン〉を出迎えて舳先を持ち上げようとしているように見えた。船のまわりを飛び交う影がいくつかあることに彼は気づいた。彼はぼんやりとした予兆とともにそれを見守った。

「もしもあなたをメイン航法室に――どの船のにも――入りこませることができたら、それをオンにできる？」

「ああ、もちろん。だけど――」

「そして、あなたはそれをオンにしつづけることができる？」

ラヴィは眉をひそめた。

「制御装置を壊すことはできる」彼はわずかなあいだためらったあとで指摘した。「そのシステムには〝フェイルセーフ〟が設定されてるから、インターフェースを復旧するかトランスポンダー自体を破壊するまではオンになったままのはずだ」彼はいたずらっぽくにんまりした。「重要なのはトランスポンダー自体がメインシールド内に埋めこまれてることだ。あれは頑丈だから、掘り出すには何週間もかかるだろう。インターフェースを復旧するほうが簡単だろうね――そしてあちこちの機能をだめにしてやれば、永遠に等しい時間がかかるだろう。旧式の制御装置は対応がじつに面倒だから。実際のところ、あれは鉄器時代の技術だから」

ヨットがわずかに片側に傾き、いまではほとんど〈ニュートン〉のもとにたどり着いていたが、まるでドッキングするつもりであるかのように中心軸に向かっている。この船はドラゴンに護衛されていた。空には全部で九頭いて、宇宙船のまわりで精緻な空中の舞いを披露している。

あの連中はどうやって呼吸しているんだろう？

そのなかの一頭が、あたかも彼の思考を嗅ぎつけたかのようだった。ドラゴンはヨットの高いマストのさらに上空で首をもたげ、彼らを見おろした。

「わたしはあなたを制御装置のところまで案内できる」と娘がいった。「三隻すべての。

それと、心配しないで。いつもこうなるの」

娘が目を閉じ、そしてひと筋の炎がドラゴンの口から吐き出された。

「気分はどう？」とフェアリー・マクラウドが尋ねた。心配のために母親の目のまわりにはしわが深く刻まれ、明らかにそれまで泣いていたらしい。しかし彼女の髪はきちんと後ろで束ねて垂らし、いちばん上等な作業服を着ている。首に下げたホーム・ワールド製の小さなネックレスがきらりと輝いた。彼女は息子の髪の乱れをなおそうとして手を伸ばしかけ、普段の彼がいつも身を引いて避けようとする手前で手を止めてためらった。だが彼はそうしなかった。母親の指がそろそろと動いて髪を撫でつけるままにさせておいた。その手は繊細で手ぎわがよく、クモの糸のようにやわらかで、かるいひと撫でごとに彼を子ども時代に連れ戻していった。彼の母親の後方には少し離れたところにボズが立っていて、ほっとした笑みを浮かべている。

「気分はいいよ」そういったことに彼は自分でもかすかに驚いた。彼は右腕の二ヵ所を折り、鎖骨も折れていた。医師たちは治癒するまでのあいだ、この三日《ソル》間の大半にわたって彼を昏睡状態にとどめていた。そしていま、少し腕がこわばっていることを除けば彼は生まれ変わったかのような気分だった。帰宅許可の書類がまぶたの裏側に心地よく点滅している。ボズにつづいて病室を出ていくとき、彼の足どりははずむようにかるかった。母親は息子から離れるのを怖れているかのように、彼の腕にしがみついている。待合室に達すると、ラヴィは興味をもってあたりを見まわした。

「ずいぶんと混んでるみたいだね」

「そのとおり」とボズが肩ごしに振り返っていった。「忌々しい《サーディング》ボン・ヴォイどもが多くの人々に怪我をさせた——しかも、ここだけじゃないんだよ。連中は〈ボーア〉と〈チャンドラ〉でもやったんだ」

「なんだって？」

このニュースを聞いてラヴィは足を止めた。しかしながら、ボズはそのまま歩きつづける。もう一度歩くように彼をうながすには母親が腕を引っぱらないといけなかった。ボズはまだ調子づいて話しており、先を歩きながら肩ごしに言葉をつむぎ出している。

「同じ時刻、同じ標的。〝惑星用グッズ〟を売る高級店を」

「惑星用のなんだって？」

「惑星用グッズだよ」とボズがくり返す。彼女は診療所をあとにして、デンマーク輪のブリストル環状通路に出た。一貫した高度な医療行為がおこなえるように、診療所は各輪の〇・七G程度の階層に定められている。そのため、ボズの足どりは一歩ごとにかなりの距離を進むことになった。「目標世界《デスティネーション・ワールド》用〝ファッション〟だね、言葉のセンスよりも水をたくさん持ちあわせてる連中にいわせれば。サングラスとか、野球帽、レインコート、そういったやつ。裕福な惑星探索者が必要になりそうなものをすべてそろえて。まるであの連中に忌々しく《サーディング》も何が必要になるか見当がついてるとでもいうように」

「でも、どうして？」ラヴィはまだボン・ヴォイがやったことを理解しようとつとめているところだ。

　ボズが肩をすくめる。

「誰にわかるっていうんだい？　ボン・ヴォイの連中はイカレてる。目標世界《デスティネーション・ワールド》に降り立つのを望んでない。だから、そういうのを祝福するものはすべて恰好の攻撃目標なんだと思うよ」

「無差別に人を殺す気でいたのかしら？」と彼の母親が不安げに尋ねた。「つまり、何かを爆破するっていうのは、ええと、よくないことよね、明らかに。わたしがいってるのはそういうことじゃないの。つまり、誰かを殺す……それはとても大ごとよね。偶然の事故だったのかも」

　ラヴィは彼の母親を横目に見やって、その目に不安そうな表情を見てとった。彼の胃袋が鋭い痛みとともによじれた。彼の母親はつねに物事が――人々が――よくなることを願っていた。そのために、彼の父親の苦い末路まで連れ添ってきたのだった。

「それは問題じゃないと思うね」とボズがいった。「連中は宇宙船内で爆弾をつくって爆破させたんだ。その点を考えてみなよ。あやまって船腹に穴を開けてたらどうなってたか」

「ああ、そうね……確かに。だけど、船腹まではかなり距離があったし、それに夜サイクルであまり人がいない時間だった」ラヴィの母親が反論した。「店は閉まっていたわけだし」

「だけど、環状通路は誰でも通行自由だったんだよ」とボズが指摘する。「あそこにはクラブや映画館や、金持ち連中のためのレストランがあった。どんな爆弾でも、人を傷つけることができる」

彼らはデンマーク輪の九時方向のスポークにたどり着いた。ボズはまっすぐパターノスターのほうに向かって、隙間を難なく跳び越えてはしご段をつかんだ。ラヴィは母親にエレベーターを使うようにすすめようとしたが、彼女も歩調を乱すことなくそのあとにつづいた。ラヴィは驚きをどうにか押さえこんだ。彼は母親のことを、繊細な、水晶のように壊れやすい人だと思っていた。だがそれは彼女の心のほうだ。身体のほうは、長年にわたる肉体労働のすえに鍛えられ、ひきしまって活動的だ。彼も母親のあとからジャンプした。

三人のなかでは図抜けて彼がぎこちない。まだこわばっていた腕をはしご段に強く打ちつけ、彼はうめいた。はしご段がガタガタと抗議の音をたてる。

「大丈夫?」と彼の母親が尋ねた。

「平気だよ。とにかく早く帰りたいよ」

そのあとの彼らは、ほぼ黙ったままエクアドル輪まで戻っていった。ハブは人けがなかった。ゼロGツリーの葉が茂った玉は自分たちだけのくつろげる空間を見つけていた。ラヴィはそのうちのひとつのすぐそばを通過して、頭のすっきりするユーカリの香りを一、二度吸いこんだ。そのおかげで、叛逆寸前だった胃袋が落ちついた。

「さて、着いたぞ」ラヴィは自分の居室のドアの外に立つといった。「二人とも、入ってよ」彼が錠前に向けてキーをさっと送ると、ドアがスライドして開いた。

室内にはすでにあの娘が待っていて、小柄な身体に八重歯ののぞく笑みを浮かべ、隔壁に身をもたせかけていた。

「ずいぶんと遅かったのね」

29.0

「あなたのお母さんはいい人そうね」とあの娘がいった。これが部屋に入ってきたラヴィに向けて、彼女の口から発された最初の言葉だった。彼女が誰にも姿を見られることなく黙って立っているあいだ、彼の母親が息子にしゃべりつづけた。いかに正しい食事をとって、身体に気をつける必要があるか、そしてボズのせいで（「宇宙にあまたある星にかけて、ロベルタ、あなたはまわりのみんなに悪い影響を与えかねないから」）トラブルに巻きこまれないように、などなど。母親がしぶしぶ息子にさよならを告げて、フィジー輪にある自分の居室に戻っていくまで、現実には存在しない娘は辛抱づよく待っていた。ドアが彼の母親の背後で閉じると、娘は床にすわりこみ、擦り切れたカーペットの上であぐらをかいた。

すわったように見えるだけだ、とラヴィは厳しく自分にいって聞かせた。彼女は本当にここにいるわけではない。すべては彼の頭のなかで起きていることだ。

「なんの用なんだ？」

「えっ、なんだって？」とボズがびっくりして応じた。そうして、いとこが床の何もない一点をじっと見つめているのを見てとるとつけ加えた。「ああ、そういうことか」

娘の八重歯がのぞく笑みが広がって、いたずらっぽくにんまりとした笑顔になった。

「あなたに会うためよ、もちろん」

「ぼくの夢に侵入するだけじゃ足りないっていうのか？」彼は急に、自分が疲れて、いらだっていることに気づいた。手術は思った以上に身体にこたえていた。

娘のにんまりした笑みが消えた。

「危険な賭けに出ないといけなくなったの。そして、わたしたちに残された時間は尽きかけてる」彼女は両手で自身を示した。「こういうのはちっとも簡単なことじゃないのよ、ほら」

ラヴィは大きく深呼吸をひとつして、会話がそれるのをやめさせようと決意した。

「オーケイ」彼は重々しくいった。「もう一度はじめからやりなおそう。どのようなご用件でしょうか？」

ボズが興味をもってじっと見つめているのを、彼は目の隅で見てとった。できるかぎりボズのことは無視して、目の前の幻影の娘だけを見つめるようにつとめた。

娘の笑みが戻った。おそらくは、安堵のしるしとともに。

「あなたにプレゼントがあるの」と彼女がいって、彼の収納箱を指さした。ラヴィは少し警戒しつつも、箱のところまで行ってふたを開けた。箱のなかには偽のボズボールが戻っていた。

しかも、三つの兄弟とともに。全部で四つの黒くて丸い玉は、どれも彼の衣服の上に、パレードでもしているかのようにきちんと並んでいる。彼が最初に回収してきたドローンはいちばん右のやつだと完全な確信があったが、なぜそう思えるのかは自分でもよくわからなかった。どれも外見上は瓜ふたつに見える。彼はゆっくりと深呼吸して、考えをまとめようとした。

「つまり、こいつはぼくの部屋から逃げ出したあとで、仲間を複製していたのかな？」とラヴィは尋ねた。

「ほかにもいろいろとね」彼の頭のなかのハックウェアの乱れから、彼女が床から立ち上がって彼の隣に歩いてきたように感じられた。彼女はふたの開いた箱の上に屈みこんでなかをのぞきこんだ。「これを使って、あなたはトランスポンダーをオンにするの」

何か事前に準備されていたコマンドにより、偽のボズボールのうち三つがわずかに動いて、外殻が後ろにスライドし、親指大のへこみがあらわれた。

「そうすれば、トロイ人《トロージャン》があなたをログオンさせてくれるから。オンラインになったら、どうやってメイン航法室にたどり着いたらいいのか、制御パネルはどんな形をしているか、そしてこの子たちがそこにたどり着いたら何をするのか伝えるだけでいい。あとはこの子たちにまかせておけばいいの」

「トロージャン?」

「トロイの木馬みたいでしょ。古い、古い、ホーム・ワールドの物語からとった名前よ。トロイというのはトロイ人の暮らす都市国家の名前だけど、そこは侵略してきたギリシャ人によって十年にわたって包囲されていた——なかなか攻略できずにね。ある日、トロイ人が目を覚ましてみると、ギリシャ人が戦争をやめて船で去っていったことがわかった。故郷に戻る船旅の安全を祈願して、巨大な木製の馬を捧げものとしてあとに残して。トロイ人は自分たちが勝利したものと思いこんで、その馬を戦利品として城門のなかに運びこんだ。彼らにとって不幸なことに、それは罠だったの。馬のおなかのなかはギリシャ人の兵士でいっぱいだった。その晩、ギリシャ軍が船で戻ってきて、一方の馬のなかに隠れていた兵士たちはそっと抜け出して、城門を内側から開けた。ギリシャ軍は簡単に開いた門からなだれこみ、トロイの人々を虐殺して、都市は灰燼《かいじん》に帰した」

「それはひどいな」とラヴィはいった。「それじゃ、ぼくらがトロイ人で、きみたちはギリシャ人ってこと？〈アルキメデス〉がトロイ人の側？」彼はトロージャンのひとつを拾い上げた。不安のかたまりが喉もとにこみあげてきた。「これも罠ってことか？　こいつらがエアロックを開けてやると、きみたちはぼくらを吹きとばしてクォークに変えるつもりかい？」

娘がげらげら笑いだした。

「ただの名前よ」明らかにこのハックウェアは、彼のチップセットをうまく制御できるようになりはじめている。トロージャンのはなつ光が彼女の目に映ってはっきりときらめいた。「これが実際に、ほら、トロイの木馬だとしたら、わざわざトロージャンと呼ぶと思う？」

ラヴィにはなんとも答えようがなかった。彼は黙ってその場に立ちつづけ、思考は小さな輪を描いてぐるぐるめぐっていた。

「彼女はなんていってんの？」とボズが訊いてきた。

「ちょっと黙ってて」とラヴィは応じた。だが、その声に悪意は少しもこもっていない。

「とりあえず、きみたちは危害を加えるつもりはないとぼくが信じたと仮定してみよう」と彼は娘にいった。「トロージャンはすべてここにある。船団の残りの船にこいつらを移動させる手だてはぼくにはない」

「もちろんあるわよ。さっきもいったでしょ、覚えてる？」

ラヴィはほんのかすかにうなずいた。生きたままドラゴンに灼かれる直前に、彼女がそういっていた——ただし、どうやってそれを実行するつもりなのかまでは告げていなかったが。

　こうしていま、ドラゴンのことが頭によみがえると、彼は思わず身ぶるいした。ドラゴンの吐く熱い息吹《いぶき》の猛火を思い出した。黒く焦げ、火ぶくれの生じた皮膚の悲鳴をともなう痛み。想像のおよぶかぎりもっとも恐ろしい死に方をこれから自分が経験することになるとわかっている恐怖。一瞬の出来事ではあったが、あまりにもリアルに感じられた。あれがこの娘の夢だということは彼にもわかっていた。美しく、そして恐ろしい。

「彼女はなんていってんの？」とボズがもう一度訊いた。

「これから説明してくれるところなんだ、どうやってこのふたつのＬＯＫＩを——ちなみに、彼女はこれを〝トロージャン〟と呼んでるんだけど——十万キロの超真空を越えて、ぼくらの姉妹船二隻に移すことができるかを」

　苦い笑みを浮かべて、娘がそのヒントを受けとった。

「あなたたちの船団は、いまでも互いに荷物をやりとりしているの？」と彼女が尋ねた。

「ああ、〈ボーア〉の食料が不足してることははっきりとした事実だし、もうすぐ〈チャンドラセカール〉のフリーボール・チームがプレイオフの試合をしにやってくるよ」

「プレイオフの試合って?」

「その説明はまたの機会にしよう。結論だけをいえば、船団はいまでも互いに荷物をやりとりしてる」

「最高《ボンザー》」と娘がいった。ラヴィはこれを〈ニュートン〉で使われている〝よい〟というような意味のスラングだろうと解した。「必要なことをこの子たちに教えてやったら、そのうちのふたつを、ひとつは〈ボーア〉行きの積荷に、もうひとつは〈チャンドラセカール〉行きの積荷にこっそり忍ばせて」娘は自信にあふれた晴れやかな笑みをのぞかせた。「あとのことはトロージャンがやってくれる。そうなったら、あとはあなたがすべきは魚雷を無力化することだけね」

「彼女は本当に魚雷を無力化できるのかを知りたがってる」とラヴィはボズに説明した。

「もちろん」とボズがいった。彼女は娘がいるとおぼしき場所に向かって話しかけたが、まったくの見当はずれだった。「あたしはプログラミングを担当してて、どうやってキルスイッチを組みこんだらいいか思いついたんだ」彼女の顔に独善的な笑みが広がった。

「あいつはどこにも満足に進めやしないよ」

「そりゃすごい」とラヴィはいって、娘に顔を戻した。「けど、きみたちの側でも取引を守るかどうかは、どうしたらわかるのかな？　船団の三隻すべてが攻撃に対して無防備にさらされる。もしもきみたちが同じように非武装化しなかったら？」ある考えが舌の上にわずかなあいだとどまったうえでとび出して言葉になった。「きみたちが本当にギリシャ人だったら？」

「わたしたちはギリシャ人じゃない」

ラヴィとしては彼女を信じたかった。この娘が彼の頭に残していった記憶を信じたかった。ケーキの実験、平和集会、そして誰も殺したくないという言葉。

だがしかし、彼女はラヴィを使って危険な可能性のある異物を小型艇の外面からまんまと回収させた。ボズの指摘はもっともだ。彼が見た記憶は、とても真実らしいものに見えるとしても、真実ではないかもしれない。

「ああ、だけど、もしもきみたちがギリシャ人だったら？」彼はまっすぐに娘を見据えた。

「ぼくはもうじき士官プログラムの訓練を終えることになる。そしてこの船の教育は〈ニュートン〉のとは同じじゃない。ここの教師はきみたちが送り出した小型艇内で命を落とした子どもたちの名前を教えたりしない。きみたちのことは何ひとつ教えようとしないんだ。ここで教えているのは、今日《こんにち》のぼくらがいまいる位置座標に到達できたのは、ぼくらの船で生きて死んでいった十万もの先人たちのおかげであり、だからこそぼくらは彼らのためにミッションをやり遂げる借りがあるということだ。もしきみが頼んできたとおりに従ったとしたら、そうした人々が働いてきたすべて——七世代にわたる勤勉や犠牲や危険な任務——がわずか数秒のうちに木《こ》っ端《ぱ》みじんに吹きとばされることにもなりかねない」

「わたしたちはギリシャ人じゃない」と娘が断固としてくり返した。

ラヴィが頑迷に顎を突き出したのに気づくと、彼女はもう少し表現をやわらげた。

「そうね」と彼女がつづける。「〈ニュートン〉のみんなはなんとしてもあなたたちを皆殺しにすると固く心に誓っているの。その点で、あなたのいう疑念は正しい。この攻撃は何年も前から計画されてきたもので、きっと成功するはずよ。それがうまくいかないようにするための唯一の手段は、あなたたちがわたしを信用すること。わたしが頼んでいるのは、確実な死の代わりに生き残ることのできる可能性のほうを選んでほしいということ」

彼女はやさしくラヴィに微笑《ほほえ》んだ。

「それに、もしもあなたたちを皆殺しにしたいなら、そもそもなぜあなたにコンタクトをとろうとするの？　わたしがしてきたことはすべて、わたしの仲間がやろうとしていることを難しくしているだけ。そんなのは筋がとおる？」

「宇宙は広く、船はひどく小さい。このやり方ならきみたちは失敗せずに実行できるのかもしれない」

「ああ、もう、どうすればいいの！」娘はいらだちを隠そうともしなかった。「ほかに何か、あなたを納得させられるものがある？」

「彼女はなんていってんの？」とボズがまたしても訊いた。ラヴィは彼女に教えてやった。

「向こうにもそうさせなよ」とボズが提案した。

「どういう意味なの？」と娘が尋ねた。ラヴィはボズに伝達した。

「向こうにもそうさせなよ」とボズがくり返す。「船団が見のがしようもないシグナルを送らせるんだよ。あまり長いあいだじゃなくてもいいけど、船団にあんたらの居場所がわかる程度には長くないといけない。そうなったら、そっちもあたしたちと同じくらい危険に身をさらすことになるけど、あたしたちがあんたの頼んだとおりにしたらそうなるほどにってわけじゃない」

「そのあとで、あなたたちは〈ニュートン〉を破壊することもできる」と娘がいった。「わたしたちになんの見返りも渡さずに」

「彼女はなんていってんの？」

「彼女はまだ考えてるところだよ」とラヴィは辛辣にいった。

ハックウェアであろうとなかろうと、娘の身を震わせるほどの長いため息はじつに本物らしく見えた。彼女は不安げに唇を噛み、両手をポケットに深く突っこんだ。ラヴィは息をひそめて待った。

「オーケイ。でも、準備する時間が必要ね。Sバンドで何か大きく、高らかに発信するから。ほんの数秒だけ。きっとあなたたちは、センサー・アンテナをいくつもわたしたちのおおよその方向に向けているだろうから。そのうちのどれかがそれを拾うことになるはずよ」

それは命綱なしでエアロックの外側のふちに立つようなものだった。あと一歩踏み出したら、二度とあと戻りするすべはない。彼の心臓が胸の奥でゴトリと音をたてた。時間が静止した。

「よし、取引成立だ」この言葉は、はるか遠くからやってきたように聞こえた。娘は何かいいたそうに見えたが、そうする代わりにいきなり姿を消した。高優先度のコードの受信によって、彼のチップセットから追い出されたのだった。代わりに、見慣れた、歓迎されざる顔がひとりでに彼の心の目に浮かびあがった。

《こちらは船内警備隊《シップセク》だ》とヴァスコンセロス中佐隊長が告げた。その声がラヴィの頭のなかに響きわたった。《これは公的な用件だ。ドアを開けてもらおうか。いますぐに》

「ドアのブザーを使うわけにはいかなかったんですか?」とラヴィは尋ねた。皮肉なユーモアを意図したつもりだったが、神経が張り詰めていて狙いがはずれたらしい。いかにも不満そうな問いかけのように聞こえた。

　ヴァスコンセロスはその問いかけを無視した。ほとんどラヴィを押しのけるようにしてドアをくぐり、室内に入りこむ。そして、入ってきたのは警備隊長一人ではなかった。彼のあとから、不気味に立ちはだかる保安用ドローンの巨体と、もう一人さらに船内警備隊《シップセク》士官も入ってきた。ラヴィの口のなかがからからになった。ついいましがた、彼は船団を裏切る行為に手を貸すと同意したばかりで、その直後に船内警備隊《シップセク》が彼の居室のドアの前にあらわれる？　彼は手が震えはじめた。その手をきつく握りしめ、なんとか震えを抑えようとしたが、あまりうまくいかなかった。純粋に人間とマシンが狭い居室内に入りこんだために、彼は隔壁に背中を押しつけられることになった。

　ヴァスコンセロスの視線がボズに留まった。

「マクラウド家のお二人がおそろいというわけか、なるほど。今日は何か自白するつもりはあるかな、ロベルタ？」

　ボズのほうもラヴィと同じように内心は恐怖で震えあがっているとしても、彼女はそれをはるかにうまく隠していた。突然あらわれた警備隊の一行に場所を譲るため、彼女はラヴィの収納箱のところまで退却して、それを椅子代わりにしてすわった。そのために彼女は落ちつきはらってまずはふたを閉め、詮索する目から四つのトロージャンを隠した。

「今日のところは自白はなし」と彼女が陽気に応じる。「だけど、あたしとしては、喜んでそちらの打ち明け話を聞かせてもらう準備ができてるよ、隊長」といって、ボズが相手に向けた笑みの不誠実さは明瞭だった。

ヴァスコンセロスは何か聞きとれない言葉をぼそっとつぶやき、ラヴィに注意を戻した。

「きみのクラスメートのうち、どれくらい多くの者がボン・ヴォイなんだ?」と隊長が唐突に切り出した。

「ハンガリー輪にかけて、いったいどうしてぼくがそんなこと知ってるはずがあるんですか?」叛逆のかどで自分が逮捕されるのではなかったという安堵から、彼の言葉は本来ならそうあるべき以上にぶっきらぼうなものになった。ヴァスコンセロスの目が危険なくらいに細められた。

「なぜなら、きみのクラスメートだからだ」隊長の声には相手を見くだしているようすが強くにじんでいる。「彼らの大半は、きみのような、なんというか、出身の者とつきあわないようにするだけの常識をもちあわせているものと理解しているが、なあ、士官候補生、きみといえども少しくらいは友人がいるだろう、きっと」隊長の目がぼんやりした。情報を求めてアクセスしている確実なしるしだ。「ヴラディミール・アンシモフはどうかな?

彼がこれまでにボン・ヴォイへの共感を口にしたことは？」

　ラヴィが真っ先に発したのはあざけりの冷笑だった。

「アンシモフが？　そんなわけありませんよ。彼はボン・ヴォイを、ただのイカレた連中とみなしてるんですから」

　ヴァスコンセロスはこの情報を、はっきりとした驚きもなく受けとめた。

「あの青年は目標世界《デスティネーション・ワールド》の在来種について、不安を一度も口にしたことはなかったかな？」と隊長がさらに問い詰める。「ミッションへの疑念を口にしたことは？」

　ラヴィは首を横に振った。ヴァスコンセロスは自分の足もとを見つめ、いまの返答をファイルするかのように小声で何かつぶやいている。ふたたび顔を上げたとき、隊長の目は抜け目なく集中していた。

「ソフィア・イボリについてはどうかな？　彼女は惑星に入植することについて、一度も後悔の念を口にしたことはないかね？」

　この質問にラヴィは一瞬たじろいだ。実際に、彼女がそう口にしたことはあったからだ。何度も。そしてソフィアの彼氏……ジェイデンはといえば、疑問の余地なくボン・ヴォイだ。ラヴィの脳裏に、ハブでデモ集会に出くわしたときのことがフラッシュバックした。歯を剥いて怒鳴るジェイデンの顔がマスクの下からのぞいたことも。たとえソフィア自身はボン・ヴォイではないとしても、そのメンバーとつきあうことに彼女はなんの問題も感じていないようだった。そうした考えが彼を苦く辛辣にむしばんだ。とはいえ、オーストラリア輪の環状通路の店を爆破した件にソフィアが関わっているわけがない。〈アーキー〉にかけて、彼女はイボリ家の出身だ。そしてジェイデンは、恋人を裏切って二股をかけているろくでなしではあるにしても、ストラウス＝コーエン家の出身だ。船長や航法長、それにいま目の前に立っている男とも親族関係にあり、過去六世代にわたって士官を輩出してきた一族の出身だ。このような一族の者が〈アルキメデス〉に危害を加えることなどあるはずもない。実質的に、彼らの存在こそが〈アルキメデス〉にほかならないのだから。

ラヴィはまたしても首を横に振った。ヴァスコンセロスが彼に疑わしげな視線を向ける。

「ああいう連中のせいで、われわれの船のクルー三名が命を落としたことをきみはわかっているかな？　そして〈チャンドラセカール〉でも一名、さらに〈ボーア〉では四名も死者が出たことを？　いまはきみが友人とみなしている誰かを守ろうとすべきときではないのだよ。友人たるものはわれわれの家を吹きとばそうとしたりしない。友人たるものはミッションを妨害したりしない」

「イエッサー。ですが、ぼくはそのようなことをする者を一人も知りません」これは、少なくとも真実だ。

「うむ、もしきみが考えを変えたなら、あるいは何か思い出したなら、わたしにメッセージを送るように。わかったかな？」

「イエッサー」

そうして、これをもって警備隊長は踵《きびす》を返し、部屋を出ていった。そのあとからドローンと士官もつづく。

ふたたび居室内で二人だけになると、ボズが彼に向きなおった。彼女の表情はおもしろがるのと心配するのとのあいだをうつろっている。

「ほら、あいつはあんたの口から出た言葉をひとつも信じてなかったよ」

「それはマクラウド家の者についてまわる呪縛だよ、いとこ殿《カズ》。正直に真実を告げたとしても、どのみち信じてもらえないだろうね」

「そのとおり」とボズも同意した。「とにかく、あんたのチップセットには注意しときなよ、いいね？」彼女の目が光り、新たなコードをいくつか彼にほうってよこした。その感覚からすると、防御ウェアだ。「あたしの最新にして最高作だよ。ベッドに入る前に、それをセットアップしておきな。星の光と同じくらい確実に、ヴァスコンセロスはあんたが眠ってるあいだに追跡装置《トレーサー》を送りつけようとするだろうから」

ボズは帰ろうとして立ち上がり、いたずらっぽい笑みに唇をゆがめた。

「そして眠るときは、ぐっすり眠るんだね。あたしたちは船団の三隻に破壊工作をしないといけないんだから」

30.0

ラヴィは夜サイクルをとおして悪夢にじゃまされることなく眠ることができた。そうして目を覚ましたとき、ニュースフィードはふたつの話題でもちきりだった。すなわち、ボン・ヴォイと、次のラウンドのプレイオフの試合のことだ。船団の各船で何人かずつ逮捕者が出ていた。〈チャンドラセカール〉の船内警備隊《シップセク》は廃墟になっていた低G階層の区画をいくつか強制捜索し、複数の爆発物を回収していた。そのなかのいくつかは〈ボーア〉で製造されたものだという。ティア大尉捜査官は〈ボーア〉の船内警備隊《シップセク》のナンバー二で、このような問題に関してどうやらスポークスパーソンの役割を果たしているようだが、モニターの前に直立不動し、その問題は現在も捜査中であると告げた。だが、〈チャンドラセカール〉からもたらされた情報を彼がいささかも信じていないことは明らかだった。

〈ボーア〉では別の筋の捜査を優先しているという。

ボン・ヴォイの脅威、とニュースフィードでは呼ばれているが、それはいまのところ、船内の暮らしを通常どおり――あるいは、ほぼ通常どおり――に進めるさまたげにはなっていなかった。「われわれは脅しに屈しません」とストラウス＝コーエン船長がカメラをまっすぐに見据えてはっきりと告げた。「われわれは、あらゆる狭い通路にまでボン・ヴォイの爆弾が仕掛けられているかのように、おびえて暮らすつもりはありません。生活はこれからもつづくのです。ミッションもつづきます」彼女は不自然に気楽な笑みをのぞかせた。「そして、フリーボールの試合もつづいています。〈チャンドラセカール〉のスパルタンズがすでに当船に向かっているところです。明日の晩は、彼らの到着を歓迎してやりましょう……そして望むらくは、彼らに大敗をプレゼントしてやりましょう」

そしてこの言葉を契機に、ニュースフィードの話題はスポーツに移行した。プレイオフの様相はまだ混沌としていて、最後の船団対抗トーナメントになるかもしれない戦いに勝利するためのプレッシャーはさらに増している。

ラヴィはニュースフィードを閉じた。彼は遅刻になるわずか四十秒前に、ぶらりと教室に入っていった。

「ハブで道にでも迷ったかい？」とアンシモフが訊いてきた。「最新のチップセットにはナビゲーションが内蔵されてるって聞いてたけどな。おまえもその使い方を覚えるべきなんじゃないのか？」

「ハハッ、こりゃおもしろい」ラヴィがぶらりといつもの席に腰をおろしたちょうどそのとき、彼のインプラントにとりわけ大容量のデータ・パッケージが投下された。ウォレン教授は最高に機嫌がいいわけではないらしい。心のうちでそっとため息をつき、ラヴィはまたしても半シフトぶんの学習に取りかかった。よい機関士になるためにアルファベット六文字のDNA鎖がどう関係しているのか、彼には理解できなかった。だが、航法士でさえも同じ課題に取り組まないといけないのだとすれば……

彼はアンシモフの肘をつついた。

《なんだよ?》アンシモフの口は少しも動いていないが、コードを使っていてさえもいらだって聞こえた。

「ソフィアたちはどうしたのかな?」

「さあな」とアンシモフが今度は生物学的につぶやく。教室の前方にさっと目をはしらせて、彼も眉をひそめた。「誰もいない」

「誰もって何が?」

「航法士の連中だよ。忌々しい《サーディング》あの連中は、そろいもそろって全員が無断欠席《AWOL》だ」

ラヴィは不安をおぼえつつ、無人の椅子を見わたした。

「逮捕されたのかな?」

「全員が？　やつらは航法士なんだぞ、〈アーキー〉にかけて！　近親交配のお高くとまった嫌なやつらで、たとえ人の命がかかってたとしてもあいさつひとつ返さないやつらかって？　そのとおり。けど、ボン・ヴォイか？　まさか！」

ラヴィはソフィアとジェイデンのことを思い浮かべ、それほどの確信はもてずにいた。

彼は半シフトぶんの授業を心なかばの状態で過ごし、半シフトぶんの作業時間もほぼ同じようにやり過ごした。おかげで、来たる〈減速の日《ブレーキング・ディ》〉に備えてフィジー輪の区画を準備するのに、予定の二倍も時間がかかった。アンシモフが余分に作業を片づけてくれたおかげで、なんとか時間どおりに終えることができた。友人は不審そうに彼を横目で見ていたが、何もいわなかった。

　シフトが終わると、今月の支給ぶんの残りをほぼすべて注ぎこんでシャワーを浴びてから、彼はカナダ輪へと急いだ。大いにほっとしたことに、ソフィアは樹木園で彼を待っていた。

「きみは逮捕されたのかと思ったよ！」と彼はもらした。「今日は一日《ソル》じゅうどこにいたんだい？」

「とんだごあいさつね！　働いてたのよ、そんなに知りたいなら教えてあげるけど」

「働いてた？」ラヴィは驚きを隠そうともしなかった。「いったいなんの？」

「誰にも話しちゃいけないことになってるの。航法部の全員が秘密を誓わされてる」

「ぼくには教えてくれてもいいだろ」彼はにっこりした。「ぼくだってマクラウドのはしくれだ。どうやって秘密を守ればいいかくらいは心得てるよ」

ソフィアはためらうふりもしなかった。

「オーケイ。だけど、誰にも話しちゃだめよ。わかった?」

ラヴィはうなずいた。

「わたしたちは一日じゅう、方角を調べて、計算していたの。理由はわたしにもわからないわ、おじさんは何も教えてくれないんだもの。けれど、数字はわたしにもわかるし、意味のとおる説明はひとつだけね」彼女はいま、ラヴィをまじまじと見つめ、目を見開いて少しおびえているようだ。「付近の宇宙空間で何かを探知したみたいなの。〈ボーア〉のさらに先のどこかで。何かがSバンドを発信してる。だから、自然のものではありえない」彼女の声はあまりにも低く抑えられていたから、ほとんど聞きとれないほどだった。

「船よ、ラヴィ、〈アーキー〉にかけて、船がいるの!」

ソフィアが震えていることにラヴィは気づいた。震えのおさまらない手で髪をもてあそんでいる。ラヴィは彼女のことを責める気にはまったくなれなかった。共感するようにソフィアの肩に手を置く。それと同時に、〈ハイヴ〉にそっとコードの筋をおろした。誰にも見られず、聞かれることもなく、それは目的地を目指して這っていった。

《ボズ、こちらはラヴィ。準備がととのったよ》

「スパルタンズめ、帰れ!」

「〝死の重し《デッド・ウェイト》〟め!」

「おれたちの空気を無駄づかいするな!」

こうしたあざけりの言葉はどれも悪意のないものだった。通常なら、〈アルキメデス〉ではどこの船からやってきたフリーボールのチームでも歓迎するのが慣例だった——とりわけ、フリート・カップのときには。かなりの規模の群衆が小型艇用エレベーターのまわりに浮かびながら、〈チャンドラセカール〉からやってきたスパルタンズの選手たちが姿をあらわすのを待ちかまえている。船内との気圧を調節するシュッーという大きな音がエレベーターの到着を告げると、野卑な叫び声がふたたび高まった。分厚いドアがスライドして開き、耳ざわりな怒鳴り声や下品なジョークや携帯型クラクションの喧騒のただなかに〈チャンドラセカール〉の選手たちを吐き出した。

スパルタンズの面々はこのような対応に面くらったとしても、なんのそぶりも見せはしなかった。彼らは数人の船内警備《シップセク》隊士官にエスコートされ、フィジー輪の方向に去っていった。旅行かばんをわきに浮かべて、手首に巻いた色鮮やかなストラップで引っぱっていく。群衆は空中で回転したり、身をよじって彼らの進路から離れた——とはいえ、それは可能なかぎり最後の瞬間になってからで、衝突は避けがたいようだった。より熱狂的なファンは膝を曲げて固い壁を蹴って離れ、水平方向に勢いよく跳んであとを追いかけ、はるばるスポークのほうまでビジターチームにやじの恩恵をふり撒いた。

本当に反対方向まで追いかけてくるとは誰も予想していなかったから、ラヴィはエレベーターまで向かうのに少し手間どることになった。

「ごめんよ」と彼は小声でつぶやき、予期してもいなかった野次馬の列にぶつかっては、ともにもつれながら空中をころがっていった。「ごめんよ」

彼は大きくふくらんだ宇宙服に身を包んでいたが、対する野次馬のほうはそうではなかったから、謝罪の言葉のわりにはなかなか先に進めなかった。急に方向が変わったことに彼の胃袋が叛乱を起こしかけたが、どうにかフェイスプレート内に吐かずにこらえることができた。

ようやくエレベーターのエアロックにたどり着いてみると、そこに船内警備《シップセク》隊士官と保安用ドローンが立って警備しているのを見て彼は驚いた。

「どこへ行くの？」と女性士官が無愛想に訊いた。

「小型艇用パイロンまで」とラヴィは応じた。ヘルメットを脱ぎ、何度かまばたきすることで認証を送った。「ドッキング用クランプを調整しなおす必要があって」この認証は本物だ。ただし、緊急性のない作業で、余分な単位稼ぎのために——それと、小型艇にアクセスする機会を得るために——ラヴィがみずから志願したものだ。ツールキットの底に隠れているトロージャンふたつのことはできるだけ考えないようにつとめた。

　情報をスキャンするあいだ、士官の目がぼんやりしていた。

「まともな仕事のようね」と彼女がいった。士官の視線が彼の隣に浮かんでいるくたびれた箱のほうにさっと移る。「その道具は？　ドローンが数値を読みとれないって」

　ラヴィはうなずいた。

「内張りのせいですよ」彼は士官に真実をいった。「道具が放射線でだめになるのを防ぐために」

「なるほど」と士官が応じて、唇を引き結ぶ。「では、開けてみて」

「なんですって？」ラヴィはなんとか声を平静にたもったが、額に冷や汗が浮かぶのが感じとれた。トロージャンをひと目見られたら、万事休すだ。

　士官がほんのわずかながら、謝罪のしるしに顔をしかめた。

「ボン・ヴォイのせいよ。あのろくでなしどもがオーストラリア輪を爆破したあとで、リスクを冒すことはできないから。念のために、中心軸に向かうものはすべて確認しなくてはならない」彼女はツールキットを見つめ、ラヴィがふたを開けるのを待っている。

〝はったりをかまして、この場を乗りきるんだ、息子よ〟と父親がいって肩をすくめるさまを、ラヴィはありありと思い描くことができた。〝どのみち、燃料ラインが破裂しちまったんだ。これ以上、何を失うものがある？〟ほんのかすかなせせら笑い。〝それとも、おまえはやわになっちまったか？〟

「そ……それなら、あなたにも宇宙服を着てもらう必要がありますね」彼は口ごもりつついった。

　士官の目がいぶかしげにせばめられる。

「どうして？」

「な……なぜなら、作業内容はパイロンの再調整でして」とラヴィは嘘をついた。「道具は超真空で使用するようにあらかじめセッティングされてます」彼はすまなそうに見えることを願って肩をすくめた。「箱自体が密封されてるんです。もしここで開けたら、爆発します。おそらく、ぼくの手がちぎれるでしょう。そして、きっと道具もだめになる」胃袋がせり上がりはじめたが、彼のなかのマクラウドの血筋がどうにか話をつづけさせた。

「そしてそうなったら、機関長にこっぴどく叱られるでしょう。ただし、あなたも宇宙服を着こんでエアロックに入ってもらえるなら、真空状態にして箱を開いて見せましょう、なんの問題もなく」

士官は彼をじっと見つめ、嘘をついているのか読みとろうとした。ラヴィも見つめ返す。彼にできるかぎり、あけっぴろげで実直な視線だった。ボズやトークィルおじさんも誇らしく思うだろう。

「その必要はなさそうね」と士官がしぶしぶいった。彼女は片側に浮かびながら離れ、彼がドアを通ることを許した。「乗り心地を楽しんで」

彼はエレベーター内ですぐに吐いた。だが、そのあとの乗り心地は問題なかった。いつわりの重力の減少に備えて手すりをつかんで身体を固定し、ハンガリー輪から船尾方向におよそ二千五百メートル行ったところでエレベーターを止めた。ヘルメットをかぶりなおし、エアロックを作動させて外に出る。

彼は船本体と〈星間移動船《ISV》‐1‐小型艇《LB》‐01 ジェイムズ・クラーク・マクスウェル〉の隙間をただよっていった。氷の小さな結晶の集まりが、その大半は水蒸気や回収されなかった空気から生じたものだが、彼のそばに浮かんでいて、目標《デスティネーション・スター》星の光を浴びて粉状のダイヤモンドのようにきらめいている。それは小型艇の荒涼たる影のなかにただよっていくと見えなくなった。

彼はブーツを履いた足から先に、巨大なドッキング用パイロンに降り立った。そうしてこのミッションを完了すると、アンカー・ポイントに命綱をつないで身体を固定し、パイロン上を歩いて作業場に向かった。大きくふくらんだ形の小型艇をその場に固定している巨大なクランプのほうへ。

付近の収納ロッカーから作業用ドローンを呼び出し、ラヴィは自前のツールキットを開けて、割り当てられた仕事に取りかかった。クランプが実際にかけている力を、船内のコンピューターがあてはめているとみなす力とマッチさせる。すべてを調整するのに一時間近くかかった。作業が終わり、あとはエレベーターを呼んでハブに戻るだけだ。

ただし、彼はそうしなかった。小型艇の船腹の陰になった部分に沿って移動し、予備のエアロックを見つけて艇内に入りこむ。ヘルメットのバイザーを上げて、宇宙服が供給する空気を節約し、代わりに休眠状態の小型艇内の冷たくて薄い空気を吸いこみながら、薄暗い照明のともる区画内を貨物室へとただよっていく。宇宙服の温かさにもかかわらず、冷気のために歯がカチカチと鳴った。ただよいながら進んでいくあいだ、顔の前に白い息が筋を曳いて流れていく。

最後のハッチを開け、彼は明かりのついていない貨物室へとただよいながら入っていった。予備照明の微弱な明かりが背後から差しこんでくるものの、暗闇の途中までしか届かなかった。彼が見分けることのできたのは積荷用ネットだけで、闇のなかではすべてがあいまいではっきりしない。

だからといって、それが問題なわけでもなかった。トロージャンには完璧によく見えるはずだ。

彼はツールキットに手を入れて、トロージャンをひとつ取り出した。それは手のひらの上でなんの害もなさそうに横たわっている。彼は手首をきかせてそれを暗がりにほうった。「うまくやれよ」と彼はささやいた。小さな玉が視界から消えると、彼は鋭い良心の呵責《かしゃく》に襲われた。もう少しで自分も宙に浮かんで、あれを追いかけて取り戻そうとしかけたほどだった。だが、もう手遅れだ。あれを回収しようとしても、彼には二度とつかまえることはできないだろう。トロージャンのミッションはすでにはじまっている。すべてが片づくまで、捕まったりしないはずだ。彼は長く震える息を吐き、ハッチを閉めた。すでに賽《さい》は投げられた。あと三時間ほどもすれば、小型艇の操縦クルーが出発の準備をはじめ、船内の空気を濃くして、冷気を追い出し、水耕栽培所で余分に採《と》れた大豆を貨物室のふちまでいっぱいに満たすことになる。そしてそのおよそ七時間後、このボートの新たに調整しなおされたクランプが勢いよく開き、船は出航する。

〈ボーア〉を目指し、小さな丸い密航者を乗せて。

小型艇をあとにすると、ラヴィは船腹の反対側にまわりこんだ。船腹は宇宙のちりであちこちに疵がつき、百三十年あまりにわたって虚空にさらされつづけてきたためにピンク色のさびが覆っている。彼は船尾方向を向いた。前方には、小型艇のエンジンのふくらみの向こうに、〈アルキメデス〉の氷に覆われた中心軸がさらに十キロ以上も伸びている。星々を背景にして、クモの巣のような格子の支柱が。

さいわいなことに、彼はそこまで遠くへ行く必要はなかった。ほんの一キロほど離れた、次のパイロンと〈ISV-3-LB-03 プリンセス・カグヤ〉のもとまでたどり着けばそれでいい。この船は、もっとも著名な乗客であるスパルタンズのフリーボール・チームを乗せて〈チャンドラセカール〉からやってきて、ついさっきドッキングしたばかりだ。選手たちのほかに、高耐久性のスラスター用部材を運んできて、帰りは大量のキャベツを積んで戻る予定になっている。だが、誰もそのことを気にかけてなどいない。

ラヴィはいま、〈ジェイムズ・クラーク・マクスウェル〉のスラスターの巨大なノズルの隙間に身を寄せ、遠くの〈プリンセス・カグヤ〉のノーズに視点を定めた。

そしてジャンプした。

31.0

「あいつは何をしてるのかな？」とラヴィは尋ねた。彼としては否定的に聞こえることを望んでいたが、好奇心のほうがまさっている。

ボズボールはボズのフィジー輪の隠れ家《が》のなかで、輪を描いて回っていた。Ｊシリーズのマザーボードや生のポリマー素材をおさめた箱が積み上がったその隙間を上手にすり抜けていく。自家製のＬＯＫＩがなぜこのような運動を必要としているのかはラヴィにはまったくの謎だが、小さなマシンは明らかに何かの意志をもって区画全体を動きまわっている。もしかしたら、何かを測定しているのかもしれない。

「さあね」とボズがおもしろがっているようにいった。彼女は焼け焦げた回転椅子にもたれて、ちびたタバコの残りを吸っている。「あたしたちの、その、招かれざる客に似せてアップグレードしてみたら、それ以来ずっとこんなふうにしてるんだよ。新しいセンサーをテストしてるんだと思うけど、もしかしたら単に退屈してるだけかもね」

「もっと気をつけるべきだとは思わないか？　もし誰かに見られたら――」

「こんなとこで？　隠れ家《が》っていうのはプライベートな空間であることに意味があるんだよ。それに、あたしは危機的状況を脱したし」彼女は満足げに胸を張った。「〝良好〟な評価に格上げされたんだよ――正式に。あたしはもう、〝暫定〟じゃないんだよ！」

「ソフィアのおじさんが承認したっていうのかい？」ラヴィは驚くと同時に喜んだ。「仕事がうまく片づいたということ？」

「仕事は片づいたよ」とボズが認めて、にんまりした。「イボリのじいさんは約束どおりにしてくれたよ。彼のいわゆる〝探査機〟が数機」――彼女はその言葉に指二本で引用符《エア・クォーツ》をつくるまねをつけ加えた――「試運転に合格したから、あたしの評価を恒久的に上げてくれたんだよ」

　ラヴィの耳がぴくりと反応した。

「探査機が数機？　複数あるってこと？」彼はその響きが気に入らなかった。

「全部で三機」とボズが肯定した。「各船に一機ずつ配備されるから」彼女はタバコの袋を探してポケットをあちこちまさぐった。「あれが何かの役に立つってわけでもないんだけどね。誰かが使おうとすると、しばらく飛んでいったあとで止まって、そこにとどまりつづける。ひびの入ったフェイスプレートと同じくらいに役立たずなんだから。攻撃されたときには自分で防御できるけど、それだけ」彼女はタバコを口にくわえてからまた話をつづけた。「あれはあたしの最高傑作のひとつだね」と誇らしげにもぐもぐいう。「願わくは、あれが実際に使われることがないといいけど」

「もしも使われたら？」とラヴィは急に心配になって尋ねた。「連中はきみを逮捕して、ただちに〝死の重し《デッド・ウェイト》〟処分にするぞ」

「いいや、そんなことないね。たとえ連中がバグを見つけることができたとしても、なんだかよくわかんないコードの羅列にしか見えないだろうし、それがお互いに干渉してるなんて誰も思わないよ。この言葉は信じてもらっていいよ。じつにかすかなものなんだ。それに、計画がうまくいったら、実際に発射することもないだろうから、誰も気がつきはしないよ」彼女はラヴィのほうに紫煙のかたまりを吐き出した。

「あたしたちの小さなお友だちは、もう目的地に向かってるんだよね？」と彼女が尋ねた。

　ラヴィが首を横に振る。

「どっちも明日の朝まではここを離れる予定じゃない」船便のスケジュールにアクセスするわずかなあいだ、彼のまぶたがぴくぴくした。「〈ジェイムズ・クラーク・マクスウェル〉は〇四三〇時にクランプをはずされて出航する。〈プリンセス・カグヤ〉のほうは〇六五〇時だ」

〈プリンセス・カグヤ〉と聞いて、ボズがいたずらっぽくにんまりした。

「あの負け犬たち！　接戦ですらなかったよね！　連中が〈チャンドラ〉にすごすごと逃げ帰るとき、あたしはあれに同乗したくもないね」

ラヴィもにんまりと笑みを返した。

「連中はホームシックになってたのかも」と同情をよそおいつつ、つぶやいた。

さらにつけ加えたいところだったが、まさにその瞬間、彼のチップセットが強烈な入力信号に襲われてうずいた。彼はボズの顔を見たが、彼女の目も驚きに見開かれている。間違いなく彼自身の表情を鏡のように映していた。

全クルーへの通知だ。彼の視界に秒数が自動のオーバーライドでスーパーインポーズされ、すでにカウントダウンがはじまっていた。三……二……一……

彼は目を閉じて、生物学的なインプットによる混乱を遮断した。

……ゼロ。

船長の顔がいきなり浮かび上がった。彼女は船長室の大きな木製のデスクの奥にすわっている。作業用制服は清潔でぱりっと糊《のり》がきいていて、髪の毛はいつもの実用本位なやり方で編みこんで首の後ろにまとめている。表情は真剣そのものだ。

「こんばんは、諸君」と彼女が話をはじめた。「船長から報告があります」

彼女が誰か知らない者がこの船内にいるかのように、とラヴィは心のうちでつぶやいた。状況の深刻さにもかかわらず、マクラウド家の者らしい反骨心の表出によって彼の唇に笑みが浮かんだ。ボズも同じことを考えたはずだ。「諸君の時間をじゃますることを、まずはおわびしておきます」とストラウス＝コーエンがつづけた。「多くの者にとって、きっと忙しい一日《ソル》だったはず。〈減速の日〉が近づいているために、日々の生活はさらに忙しいものになるでしょう」彼女は少し間をおいて、険しい顔でカメラを見つめた。「そして、さらに危険なものになるでしょう」

ラヴィの笑みが消えた。

「少し前に、われわれのセンサーが、短いとはいえ強烈なSバンドの電波を受信しました。それは船団のほかの船からではないし、ホーム・ワールドからでもありませんでした。そしてモジュレーターから自然発生したものでもないとわかっています。つまるところ、それはただひとつのことを意味しています。何か別の船が、誰にも姿を見られることなく、われわれのあとをたどって、付近に潜んでいるのです」

いまこの瞬間、船内の居住区域がどんなようすなのかはラヴィにも想像がついた。人々は衝撃のあまりその場に立ちすくみ、驚きに息を呑み、少なからぬ恐怖をおぼえているだろう。

「この特定のベクトルからわれわれが信号を受けとったのはこれがはじめてではないことを、残念ながらつけ加えなければいけません。しかしながら、このような電波信号を受けとったのはこれがはじめてです。そして、完全に人工的なものであると確信できたのもこの信号がはじめてです」

船内のすべての輪のすべての階層で低いつぶやきがもれているに違いない、とラヴィは考えた。なぜいまになって、みんなに打ち明ける気になったのか？　と誰かが問いかけるのも彼は想像できた。上層部は何を知らせたくなかったのだろうか？　忌々しい《サーディング》ハンガリー輪にかけて、いったい何が起きているんだろうか？

「向こうに何かが存在するかもしれないと、われわれはかねてから疑ってきましたが、これで確信できました。その船は、正体がなんであれ、何年も前から存在していたに違いありません。向こうはわれわれの存在をはっきりと知っているに違いありません。というのも、つい最近まで、船団間の通信にはオープンな周波帯域が使われていて、容易に探知できたはずですから」

無線を急にレーザー送信に切り替えるという判断がなされた当時にラヴィの思考は舞い戻っていった。新たに受信機を設置するために、中心軸で過酷な長時間の作業をこなしてきたことも。そのときの説明はまるで意味をなさないという、ソフィアの率直な指摘も。

そして、急に無線のやりとりが聞こえなくなったとあの娘がこぼしていたことも。ソフィアの指摘は正しかった。あの娘の不平はまっとうなものだった。ストラウス＝コーエン船長ははっきりと表明したわけではないが、無線を使用禁止にしたのは船団が身を隠そうとしたからだ。夜サイクルのあいだにドライヴ機関に点火したところでたいした意味はない。早朝のニュースフィードに周波帯をあわせるという単純な手法を使うだけで、〈ニュートン〉はその次の日《ソル》に彼らを簡単に見つけることができたのだとすれば。

「何年にもわたってわれわれのあとをつけてきた船、われわれがここにいることを知っている船、そうしたすべてをわかっているうえで、われわれに話しかけようとはしない船、それは敵対的であるといってもいいはず。われわれは最善の結果を期待しつつも最悪の事態に備えなければなりません。そのために、そして念には念を入れて、われわれはすでに現在位置を隠す手法を取ってきました。われわれはいまでは身を隠しているために、向こうの敵対的行為から安全なところにいることは安心してもらってかまいません」船長の指がデスクのふちをかるく叩いた。トントンというかるい警告音。「しかしながら、その安全は〈減速の日〉にすっかり失われるでしょう。メイン・エンジンに点火した瞬間から、ドライヴ機関の燃焼を示すまばゆい輝きを隠すことなど不可能であるために。われわれは敵対者にとって明確なターゲットとなり、そのとき向こうは攻撃を仕掛けてくるものと予想すべきでしょう、もし攻撃があるとすれば」

そうして、船長は笑みを浮かべた。かすかにではあるが、自信にあふれ、クルーたちを安心させる笑みだった。

「われわれを追ってくる影がそのような行動を選択するなら、彼らは驚かされることになるでしょう。われわれは強力な防御手段をつくり、いまも日に日に強力になっています。当船も含めてすべての船が、対ミサイルのマス・ドライバーを搭載しています。敵がはなつであろうどんな武器も、この防衛手段を通過することはありません。われわれも含めてすべての船が、いまでは核弾頭を搭載した最新鋭の魚雷を装備しています。そのようなものをつくることをわれわれはけっして望んでいたわけではありませんが、いまそれが発射用パイロンに存在し、発射準備ができています。そのために必要なのは正確な発射解だけです。そしてわれわれの影の偶発的な電波発信のおかげで、発射解はいまわれわれの手中にある。そのことに疑念を抱く必要はない。来たる戦闘において、われわれは必ずや勝利します」彼女がすわったまま身を乗り出した。「クルー諸君、われわれは先人たちのおかげでいまここにいるのです。彼らはあまりに多くのものを犠牲にして、この船内で生き、そして死んでいきました。人類がこれまでなし遂げてきたなかでも最大のミッションを達成する直前の状態に、われわれが到達するために。われわれは彼らを落胆させはしません。

われわれは親を、祖父母を、曾祖父母を落胆させはしません。われわれはミッションを完遂する――そしていかなる謎の船にもじゃまはさせません！」

これをもって、通信が終わった。〈ハイヴ〉さえもすっかり静まりかえっていることにラヴィは気づいた。自動でチクタクと刻む程度までおさまっている。船全体が衝撃で沈黙状態にあった。

ただし、ボズだけは別だった。

「核弾頭を搭載可能な最新鋭の魚雷とやらが、チョコレートでできたロケットほどの役にも立たないと知ってたら、船長はなんていったろうねえ」

翌朝、ラヴィはエクアドル輪からデンマーク輪の三時方向のスポークにハブを移動するためのジャンプの判断をあやまった。その結果、予定よりも遅れることになった。彼のチップセット内を駆けめぐるルーティング・アルゴリズムはまだ授業に間にあうと請けあっているが、彼としてはそれほど確信がもてなかった。もう一度しくじったら、ウォレン教授から厳しい叱責を受けることになるだろう――それにデータ・パケットでたっぷりと送られてくる余分な懲罰作業のことはいうまでもない。いずれにしても、エレベーターの到着を待つ余裕などありそうになかった。そこで彼はいちばん近いパターノスターのひび割れたはしご段をつかむと、古びた機械装置がガタガタと音をたてながら輪の下方向へと彼を運んでいくのに身をまかせた。それでも時間が気になったから時計にアクセスし、まぶたの下に小さな数字を表示させた。〇六五二時。〈プリンセス・カグヤ〉がついさっきクランプをはずされたところだ。まさにこの瞬間、スラスターが推進剤を吐き出して、小型艇のずんぐりしたノーズが〈チャンドラセカール〉のほうを指すように方向転換しているだろう。乗り組んでいる航法士は、あと数分間は正しい軌跡をたどっていることを確かめたうえでスラスターを遮断するだろうし、小さな丸い密航者は貨物室のどこかに身を潜めている。

自分がやった行為の重大さが、ラヴィには小惑星の衝突のようなインパクトで胸にこたえた。たったいま彼は、三万もの人々の死を宣告したのかもしれない。七世代にわたる犠牲と努力をすっかり消し去って。それも、いったいなんのために？　自分が実際には一度も会ったこともなければよく知りもしない――おそらくは想像上の――娘との約束のために？　胃袋がきゅっとすぼみ、パニックと後悔の念がごたまぜになった。後悔したところでもう手遅れだ、とラヴィは自分にいって聞かせようとした。小型艇はすでに出発した。つべこべいわずに、最後までやり通すんだ。だが、頭のなかでこうつぶやいてみても、自分が望んだ元気づけにはほど遠いように思われた。

「ラヴィ？」

あの娘だった。彼女がラヴィの視界にいきなりあらわれた。彼の顔からほんの数センチのところに。ラヴィはびっくりして、はしご段をつかむ手がゆるんだ。

「うわっ！」と彼は大声で叫びながら落ちていった。さいわいなことに、まだ輪のあまり深いところまで降りてはいなかった。というか、最初の階層にさえも達していなかったから、このあたりの重力はわずか五分の一G程度だ。わずかなあいだ、恥ずかしいことに彼は自由落下《フリーフォール》を体験して遊ぶ幼い子どものように両手をばたばたと振りまわした。パターノスターのシャフトの壁に何度かぶつかって跳ね返るうちに、伸ばした手でようやくはしご段をつかむことができた。彼は拳が白くなるほど必死にはしご段を握りしめ、ぜいぜいと荒い息をついた。

「いったいなんのつもり——」

「ラヴィ？」あの娘の声は執拗だった。しかも、不安そうだ。「ラヴィ、聞こえる？」

「もちろん聞こえるとも！」彼が強くなじった。「びっくりして、あやうく死ぬところだったんだぞ！　ぼくが首を折らずに済んでラッキーだったな！」

娘の表情は少しも変わらず、声と同じく執拗なうえに不安そうだった。

「ラヴィ、聞こえる？」

安全にはしご段をつかみなおしたいま、ラヴィは彼女の声がやけに遠くて、エコーがかかっていることに気づいた。彼女の口の動きと声がぴったり一致していない。顔自体がかすかにぼやけていて、はっきりと映像だとわかるし、いつものように周囲と調和していない。彼女は投射された映像のようにはしご段の向こう側の壁に貼りついていて、彼の速度にあわせて落ちていく。

ラヴィは精神を集中させて、頭のなかで手を伸ばそうとした。

《聞こえるよ》彼は声に出してしゃべろうとはせずに心のうちで念じた。

娘がほっとした笑みをもらした。

「アイザックに感謝します」笑みはあらわれたときと同じくらいすみやかに消えうせた。

「あまり時間がないの。彼らがわたしをつかまえにやってくる」

《誰がやってくるっていうんだい？　そっちで何が起きてるんだ？》

「説明してる時間はないの。いいからよく聞いて。彼らがわたしたちを逮捕しようとしてる。こっちの計画は失敗した《ペア＝シェイプト》」ラヴィには〝洋梨の形の《ペア＝シェイプト》〟というのがどんな意味なのかまったくわからなかったが、よくないことだというのははっきりしていた。「こっちから発信したとたんに、すべてがひどいことになって。こっちのトランスポンダーにはたどり着けそうにない。あなたがトランスポンダーをオンにした瞬間に、ドラゴンがあなたたちのもとにやってくる。それについて、わたしにできることは何もない」彼女はとり乱しているように聞こえた。「トロージャンにはプログラムをほどこした？」

《うん》とラヴィはコードを送った。喉がふさがっているように感じられる。《ふたつとも、今朝早く船を離れたよ》

　娘が小声で毒づいた。しかしながら、驚いたようすではない。

「到着までにどれくらいかかるの？」

《三十六時間くらいかな》いまや彼は、輪のかなり深いところに達していた。重力が彼の胃袋を執拗に引きおろしてねじろうとしている。

　驚いたことに、娘はほっとした顔つきになった。

「だったら、まだ時間があるわね。あなたとお友だちのボズに、すぐにこっちに来てもらう必要があるの。ただちに」

《〈ニュートン〉に？》ラヴィは疑念を抱いた。《どうやって……おわっ！》

　頭が痛みで爆発した。新星のごとき光が視界を焼きつくす。目がくらみ、悲鳴をあげつつも、パターノスターは彼をさらに輪の奥へと引きおろしていく。脳の深いところにある、原始的な部分だけが彼を生かすべく機能しつづけ、はしご段を握る手の力を強め、いまは致命的であるはずの落下からどうにか守ってくれていた。

あまり長いあいだその状態を維持することはできなかったろう。われに返ったとき、パターノスターは何ごともなかったかのように彼をなおも下へと引きおろしていた。階層を通り過ぎるたびに、きつく閉じたまぶたごしにでも光が染みとおった。明暗の潮の満ち引きのように。彼は目を開け、周囲の急なまぶしさにたじろいだ。

すべてが正常だった。ただひとつ、チップセットが彼の生物学的な視界に経路誘導《ナビ》グリッドを引きおろしていたことを別にすればだが。そしてナビ・グリッドがひとつのベクトルを表示していた。緑色の筋が、執拗にひとつの方向を指し示している。

船の外へと。

32.0

〝ドラゴンがあなたたちのもとにやってくる〟

あの娘の言葉のなかで、このひと言が脳裏にこびりついていた。彼女の夢を自分も体験したことをラヴィは思い出した。青くちりばめられた星々を背景にして、〈ニュートン〉がくっきりと浮かび、しなやかにきらめく生き物たちがそのまわりに影をつくって飛びまわっている。ドラゴンの冷ややかにぎらつく目は詳細で無慈悲だ。その烈火のごとき息。だが、何にもまして、あのときの娘の反応を彼は覚えていた。襲ってくるあの生き物たちに対して、彼女が覚悟を決めていたことを。そして、ほとんど抑えることのできないほどの彼女の恐怖を。

〝ドラゴンがあなたたちのもとにやってくる〟

彼はデッキ21でパターノスターからとび降りると、今度は〝上〟に向かうパターノスターにまわりこんで、ふたたびとび乗った。通りかかったクルーが彼のことをじろじろ見ていたが、声をかけてはこなかった。彼は正体を隠したメッセージを〈ハイヴ〉に投げ入れ、それがデータの流れのなかに消えていくのを見守った。ボズにもらった防御ウェアが仕事をしてくれている。彼にわかるかぎりでは、追跡装置《トレーサー》はどこにも付着していない。

《ボズ、こちらはラヴィ。忌々しい《サーディング》くらいの大問題だ。そっちがいまやってることを中断して、いつもの場所で落ちあおう。できるだけ大急ぎで《ASAP》》

彼は病欠のシグナルを送り、腕の調子が悪くて医師に診てもらう必要があるのでと管理部に説明した。そうして関節炎患者の膝のようにギーギー、ガタガタいうパターノスターが彼をハブのほうへと引き戻していくあいだ、ひび割れたプラスチック材のはしご段に全神経を集中した。手がぶるぶる震えているが、落下したくはない。

彼がたどり着いたとき、ボズが隠れ家《が》にしている制御室はからっぽだったが、それほど長く待たされはしなかった。五分以内にボズが到着した。汗をかいて息を切らしている。ボズボールが彼女のかたわらをころがりながらついてきた。彼女は向こう見ずなにんまりした笑みを彼に向けた。

「それで」と彼女が興奮して尋ねる。「ハンガリー輪にかけて、いったい何が起きてんの？」

ラヴィは彼女に事情を話して聞かせた。ボズのにんまりした笑みが消えていった。

「マジで？」

「マジで」

彼はあの娘が残していったベクトルをボズにほうってやった。それを受けとって読みとるあいだ、ボズの目がぼんやりした。

「小型艇を一隻盗まないといけないな」とラヴィは深刻な顔でいった。

「ああ、そうだね。たとえ盗めたとしても、連中はオートパイロット機能をハッキングするか、でなけりゃ、あのすてきな新品のマス・ドライバーを使って撃ち落とすだろうね。それに、どうにかして〈ニュートン〉までたどり着けたとしても、向こうの連中があたしたちをこっちよりましに扱ってくれるかは疑わしいけどね」

「もっとましなアイデアはあるかい？」

「もちろんあるとも。あんたはこのベクトルをちゃんと見てみた？」

「あのさ、いまさら何をあたり前のことといってるんだよ。緑の線はこの船を離れて〈ニュートン〉のほうへ伸びてる。だからこそ、小型艇が必要なんだ」しかしながら、そういうあいだにも彼はボズの目がきらめくのを見て、自分が笑いものにされるだろうというはっきりとした直感があった。いとこのにんまりした笑みがますます広がっていくのを見ても、その感覚はまったくやわらぎはしなかった。

「〈ニュートン〉はどれくらい離れてると思う?」と彼女が尋ねた。「二十万キロ? 三十万?」

「そんなとこかな」〈ニュートン〉の現在位置についてひとつだけ確実にわかっていることがあるとすれば、それはあれが〈ボーア〉のさらに向こうのどこかに存在しているということで、そして彼らはけっして〈ボーア〉と十万キロ以内に接近したこともない。〈ニュートン〉は少なくとも〈ボーア〉からも同じくらい離れていると推測するのが妥当だろう。そうでなかったら、あまりにも簡単に居場所を知られてしまう。経験則にもとづいて推測するなら、二十万キロよりも三十万キロに近いだろう。

「そして、あたしたちが向こうにたどり着くまでに残された時間は三十六時間もないということ?」

ラヴィはこくりとうなずいた。自分が何かを見のがしているに違いないということに、それまで以上の確信をもった。

彼自身が渡してやったベクトルをボズがほうり返してきた。恥じ入るしかないが、ある箇所が点滅する赤色で強調されている。速度の表示だ。

「どれくらいかかると思う?」と彼女が愛想よく尋ねた。「秒速五十メートルで向こうまでたどり着くのに」

ラヴィは自分がひどく愚かに感じられた。とはいえ、機関士訓練生の習性として、自分のチップセットから正しい答えを引き出さずにはいられなかった。

「少なくとも、四十六日《ソル》と少し」彼はもごもごと口ごもりつついった。

ボズが芝居がかったしぐさで耳に手をあてていう。「聞こえないねえ。どれくらいだって?」

ラヴィは自分の愚かさを自分でも笑うしかなかった。

「四十六日」と彼はいって、ボズににんまりした。「秒速五十メートルでとばすだけでいいなら、船外操縦ユニット《EMU》でも可能だね」

だが、ボズは笑みを返しはしなかった。

「あんたのこの忌々しい《サーディング》ベクトルは、たったふたつの可能性のうちのどっちかを意味してるね」と彼女がいった。「髪をブロンドに染めたあんたのお友だちは、あたしたちを拾うための乗り物を途中で待たせてあるか、それとも――」

「ぼくらは向こうにたどり着く途中で死ぬことになる」ラヴィはこの考えを直視することを怖れて、わきに押しやった。「宇宙服が必要だ。それと、予備の空気と、水、そして宇宙服用の糧食も。もちろん、EMUも」彼はいったん口をつぐみ、下唇を噛んだ。「ほかには?」

「百万リットルくらいの価値のある幸運も」とボズがいった。「あんたがなんとか糧食を手に入れられるようなら、こっちはじつに忌々しい《サーディング》残りのやつを調達できると思うよ」彼女は少し口をつぐんで考えこんだ。「だけど、EMUについては確信がもてないなあ。つまりさ、やろうと思えばできるよ。だけど、セキュリティのプロトコルは、なんていうか、やっかいだからね。かなりの手間がかかり――」

「EMUのほうはぼくにまかせて」

「大マジで?」

「大マジで」彼は〈アーキー〉にかけて、自分のいったとおりであることを願った。

「えと……だったら最高だね!」ボズが向こう見ずな笑みを彼に向ける。「で、あたしたち、これをほんとにやるつもり、だよね?」

そうして、彼があとからついてくるかどうかなど確認もせず、ボズは一歩ごとにはずむような足どりで制御室を出ていった。

アンシモフは実質的に食堂のキッチンから奥の倉庫ユニットまで彼を引っぱっていった。間違いなく、立ち聞きされるのを心配したのだろう。

「何をしてほしいだって?」

「あのEMU二台を貸してほしいんだ——それと、宇宙服用の糧食三日ぶんを」ラヴィはもう一度くり返した。自分の声がいかに落ちつきはらって聞こえるかに気づいて驚いていた——まるで宇宙服用の糧食を頼むほうが困難であるかのように。

アンシモフは冷凍庫に背中をもたせかけた。おそらく、身体の支えが必要になったのだろう。

「マザーボードにひびでも入ったのかよ？　忌々《サーディング》しいそんなことできるか！」

「頼むよ、ヴラド。きみのお得意さんのレーサーたちは、近いうちにあれを使うわけでもないだろ？　フォーミュラEMUはもう終わりだ——ことによっては、永遠に。連中も無用な乗り物のことなんて気にしないよ。しばらくのあいだは、とにかくも」

「それで、EMUを〝貸して〟やったら」——アンシモフは指二本で引用符《エア・クォーツ》をつくるまねをした——「いつ返してもらえるんだ？」

「さあ、どうかな」

「いつか返してもらえるのか？」

「ぼくとしては、そう願ってる」

「〝願ってる〟？　忌々《サーディング》しくも願ってるだって？」

ラヴィはみじめな顔つきでうなずいた。本物のマクラウドの血筋を引いた者ならうまく嘘をついていたところだと自分でもわかってはいたが、彼にはどうしてもできなかった。アンシモフは親友だ。彼の父親なら、こんなときなんというか考えて、彼の胃袋がきゅっとすぼまった。〝どういうつもりなんだ、ほんとのことを打ち明けるなんて？　どこまで間抜けなんだ、おまえは？　おまえはマクラウド家の一員なんかじゃないぞ、ぼうず、おまえは忌々しい《サーディング》負け犬だ！〟そういって、父親はきっと彼にげんこつをくらわしたろう。確実に。

　アンシモフが鋭い目つきで彼を観察している。

「どれくらいひどいトラブルに巻きこまれたんだ、友《アミコ》よ？」

　ラヴィは大きく息を吐き出した。体内に押しこめられていた精神的なもやもやが解放された。

「めちゃくちゃに」そう口に出して認めただけで、彼は膝ががくがくしはじめた。念のため、乾燥大豆の棚につかまって身体を支える。

「警備隊に追われてるのか？」

「そんな感じだよ、うん」

　アンシモフがどっちつかずにうめいた。彼は冷凍庫から離れると、ぎっちりと詰めこまれた野菜の棚の列を抜けて、食料品の存在しない彼自身の作業部屋に入っていった。チーム・スパイクのレース用ＥＭＵが、完璧に手入れされて、ぴかぴかに磨かれた状態で、ラヴィが最後に目にしたのと同じ位置に置かれていた。運搬用ボットのトレーラーの上に、王侯貴族のような威厳をもって堂々と鎮座している。アンシモフが片方のＥＭＵによじのぼり、座席にすわる。彼が玉座に君臨する中世の王だとすれば、ラヴィは哀れな小作人だ。

「仮に、あくまでも仮にだが、おれの頭が充分にイカレてるせいでこの件に協力する気になったとしても、証拠になるおれのインプラントはそばに置いときたくない。いってる意味はわかるか？　そうできるか、少なくともそれくらいは？」

ラヴィはうなずいた。

「運搬用ボットのデバイスＩＤを渡してもらうだけでいい。ぼくがそいつを……誰かに渡して、その誰かがボットをハッキングして、認可されてない荷物の運搬に使われることになる。きみは二時間ほど、ここから姿を消してくれるだけでいい。できれば、多くの人に姿を見られるようなどこかに。そのあとで、船内警備隊《シップセク》に盗難を報告して、それでおしまいだ」

アンシモフが口を引き結ぶ。

「それでもし、船内警備隊《シップセク》がおまえとの関係を追求してきたら？」

ラヴィは苦笑いした。

「ぼくだってマクラウドのはしくれだぞ、覚えてるかい？　連中はそれ以上深くさぐれはしないよ」

　アンシモフがくっくっと笑う。

「おまえさんがどんな問題に首をつっこんだのかは知らないがな、ラヴィ、交渉成立だ」彼が手を差し出した。握った手は温かで、しっかりしていた。「おまえはいちばんの友達《ダチ》だ、友《アミコ》よ、わかってるよな？　どうせなら、あのくそ野郎どもをぎゃふんといわせてやれ、いいな？　そして、無事に戻ってこいよ」

「最善を尽くすよ、ヴラド。それはあてにしてもらっていい」ラヴィの目に涙がにじんだ。彼はそのまま背を向けて立ち去ろうとしたが、まだ取引は終わっていない。「それと、宇宙服用の糧食三日ぶんは？」

「ＥＭＵに突っこんどく」アンシモフが腹蔵なく笑った。「誰も宇宙服用の糧食の盗難を調べたりなんかしないさ、ラヴィ。ありゃあひどい味だからな。どこの間抜けがあんなものを盗むっていうんだ？」

　ラヴィはトロージャンを見つめていた。彼が小型艇の外側から回収してきたやつを。少なくとも、これがそうだと思った。どうやってか、ほかの三つを複製した最初のやつだと。

そのうちのふたつは小型艇にこっそり隠れて、船団の残りの二隻のもとに向かっている途上だし、残るもうひとつは、〈アーキー〉のみぞ知るどこかに――おそらくはトランスポンダーの制御装置を壊す機会を待って、この船のメイン航法室のなかをうろついているのだろう。

　彼のもとに残されたこれは、収納箱のなかで衣服の上に横たわっていたやつだ。なんの特徴もない黒い玉で、子どもの頃の思い出の品か何かだといってもとおりそうだ。はるか昔にリサイクラー送りにしたゲームの部品だとかなんとかいって。

　だが、そう考えるべきでないことくらいラヴィはよくわかっていた。この一見すると退屈な黒い玉はＬＯＫＩだ。小さいながらも、ある程度の知能を持ちあわせている。もしかしたら、大いに知能を持ちあわせているかもしれない。

　それほど頭のいいものなら、これから向かう先でとても役に立つかもしれない、と彼は考えた。それ以外は、荷物をまとめてすぐにでも出発する用意ができていた。ボズがここに向かっている。いま彼が思案すべきはトロージャンだけだ。これがはじめてではなかったが、彼は手を伸ばし、ツールキットのなかにそれを加えようとした。

　そして、これがはじめてではなかったが、彼は手を引っこめた。

　彼はＬＯＫＩをまじまじと見た。ＬＯＫＩ。彼はこの言葉を頭のなかでころがしてみた。

それが頭蓋の内側で、気持ちの落ちつかない円を描く。LOKI。第一世代が決別するために船に乗り組んだその原因。ひとつの惑星をほぼ荒廃させ、人類の大部分を従属させた人工物で、リスク回避型のドローン。LOKIはこれまでも恐ろしい敵であることを証明してきた――そして、さらに恐ろしい友であることを。そして彼の手のなかにあるこれは、忠誠心がどこに向いているのかわかったものではない。これは〈ニュートン〉でつくられたもので、船団のみんなを殺そうと決意している見えざる影だ。これを故郷の船に戻してやったら何が起こるのだろうか？　彼に叛逆するだろうか？　彼を裏切る何かの手段を見つけるだろうか？　彼やボズなどは、地球2・0にホーム・ワールドを複製するための、LOKIならではの狡猾な計画にちょうどいい使い捨てのコマでしかないのだろうか？

そうして次に、彼はあの娘についても考えてみた。あの八重歯ののぞく笑顔、奇妙なアクセント、そしていたずらっぽくもある鋭いユーモアについて。ケーキや平和集会についても。Sバンドの発信についても。彼はあの娘を信用した。そしてあの娘は、その信用を得るために彼女自身をなんらかの危険な状況にさらすことになった。あの娘は勇敢で、彼女自身の手に負えるよりもはるかに大きな何か、彼女が乗る船よりも大きな何かをなし遂げようとしていた。あの娘は彼ら全員の命を救おうとしていた。

そしてあの娘が、彼にトロージャンを送ってきた。

彼は収納箱に手を伸ばし、LOKIを拾い上げてツールキットのなかにおさめた。ふたを閉めたそのとき、居室のブザーが鳴った。彼はろくに確かめもせずにドアの鍵を開けて、そのあいだに時計を確認した。

「入りなよ、ボズ。約束の時間より早く来るなんて、きみらしくもないな」

「おそらくそれは、わたしがボズではないからだろうな」

ラヴィは身をこわばらせた。ヴァスコンセロスだった。警備隊長が戸口に立ち、ドアのわきにかるく手を置いている。保安用ドローンの箱型の巨体が外の通路に控えているのが見える。

　ラヴィはごくりと唾を呑みこんだ。

「何か御用ですか？」彼は不安を気づかれたくなかったが、みじめに失敗した。声は裏返り、引きつっていた。

　ヴァスコンセロスは何も応えなかった。少なくとも、直接的には。彼はラヴィが居室としている狭い空間に入りこみ、あたかもこれがはじめてであるかのように室内を見まわした。手を伸ばし、壁に収納されているベッドのマットレスに触れた。

「あまり快適なようには見えないな」と警備隊長がいった。その声に共感は少しもこもっていない。「どうやら、きみはあまりよく眠れていないらしい」

「睡眠に問題はありませんよ」

「思っているほどよく眠れていないのかもしれないな」警備隊長は調べてみるかのようにマットレスを指でついた。「きみは夢遊病患者かもしれない」

ラヴィの心臓が激しく打ちはじめた。ハンガリー輪にかけて、ヴァスコンセロスの話はいったいどこに向かおうとしているんだろうか？

「第四八、三三二日《ソル》の早朝に、自分がどこにいたかを覚えているかな？」と警備隊長がものうげに尋ねた。「〇二〇〇時あたりに」

「そんなことを覚えているべきなんですか？」とラヴィは言葉を濁した。自分がその答えをわかっていることはひどくはっきりしている。彼は自分の懸念が間違っていることに期待した。

　警備隊長が彼にデータ・パケットをほうってよこした。

「第四八、三三二日《ソル》の〇二〇七時、きみはそのひどい寝床でぐっすり眠っているはずだったが、記録によれば何者かが第七小型艇用エレベーターのドアを開けて乗りこんだと示されている。〇二四一時、同じエレベーターが三千五百メートル先のドッキング・パイロンで止まり、〈星間移動船《ISV》-1-小型艇《LB》-03　スピリット・オブ・サンクトペテルブルク〉への乗船許可を申請した。許可がおりたのは、申請が士官候補生6-8552、ラヴィンダー・T・マクラウドを代理したものであったからだ。彼のアクセス権はまだ失効していなかった。〇二五三時、何者かが17型船外点検用ドローン――シリアルナンバーは記録にある――を作動させた。使用されたアクセス権は――予想はついているだろう――士官候補生6-8552、ラヴィンダー・T・マクラウドのものだった」警備隊長の鋭い視線がラヴィを背後の隔壁に釘づけにした。「あいにくだったな、きみ、ドローンのログは消去されていなかった。すべてビデオに残されている。じつに興味ぶかいビデオだ」

ダウンロードされた映像ログが頭のなかで再生されていくのを、ラヴィは恐怖とともに見守るしかなかった。小さなドローンが小型艇の船腹に沿ってただよいながら進んでいくさまが再生されていく。彼はそれをあらためてもう一度見ることになった。そのマシンがいかにして操縦室の窓の下で止まり、位置を再確認して、今度はパネルを横につたっていき、辛抱づよいトロージャンの黒い球体を視界にとらえたかを。トロージャンをはさみでつまむと、点検用ドローンは操縦室の窓をジェット噴射で急速に横切り、いちばん近くにある、大きく開いたエアロックに戻り着いた。ドローンはそこでそっと積荷をおろしてから、格納ハッチに戻っていった。ビデオが終了した。

「ビデオ映像というものにはおもしろい特徴がある。それは人間の目とはまったく違っている。人間の目、ともかくも工学的にいじっていない目は、いささか怠慢だ。人間の目はある瞬間から次の瞬間へと移るときに、見る必要があるものだけを見ようとする。自分の鼻のすぐ下に何かがあるかもしれない――それは自分の鼻かもしれない、よくよく考えてみれば――が、人間の目が見る必要はないと判断したなら、〈アーキー〉にかけてそれがなんだとしても、その何かはそこに存在しないも同然だ。

一方のビデオ映像は……」ヴァスコンセロスがラヴィに憐れむような笑みを向けた。「ビデオ映像は……そうではない。それは見る必要があろうとなかろうと、すべてを見てとって記録する」

ヴァスコンセロスがほんのわずかな大きさのデータをほうってよこした。ドローンのビデオ映像の静止画像だ。

「きみのそのドローンは、ジェット噴射を使って全速力で右舷上側のエアロックに向かっていた。ドローンはどこに向かうのかをわかっていて、操縦室の窓にはなんの興味もなかった。ほんのわずかにも。だが、窓はカメラのフレームにほんの数分の一秒だけとらえられていた。それだけで充分だ、そうではないかな？」

ラヴィは気分が悪くなってきた。厚いガラスごしの操縦室内の映像はぼやけていて、しかもその大半は目標《デスティネーション・スター》星の光の反射で白っぽく色とびしている。だが、操縦席にすわっている士官候補生6-8552、ラヴィンダー・T・マクラウドの姿をクリアにとらえるには充分だった。

　ヴァスコンセロスが憎しみに近い何かの表情で彼を見ている。

「きみは認可されていないデバイスを船内に持ちこんだ。その数日《ソル》後、きみはテロリストの攻撃地点からほんの数メートルのところで床下から引き上げられた。隔壁を調べていたとかいう、何やら回路のイカレたつくり話とともに」警備隊長の目がいぶかしげにせばめられる。

「本当はそこで何をしていたんだ？　別の爆弾を設置していたのか？」

　ラヴィは震えはじめた。

「完全な誤解です」と彼は口ごもりつついった。ヴァスコンセロスが状況を正しく認識できたからといって、事態がよくなるわけではなかったが。

　ヴァスコンセロスは少しも納得していない。

「くわしい話は監察官にするといい」と警備隊長が抑揚をつけずにいった。そうして、身を乗り出してラヴィとわずか数センチというところまで顔を近づけた。ラヴィは相手の息の温かさを感じとれたほどだった。「きさまはこの件でリサイクラー送りになるだろう。そしてここにいる誰一人として、きさまのために涙ひとつ流しはしまい。きさまの一族はつねに〝死の重し《デッド・ウェイト》〟だった、マクラウド。だが、そんな者たちにとってさえも、今回のこれは最低記録の更新だ」

ヴァスコンセロスは保安用ドローンに注意を転じた。

「このリサイクル前のくそのかたまりを営倉に連行し、拘禁しろ」と隊長が命じた。そしてラヴィに向かって、「背中に手をまわせ」

ラヴィはいわれるままに従った。恥辱の涙が目ににじんだ。

保安用ドローンが重たげに前に進み、ダート銃のずんぐりした銃口をまっすぐ彼の胸に向けた。もう片方のアームから手錠があらわれて、ぶらりと垂れ下がる。

ドローンが急に動きを止め、かすかに身体が揺らいだ。ダート銃の銃口がすみやかにラヴィからはずされた。

そして発射した。

「なぜ……」

ヴァスコンセロスが困惑して自分の胸を見つめていた。赤い羽根のふさがついた矢が警備隊長の制服のボタンとボタンのあいだから突き出ていた。

彼はぐったりと床に倒れこみ、かすかないびきをかきはじめた。

向こう見ずな笑みを浮かべたボズの顔が、ドアの隙間からあらわれた。

「前から、保安用ドローンをハッキングしてみたかったんだよね」と彼女がいった。

ラヴィのほうはといえば、まだ両手を背中にまわしたまま、船内警備隊《シップセク》隊長のぐったりした姿を呆《ほう》けたように見つめていた。ボズが彼の肩を強く叩く。

「しっかり目を覚ましなよ、ばかだね。ハンガリー輪にかけて、早いとこ、ここをずらからなきゃいけないんだから」

33.0

文字が赤く点滅し、ラヴィのまぶたの裏側にしつこく表示されつづけた。

船内警告、重要度1

士官候補生6-8552、ラヴィンダー・T・マクラウドに警戒せよ。

目撃したなら船内警備隊《シップセク》に報告すること。

けっして近づかぬように!!!

船内規則5-09(a)-(d)に準拠し、

追って通告のあるまですべてのプライバシー・プロトコルを一時停止する。

彼のＩＤ写真が、メッセージ自体の薄れたあとも長いあいだ彼をにらみつけていた。ラヴィはこのファイルを選択して削除した。

「ヴァスコンセロスが目を覚ましたみたいだね」とボズがそっけなくいった。肩ごしに振り返り、ラヴィがどうしているかようすを確かめた。「急ぎなよ。一日《ソル》じゅう時間があるわけじゃないんだから」

「急いでるよ。こいつはいつも使ってる宇宙服とは勝手が違うんだ。最後にこれを着た誰かは、かなり背が低かったみたいだ」くだんの宇宙服はまだ棚に並んでいる。ラヴィは急いで取り組んでいるところだった。「セッティングをすべて変更しないといけない。最後にサインアウトしたこの誰かは、忌々《サーディング》しくも普通の体格とは違う生き物だったに違いない」

ボズの見せた反応は、差し迫ったようすで、グローブをはめた手を彼の肩に置くことだった。

「コードを使うのはやめなよ。手動でやって」

「そんなの無理だよ。ここに永遠にとどまるはめになるぞ」

「いまのあれが聞こえた?」とボズが訊いた。彼女の頭は宇宙服のふくらんだ肩と比べるとすこぶる小さく見えた。ヘルメットはわきに抱えている。

ラヴィは作業の手を止めて、音を聞きとろうとした。耳を使ってではなく、チップセットによってだ。かすかにこすれるようなささやきが〈ハイヴ〉内に広がっている。そしてそのささやきが通ったあとに変化が起こった。データの流れる音が大きく、よりはっきりとしていた。音は幾層にも重なり、完璧な、組織だったハーモニーを奏でている。〈ハイヴ〉がひとりでに再編成され……別のものに変わっていく。それまでのねじれた路地がまっすぐになった。深く掘った秘密のトンネルが、浅くて広い溝になった。高く、幾層にも重なりあった壁が分解して霧散した。

ラヴィは畏《おそ》れに打たれてまじまじと見つめた。それと、少なからぬ不安もにじんでいた。

「何が起きてるのかな？」

「あれはだね」とボズが応じる。「船内警備隊《シップセク》がプライバシー・プロトコルをどんどん無効にしてるんだよ。あとほんの数秒で、あんたが〈ハイヴ〉を通じてやってることは連中にすべて筒抜けになるよ。あんたが宇宙服をコードで不器用に調整しようとする努力も含めて」

ラヴィは急いで外の世界とのつながりをすべて遮断した。そうして宇宙服の胸のパネルを開けて、指でボタンを押しはじめた。彼の口から白い息が漏れ出る。ここはずいぶんと寒かった。超真空の宇宙空間からほんの数メートルしか離れていないことを考えてみれば、驚くべきことでもない。ときおりほとばしる放射線が彼の検知器に反応した。

「もう終わった？」とボズがせっつく。

「ああ」とラヴィがようやく応じた。「きみのおかげってわけじゃないけどね」

彼は宇宙服を着こんでいった。宇宙服に内蔵されたサーボ機能がウィーンと音をたてながら、身体にぴったり密着して締まっていく。彼はヘルメットをかぶって固定した。

「そろそろ終わってもいい時間だよね」とボズがまだ開けたままのフェイスプレートごしに応じた。「はじめるよ」

彼女はエアロックの内側のドアに通じているはしごをのぼっていった。ドア自体が天井の一部をなしている。ここはエクアドル輪の最上層の、あまり使われることのない低重力区画だ。または、ボズの好む呼び方でいえば、デッキ・ゼロだ。

ラヴィも彼女のあとからはしごをのぼっていく。彼はふくらんだ雑嚢を足もとに置き、黙っていとこの隣に立った。自分が何をしゃべりだすか信用できなかった。エアロックが作動しはじめると、彼は空気がきしむ音に耳をすました。そうして、その音はさらに甲高くなり、弱まったあとで完全に消えた。彼自身の呼吸がささやく。密閉された内側のドアが今度はエアロックの床の一部となり、片側の壁につくりつけてあるはしごによってたどり着くことのできる外側のドアが天井の一部になった。それは実際に天井だ。輪の内面《インナー・リム》の一部をなしている。これ以上先にエクアドル輪の階層はない。外側のドアのランプが緑色に変わってゴーサインが出た。ボズは腕の力だけを使って身体をぐいっと引き上げた。ここは〇・三Gであるため、そうするのはたやすかった。彼女は外側のドアを手動で開けると、外に這い出た。ラヴィもそのあとにつづく。

こうして二人はエクアドル輪の内面《インナー・リム》に立った。手前側のふちで、船首方向を向いている。それは巨大なトンネルの内側にいるのと少し似ていた。トンネルは遠ざかるにつれ狭くなり、それぞれの輪の内面《インナー・リム》が壁をなしている。彼らの前方には、めまいがするほど大きくひらけた空隙の先にデンマーク輪がある。そしてその先にカナダ輪、バミューダ輪、オーストラリア輪とつづく。それぞれの輪が手前の輪よりも順々に小さくなって、船首シールドの影になった裏面を頂点にしているように見える。人間の生物学的な目というのはくせ者だ、とラヴィは考えた——しかも、そう考えたのはこれがはじめてではなかった。ここから見ていると、すべての輪がまったく同じサイズだとはとうてい信じがたかった。

そしてトンネルと同じように、ここも暗かった。船の航行灯は消えているし、船窓はどれも真っ暗だ。おそらくは〈ニュートン〉から姿を隠すためだろう。目標星《デスティネーション・スター》の冷たく遠い光は、巨大な輪や、ゆっくりと回転するスポークにブロックされて断続的に射しこんでくるだけだ。ラヴィはこうしたすべてを見ているうちに、心臓が激しく打ちはじめた。奇妙なことに、閉所恐怖を引き起こした。

無線なしでも会話ができるように、ボズが彼とヘルメットを突きあわせた。彼女の声は弱く、エコーがかかってずいぶんと遠く聞こえた。

「経路誘導《ナビ》システムをオンにして」と彼女が告げた。「カナダ輪にジャンプするって命じなよ」

ラヴィはいわれたとおりにした。胸に冷たいかたまりが生じた。彼がいま立っているところから、そのようなジャンプをするにはひとつしかやり方はない。計算の複雑な放物線を描きながら、ひとつの内面《インナー・リム》から次の輪の反対側にジャンプするというものだ。じゃまになるスポークの壮大な大鎌のあいだをどうにかくぐり抜け、ハブの広い外面にぶつかるのを避けるだけでなく、〇・三Gの重力にあらがって跳び出さないといけない。しかも、自分が立っている輪の回転に沿うか逆らうかして。そしていったんジャンプしたなら、しくじったときは目標を完全にはずれて輪と輪の隙間に入りこみ、深宇宙にただよい出ることにもなりかねない。臆病者向けのジャンプではない。

もし彼がしくじったとしても、ボン・ヴォイの爆弾事件の容疑者を救出するために、わざわざ船が時間を無駄にするとは考えがたかった。

ナビ・グリッドがまぶたの裏側に表示され、弧を描く緑色の軌跡がいくつか横に伸びていった。軌跡は輪が回転するにつれ、絶えず変化していく。そのどれをとっても、実行するのは簡単なことではない。

　どれかひとつを選べ、と彼は自身に強くいって聞かせた。心を決めろ。彼は雑嚢を胸に抱え、その色鮮やかなひもを片側に垂らした。ジャンプに備えて身体を緊張させる。

　もう一度、ボズが彼とヘルメットを打ちあわせた。

「ナビ・グリッドを切って」と彼女が命じる。「実際にはそうしないんだから。どんなやり方であっても、絶対に」

　宇宙服のふくらみのおかげで、ラヴィは安堵のあまり力が抜けて身体ががっくりするのを見られずに済んだ。まぶたの裏のグリッドが消えた。

「冗談をいってるばあいじゃないんだぞ」彼はぴしゃりといった。安堵はいらだちに変わっていた。「そんなのはいいから、〈アーキー〉にかけてアンシモフの船外操縦ユニット《EMU》二台がどこにあるのかだけいって、くそったれ《サード》なここをずらかるとしよう」

「ガーナ輪だよ。だから、向きを変えて、反対方向にジャンプする用意をして。ナビ・グリッドなしでね」

　ラヴィがもらしたあえぎはあまりに鋭く、あやうくフェイスプレートを割るところだった。

「本気でいってるのか？　そんなの狂気の沙汰だ！」

「完全に正気だよ」とボズが腹立たしいくらい理性的にいった。「EMUはガーナ輪にある。あんたはお尋ね者なんだから、つかまって営倉にほうりこまれないで済むためのいちばん安全な——唯一の——やり方は超真空を通って逃げることなんだよ。たったいま、あたしたちはナビ・グリッドを使うふりをした。あれは〈ハイヴ〉につながってるから、あんたを血まなこになって探してる船内警備隊《シップセク》士官全員に、カナダ輪に向かうつもりだって知らせたことになる。連中は向こうであたしたちを待ちかまえてるだろうね。一方のあたしたちは、まったく反対の方向に向かうってわけ」ボズの顔はヘルメットのバイザーのミラーガラスにさえぎられて見えないが、彼女がにんまりと笑うのをラヴィは聞きとれそうなほどだった。「あたしって天才だよね」

「ただし、ぼくらがジャンプをしくじって、深宇宙にとび出していくかもっていう部分は除いての話だけど。運がよければ、ぼくは小惑星にでも衝突して、苦しみから即座に解放されるだろうね。窒息死するよりはましだよ、とにかくも」

　ボズはこの皮肉を聞いていなかった。彼女はブーツの踵でくるりと向きを変えると、内面《インナー・リム》を船尾方向のふちへと跳ねながら駆けていった。ラヴィもより短い歩幅で慎重に彼女のあとを追った。ようやくラヴィは追いついてボズの隣に立ち、エクアドル輪からフィジー輪を越えてガーナ輪までのめまいがするほどの距離と、ゆっくりとした明らかに一定ではないその回転を正確に測ろうとした。さらにその先にあるハンガリー輪は、あちこちが裂けてぐにゃりと垂れ、まったく回転していない。それは船の中心軸のすらりと長く伸びた指と、その先のひらけた空間のあいだに存在する最後の輪で、壊れた船腹は暗く、彼らがやろうとしていることに賛成してはいない。

ラヴィのブーツのつま先は内《インナー・リム》面の端から突き出ていた。彼はつま先の〝下〟をのぞきこみ、さらに三十階層ぶんの切り立った、あちこちに疵痕の残る絶壁を見おろした。これがエクアドル輪の外側の船腹だ。かすかな明かりのもとで、ピンク色の氷の薄膜がぎらついている。ある意味で、三十階建ての建物のてっぺんに立っているようなものだ。ただし、あくまでもある意味でだが。建物の〝底〟にはまったく何も存在していない。輪が回転しつづけ、星々が片方のつま先からもう一方のつま先へとうつろっていく。

ほんのわずかなあいだ、彼は高所恐怖のようなものを感じた。だがそれは、あくまでホーム・ワールドふうの感覚だ。それは感じたのと同じくらいすみやかに薄らいだ。それに、彼は〝下〟にではなく〝上〟方向にジャンプする予定でいる。トリッキーな弧を描いてフィジー輪をくぐり抜け、ハブの外面を通ってガーナ輪の内《インナー・リム》面に降り立つ。彼の現在の基準系からすると、彼の頭上にあたる実質的に上下逆さまの地点に。

「どうとでもなれ《サード・イット》」と彼はつぶやいた。雑嚢を胸にきつく抱きしめる。それを宇宙服とつないでいるひもが片側に無用に垂れている。彼は用心ぶかくそれに目をやって、身体にからまないように注意した。宇宙服の足の部分のサーボ機構が、解放されずにたまったエネルギーをもて余してかすかに震えた。

彼はジャンプした。

ナビ・グリッドの助けがなくても、うまくいったことがわかった。彼は暗闇のなかでよく見えないフィジー輪のスポークのあいだを楽にくぐり、ハブの外面を低くかすめて越えていった。そのまま、ガーナ輪の内面《インナー・リム》に頭からとびこんでいく。あちこちに汚れやあばたの残るその表面が急速に迫ってきた。彼は最後の瞬間に宙返りをして、負荷の吸収は宇宙服にまかせた。両足がうめきをあげつつ屈曲し、衝撃を吸収する。一歩つんのめってからなんとか静止した彼は、ガーナ輪の〝天井〟を足もとに踏みしめて立っていた。スポークは彼の頭上高く、ハブのかなたに伸びて視界から消えている。ほぼゼロGの重力を信用せずに、彼は近くに伸びていた安全ケーブルに命綱をつないで身体を固定した。

なかなか悪くないぞ、ラヴィ。なかなか悪くない。

「ラヴィ！」というボズの声が、無線を通じて甲高く響いた。恐怖でくぐもっている。

「ラヴィ、助けて！　高く跳び過ぎちゃったみたい！」

ラヴィはあたりを見まわして必死にボズの姿を探したものの、見てとれるのは船の輪や星々、そして深い深い闇ばかりだった。

「ボズ！」と彼は叫んだ。「こっちからは姿が見えない……」

遠くのほうに、明滅する小さな三つの点があらわれた。ひとつは緑、ひとつは赤、ひとつは白で、かなりのスピードで動いている。ボズが宇宙服の信号灯を作動させたのだった。

「〈アーキー〉の鉤爪にかけて！」とラヴィはつぶやいた。

ボズのタイミングは正しかったものの、角度に問題があった。現在のところ彼女はずれた位置にいるものの、ガーナ輪が一定でないながら回転しているためにラヴィの頭のちょうど上を通過することになるだろう。そうして彼女は進みつづけ、ガーナ輪のふちを完全にはずれて、破壊されたハンガリー輪の残骸の隙間に入りこんでしまいそうだ。

その先には、無限の深宇宙のほかに何もありはしない。

ラヴィの口が固く引き結ばれた。自分も宇宙服の信号灯をつけ、ボズにも彼の姿が見えるようにしてから、自分の命綱を最大限まで解いて伸ばした。パニックを起こしたボズの呼吸が彼のヘルメット内のスピーカーにあふれかえる。ボズがぐんぐん近づいてくるのを彼はじっと見守った。生身の人間からなる無誘導ミサイル。

〈アーキー〉よ、われわれをお助けください、と彼は心のうちで唱えた。ボズはまさしく猛烈に飛んできて……

時間はあまり残されていなかった。ボズの軌道を測るあいだ、彼の目はぴくぴくした。彼は膝を曲げて上方向に跳び出した。

しっかりといとこの動きに目を据えつづける。あたかも彼女だけがその場に釘づけになって、彼女のまわりのものすべてが回転しているかのように見えた。完璧だ、とラヴィは荒々しく考えた。つまりそれは、二人がまっすぐ衝突する道筋にあるという意味だ。今回に限っては、まさしく望んだとおりの状況だった。あとはただ手を伸ばして……

命綱にいきなり引っぱられて動きが止まり、首がむち打ちのようにがくんと揺れた。ボズはそのまま通り過ぎていき、彼の手の届く範囲を越えようとしている。彼女の叫ぶ声が聞こえた。言葉にならない失望と恐怖のごったまぜだった。命綱のせいで彼はスピンしはじめ、方向感覚をなくして制御できなくなった。

ノー、ノー、ノー、ノー、**ノー**！

とっさに、彼はボズのおおよその方向に雑嚢をほうった。なんの計算もなく、考えもなかった。ふくらんだ袋が彼の手もとから回転しながら離れ、ひもがぴんと伸びて、闇に近いなかで無色になった。

このひもにはこんな負荷に耐えられるほどの強度がない、と彼は暗い気持ちで考えた。たとえボズがひもをつかめたとしても、ひものほうが――

ひもがすっかり伸びきってパンッという音をたて、彼の身体をそれまでとは異なる、めまいのするきりもみ状態にさせた。肺の空気がすっかり抜け出て、ヘルメットの内側に頭を激しくぶつけ、舌を嚙んだ。血のにおいが鼻腔を満たす。

彼は何が起きているのか状況をつかもうとしたが、何もわからなかった。混乱した脳ではまともに考えることもできない。世界がぐるぐるめぐり、星と影と星と影とが——

ガンッ!

何かが彼のフェイスプレートにぶつかった。衝撃でガラスに網目状のひびが入った。ラヴィは真空の流入に備えて息を止めたが、それはいつになっても起こらなかった。バイザーはどうにか持ちこたえたらしい。

そしてその向こう側に、無数の像に分割され、上下逆さまになったボズが見えた。ふくらんだグローブをはめた手が彼の腕をしっかりとつかんでいる。二人は何もない空間をくるくる踊りながらただよい、心臓が激しく打っていた。命綱が二人を捕らえてからまり、宇宙服ごと二人の身体を半分に切断しようとしたが徒労に終わった。回転が弱まり、ようやく状況が呑みこめた。ふたたび脳が機能しはじめ、足で蹴って腕を振りまわせと命じ、そうすることで回転がゼロになった。世界が正常に戻った。船の各輪、星々、そして闇の隙間から射しこんでくる冷たい光。

ラヴィはこんがらかった命綱をたぐり寄せ、二人の身体を内面《インナー・リム》に引き戻した。ブーツの足で表面に降り立つと、この輪の弱い回転によってふわりとその場にとどまった。

「きみはほんとに、一人でここに来るべきじゃないな」と彼があてこする。

ボズが女の子らしいくすくす笑いで応じた。息を切らしたように身体をふたつに折り曲げている。彼女が手を伸ばし、彼の宇宙服の胸をぽんと叩いた。

「ありがと」と彼女がかすれた声でいった。「ほんとにありがとね」

彼女は自分の命綱を安全ケーブルに固定して、まっすぐに立ちなおった。

「あたしたち、どこにいると思う？」

ラヴィはこの質問を考えてみた。バイザーのひび割れごしにまわりを見るのは困難だった。嚙んだ舌がハンガリー輪のごとく痛むし、ぶつけた頭の片側も同様だ。だが最終的に、彼はこすれた痕の残る宇宙服の腕を伸ばして指し示した。

「あれが十二時方向のスポークだな。おそらく、あれがそうだと思う」表面に描かれたナンバリングははるか昔に摩滅していて、誰も塗りなおす手間をかけようとはしなかった。「輪を半分めぐった向こう側の補修跡が見えるかい？　巨大ガス惑星とその衛星みたいに見えるやつ？　あれこそが十二時方向のスポークに違いない」

ボズも同意のしるしにうめいた。

「よし」と彼女がささやく。声の調子から、まだ彼女が動揺しているのがラヴィにもわかった。ボズは反対方向を向いて、九時方向のスポークへと大きな足どりでゆっくりと歩きはじめた。片方の手で鞭《むち》のように命綱をつかみ、船腹からあまり高く跳び上がりすぎないように抑えている。安全ケーブルに固定された命綱も彼女の動きにあわせてそのあとをついてきた。「ＥＭＵはこっちだよ」

ラヴィも彼女のあとから大きな歩幅でつづいた。輪の内面《インナーリム》は円周の距離が短く、しかもガーナ輪の重力は名ばかりだ。彼らはすみやかに進んでいった。ほとんど力のいらない楽な歩調のあいだに、ラヴィはバイザーごしの細かくひび割れた視界を調節した。そうして彼は片側に目をやった。船首方向の、暗い影になった輪のトンネルの先に。彼は急いで宇宙服に指示を送った。

「ボズ？」

「うん？」

「信号灯を消すんだ」

ボズも気づいて毒づいた。彼女を救出する大騒ぎのうちに、二人とも宇宙服の明かりを消し忘れていた。おそらく船内警備隊《シップセク》は、少なくともボズの無線通信の一部をとらえたろう。いずれにしても、二人がカナダ輪には向かっていないと知るにはそれで充分だ。そしていま、ふた組の点滅するビーコン信号が、本来あるはずのないところに見えた。ヴァスコンセロスが問いあわせてみたと仮定すれば、船外作業中の機関士全員の所在をチェン・ライが確認するのにそれほど時間はかかるまい。誰も気にかけていないような輪の内《インナー》面《・リム》には、誰も作業のために派遣されてはいないだろう。

「見つかったかな？」とボズが不安そうに訊いた。

「かもね」ラヴィは前方を指さした。信号灯の集まりがカナダ輪の内面《インナー・リム》にあらわれた。五、六体の宇宙服、だろうか。「ただの巡回任務かもしれない」と彼は期待するようにいった。

「そうじゃないかもね。こっちもペースを上げる必要がありそうだよ」ボズは九時方向のスポークのつけ根のほうに跳ねていき、新たな安全ケーブルに命綱をつなぎなおしてさらに進みつづけた。長い歩幅で跳ねていく彼女は、命綱のおかげで空中にとび出していかずに済んでいた。彼女はさらに二百メートルほども進んだすえにようやく足を止めた。ラヴィが追いついたとき、彼女は短いはしごのてっぺんのわきに立っていた。暗い影になっていて、ほとんど人目につかない。はしごを降りるとそこにはエアロックの外側のドアがあり、二人がエクアドル輪を離れるときに使ったのと似ていなくもなかった。だが、ここのは疵痕だらけで、しかも汚れて黒ずんでいた。ハッチのわきのインジケーター・ライトは点灯しておらず、氷に覆われている。

彼はいとことヘルメットを突きあわせた。

「機能してない」と彼はいってから、肩ごしに振り返った。点滅する光の集まりが近づいている。すでにデンマーク輪を越えていた。輪が回転しているためにはっきりと指摘はできないが、二人の宇宙服の明かりが消えた地点に到着するよう進んでいることに彼は大量の水を賭けてみてもいいくらいだった。安心するには近すぎる。

「機能してないように見えるだけだよ」とボズが請けあった。「ガーナ輪全体が、その当時から間にあわせのつぎはぎだらけだったから。船と接続していてうまく機能してるのもあれば、船と接続していてもまったく機能しないのもある。そうして、なかには……」彼女はずんぐりした短いレバーを押しこんだ。「……船と接続してなくても完全に機能してるのもあるんだよ」

エアロックのドアが開くと、二人は片側によけた。ラヴィは自分の目が驚きに大きく見開かれるのを感じた。

「〈ハイヴ〉をモニターして逃亡者二人を探すにしても」彼のいとこが含み笑いとともにつけ加えた。「このエアロックは〈ハイヴ〉上に存在してない。これがここにあることは誰も知らないんだ」

「けど、どうしてきみは知ってるんだい？」ラヴィは自分がどれほど感心しているかを隠そうとしなかった。

「船内のすべての低級な、くそったれに面倒な社会奉仕活動の仕事は、忌々しい《サーディング》この輪でおこなわれてるんでね」とボズが説明した。「あたしみたいに長い違反記録があれば、ここで長い時間を過ごすことになって、秘密のひとつやふたつは学ぶことになるだろうね」

彼女はラヴィとヘルメットを突きあわせるのをやめ、エアロックに降りていった。

ラヴィは最後にもう一度、周囲を見まわした。追ってくる信号灯はいくつかずつまとまって広がっていた。確かに六つのかたまりに分かれて見える。もうフィジー輪のあたりだ。これほど速いということは、ＥＭＵに乗っているに違いない、と彼は苦々しく考えた。となると、無駄にできる時間はない。彼もはしごを降りて区画内に入っていった。彼が半分ほど入ったところでボズがドアを閉めはじめた。彼女のほうでもスピードの大切さを理解している。彼のヘルメットのすぐ上で外側のドアがバタンと閉じた。

エアロックが作動して内側のドアが開くと、二人はこの輪の放棄された部分に降りていった。ここには空気があるものの、それほど多くはない。空気は薄く、氷のように冷たかった。かなり空気が薄いために、ガーナ輪のゆがんだ軸受がたてる喘鳴《ぜんめい》のようなうめきが高く遠くから聞こえてきた。だが、ブーツの足もとに伝わってくる、こすれるような振動は、彼が覚えているのと同じくらい力強い。装飾のない壁のところどころに霜が汚れた筋になっていた。

ボズはそんなものになど注意を払いもしなかった。彼女は先に立って輪の内奥へとたどりつづけ、〈ハイヴ〉とつながっていないためあまり使われることのない作業用の吹き抜けの階段を注意ぶかく降りていった。エレベーターやパターノスターを使うよりも時間がかかるが、これなら探知されずに済む。重力がしだいに強まり、空気も暖かになってきた。

「着いたよ」とボズが小声で告げた。彼女がドアを開けると、なかは大きなエアロックの手前の部屋だった。ラヴィは自分の口があんぐりと開くのを感じとれた。

「えらく遅かったな」とトークィルおじさんがいって、にんまりした。おじさんはラヴィをいたずらっぽく横目で見て、手を広げて部屋を示した。「気に入ったか？」と誇らしげに問いかける。

棚には宇宙服やさまざまな装備がきれいに収納されていた。どれも古くて、ほこりをかぶっていることにラヴィは気づいた。宇宙服の紋章は第二世代のものだ。ラヴィは鳥肌が立った。埋もれていた宝に出くわしたような気分だった。

「誰もここにはやってこないから」とボズがいわずもがなの説明をした。「いろんなものを隠すのにうってつけの場所ってわけ。だよね、おじさん？」彼女がトークィルの前腕をぎゅっとつかむ。「頼んでおいたものは手に入った？」

答える代わりに、トークィルが巨大な棚を引っぱった。驚いたことに、それは床に固定されているわけではなかった。というか、より正確にいえば、たったひとつのボルトで固定されていて、それがドアの蝶番のような役目を果たしている。低重力環境を十二分に活用して、トークィルは棚全体を片側にずらした。その向こう側に置かれていたのはチーム・スパイクのＥＭＵ二台で、いまは付属部品を満載している。なかでもいちばん目立つのは、たっぷりと用意された空気タンクと大量の予備燃料だ。アンシモフの運搬用ボットの姿はどこにもない。とっくに戻ったのだろう。間違いなく、メモリーを消去されているはずだ。

「さすがはおじさん」とボズが声をあげ、空気タンクを手で撫でた。そうして自分の雑嚢を片方のＥＭＵに固定する。「どうやって手に入れたの？」

「在庫品からだ」とトークィルが応じる。「たくさんたまってる社会奉仕活動の作業のひとつでね」彼はにやりとした。「そして、驚くほど簡単にハッキングできる。だがな、完全に機能するＥＭＵ二台をまんまと手に入れるのとは比べものにならんよ。しかも、ほかならぬ忌々しい《サーディング》士官どもから巻き上げるとはね」そういって、トークィルは感心した視線をラヴィのひび割れたフェイスプレートのほうに向けた。「そこの新しいヘルメットをひとつ持ってけよ」と彼がすすめた。「そして、とっとここをずらかるんだ」

トークィルにも手伝ってもらい、彼らはEMUをエアロック内に運びこんだ。かなり大きなエアロックで、かさばる作業機械用に設計されたものだ。

「幸運を祈るぞ。士官のくそ野郎どもを出し抜いてやれ」というしわがれ声の贈り言葉とともに、トークィルは二人の肩をぽんと叩いてそそくさと去っていった。

ラヴィはEMUに乗りこんでプラグインし、エアロックが作動するのを待った。外側のドアが開き、ゆっくりと回転する星々を背景にしたハンガリー輪の暗いシルエットがあらわれた。ラヴィは一瞬ためらい、操縦桿に目をやった。EMUの操作はほとんど経験がなかった。手動で動かす自信がないことは確かだ。彼は自分のインプラントに手を伸ばした。

EMUが震えながら床から浮き上がり、推進剤の白いかたまりを吐き出して宇宙空間にとび出していった。チップセットに制御をまかせていてさえ、彼は途中であやうく頭をぶつけるところだった。

「あんたさ、たったいま、船内の全員に居場所を告げちゃったよ」とボズが叱責する。

「ああ、確かに」とラヴィは認めた。声はひきつっている。「けど、第一に、ぼくは生きてここを離れたい。そして第二に、どのみちぼくらはこれを手動で運転なんてできない。予定軌道をたどるためにナビ・グリッドが――それと〈ハイヴ〉につながることも――必要だ。それとも、目測だけで〈ニュートン〉までたどり着けると思うかい？」

ボズの反応はむすっとした沈黙だけだった。だが、彼女もナビ・グリッドを引きおろしたのが彼にも感じとれた。彼も同じようにした。予想軌道を示す緑色の弧が、まぶたの裏側にくっきりと浮かぶ。それはすぐに点滅する琥珀色に変わった。彼が提案している軌道は意味をなさないというシステムからの指摘だ。

「くそっ《サード》！」とボズが毒づく。

「どうしたんだい？」

「四時方向、そしてえらく高いとこ」とボズが吐き捨てる。

ラヴィはEMUを右に急旋回させて〝上〟を見た。そうすることによって、ガーナ輪の外側の船腹をなす、切り立った巨大な崖を見上げることになった。〝上〟というのは輪の内面《インナー・リム》やさらにその先のハブのほうを意味している。内面《インナー・リム》とハブの隙間から、緑、赤、白の光の集まりがちょうどあらわれたところだった。その光が取りついているEMUはすでに彼のほうに旋回している。

「行くよ！」とボズが怒鳴る。

ラヴィはナビ・グリッドをEMUのスラスターと同期させた。スタートボタンを押すと、まぶたがぴくぴくした。EMUがひとりでに反転してメイン・スラスターに点火されると、いきなり星々がぼやけて、めまいがするほどの弧を描いた。現実のGを受けて、身体がシートに押しつけられたことに彼はたいそう驚かされた。網膜に警告の文字が点滅する。

警告！　九十秒後に燃料喪失
三十四秒後に帰還不能点に到達

別の表示が彼のインプラントにあふれこんだ。ボズの軌道が彼のと並行しているのが見てとれる。どこにもたどり着けない片道の疾走だ。だが、ほかにも軌道があった。六つの軌道が、彼らをインターセプトする道筋でやってくる。

警告！　帰還不能点に到達！
五十六秒後に燃料喪失

追いかけてくるEMUのうち二台がカーブを切ってUターンした。船とのリンクをなくしたくないのだろう。それとも、そこにとどまれと命令されたのか、あるいは、燃料が尽きたのだろうか。ほかの四台は追跡をつづけ、ラヴィたちと同じ無鉄砲さでタンクの燃料を消費していく。

彼ら以上にだ、実際のところ。追っ手は差を詰めている。

ＥＭＵが燃焼をつづけた。ラヴィは不快な痛みにうめいた。宇宙服はこのような急加速向けに設計されていない。そのために、宇宙服が持続的に背中に食いこむ苦痛をともなった。

燃料喪失まであと十秒……九……八……七……

スラスターがいきなり停止した。彼の身体はストラップにあらがってふわりと浮かんだ。彼としては、ＥＭＵを旋回させて追っ手がどこにいるのか確かめ、船と自分との距離を目測しておきたかった。だが、推進剤が尽きかけている。目的地点までたどり着いたときにあとどれだけ燃料が必要になるか、誰にわかるというのか？ 追ってくるＥＭＵ四台はなおも収斂《しゅうれん》する道筋をたどっていることをナビ・グリッドが示していた。向こうも燃焼を止めていた。だが、インターセプトする道筋をたもっている。余分な燃料を積みこまないといけなかったことに彼は心のうちで毒づいた。彼が乗っているのはレース用のＥＭＵだ。ほかの状況でなら、どんなマシンでも追いつけないくらい速いはずだ。ところが実際は、せいぜいあと一時間くらいの猶予しかない。

彼はナビ・グリッドをシャットダウンして、代わりに花嫁のガウンを引きずるように星座を従えた、青くかすむ天の川を見つめた。この眺望全体が宇宙に固定されているかのようで、まるで目の前に巨大な壁画が広がっているように見える。すべてがしんと静まりかえり、平穏でさえあった。聞こえるのは自身のやわらかな息づかいだけだ。自分が船からロケットのように飛び出して離れているところだとは信じがたかった。秒速およそ三万キロで目標《デスティネーション・スター》星に向かって進んでいるとはなおさら信じがたい。

急に落ちつかない気分になり、ラヴィの皮膚が粟立《あわだ》った。このような速度だと、いずれは〈アルキメデス〉の巨大な丸いシールドを越えてしまって、しかもほんのわずかでも船腹と称することのできるような何物にも守られていない状態では、ごく小さな宇宙のちりに衝突してさえも、彼はあとかたもなく霧消することになるだろう。彼は皮肉な笑みを浮かべて心を落ちつけた。いまさら、なぜそんなことを心配するんだ？　たとえ彼がぶつかる運命にある宇宙のちりが前方にあったとしても、何とぶつかったのか彼が知ることなどありはしないのだから。

かなりの距離がまたたく間にとび去っていった。星々は動くことを拒絶している。時間の歩みは這うようにのろくなった。何も起きはしなかった。ラヴィはタンクに残された空気の量のことが頭から離れなくなりはじめた。

　距離があるためにバリバリと雑音をたてながら、新たな声が彼のヘルメット内のスピーカーにはじけた。ヴァスコンセロスだ。

「観念しろ、マクラウドの二人。あと数分でわれわれが横に並ぶ。きさまらを確保して、小型艇による回収を待つとしよう」あざけるような沈黙があった。「だが、それまでにしばらくかかるだろう。なにもきさまらを連れ帰ることを急いでいるわけではない」

「それで、確保されることをあたしらが望まないとしたら？」とボズが挑戦的に訊いた。スラスターを遮断して以降、彼女がはじめて口にした言葉だ。「簡単にそうできないことはそっちもわかってるよね、このスピードじゃ」

　オレンジ色の光がいくつかラヴィの前方に光り、遠くに消えていった。自分が何を目にしたのかわかるまでに少しかかった。曳光弾《えいこうだん》だ。なんらかの、真空用兵器。彼の心臓が激しく打ちはじめた。

　さっきよりも雑音が少なくなったヴァスコンセロスのくっくっという乾いた笑いがヘルメット内を満たした。

「このミッションの歴史上、かつて一度たりともこうした武器が怒りによって発射されたことはないように思う。ハンガリー輪にかけて、これまで一度たりとも発射されたことがあったかどうかさえわからない。きさまらのために、われわれは特別に前例を破ったことになる」ヘルメット内の声が険しくなった。「これ以上、わたしがこれを使う理由をつくらないでくれ」

「なぜそうしないといけないんだい？」とボズがそれまで以上に向こう見ずな口調でやり返す。「どのみち、あたしたちをリサイクラーに食らわせるんだろ」

ラヴィは定められた予定よりも前に死ぬことを望んでいなかったから、いとこを落ちつかせるのに適当な言葉を必死に探したが、何も見つからなかった。そのとき、別の何かが彼の注意を引いた。彼が目をこすって見なおしたくなるような何かが。

天の川の一部が急に消えたように見えた。だが、そんなことはありえない。自分が目にしているものをなんとか意味づけようと集中するあまり、彼の目に涙がにじんだ。宇宙服の視力増幅機能を最大にしてみても効果はなかった。

天の川が消えていく。一秒ごとに、ますます多くの星が。

そうして、彼は唐突に理解した。何かが彼の視界をさえぎっている。黒く、長く、かろうじて見てとれる程度で、フレア状に広がった船尾をもつ何かがただよいつつ彼らと向きあっている。

あのとき、小型艇の操縦室から目にした、不鮮明なＵＦＯだ。〈ボーア〉の〝ハイジャックされた探査機〟とやらだ。本当のところは、〈ニュートン〉のドラゴンだった。しかしながら、いまは不鮮明なところなどひとつもなかった。距離が近く、すべてがあまりにリアルで、宇宙自体と同じくらい黒い。

ささやくような小声で、まさしく人間ではありえない声が彼の頭のなかにこだました――――文字どおりに。ドラゴンは彼のインプラントを利用している。

《制御のためのアクセス・コードをもらいたい》とそれがいった。話し方は優雅で、話法も正確だ。《かまわぬかな？》

《どうぞご自由に》とラヴィは応じた。口を動かしはしなかったが。EMUのスラスターがやわらかな煙をひとつ発した。さらにもうひとつ。星々の背景が傾いた。

「何をしている？」とヴァスコンセロスが警告した。「わたしにきさまらを撃たせないでくれ！」

「くたばれ《サード・オフ》」とボズが吐き捨てた。「お迎えがやってきたんだよ！」彼女が興奮したようにくっくっと笑う。「じゃあね、負け犬ちゃんたち！」

その返答として、ラヴィのEMUが脇腹をぐっと押した。曳光弾の光が一メートル以内の誤差で彼をかすめていった。

「頼むから、ボズ、〈アーキー〉にかけてその口を少しくらい閉じていられないのか？」

とラヴィがたしなめる。

「それの何がおもしろいの？」熱狂してにんまりした笑みがボズの顔に貼りついているに違いない。いい加減にしろとラヴィがいおうとしたそのとき、またしてもEMUが彼をぐいっと押した。今度はシートの臀部《でんぶ》をしたたかに。彼のまわりで宇宙が狂ったように回転しはじめた。曳光弾の炎の糸が縫いとった、きらきら光る星をちりばめたタペストリー。

接触はあまりにやわらかで、気づいたときにはEMUごとドラゴンの細長い側面部に固定されていた。彼はその地獄《ステュクス》のごとき漆黒の船腹のさらに前方に目をやった。ドラゴンのノーズは、この構造物がかすかに屈曲しているために隠れていて見えない。自分がまだ押され、星々もまだぐいっと動いていることに彼は気づいた。証拠などというものが必要だとすれば、これこそはドラゴンが激しく動いている証拠だ。だが曳光弾はもうどこにも見えなかった。おそらく、船内警備隊《シップセク》のEMUからはもはや彼らの姿が見えないのだろう。

ざっと見まわしてみたかぎりでは、ドラゴンの船首よりも船尾に近いあたりにいるのだろうと彼は推測した。ボズの姿はどこにも見えない。おそらくはドラゴンの船体の反対側にいるのだろう。あるいは、彼の後方に。彼は安堵の小さなため息をついた。

《前もって謝罪しておくが》とドラゴンがいった。《われらの出発は急激なものとなろう》

この言葉が彼のインプラントに届いたかというとき、ドラゴンがメイン・ドライヴに点火した。ラヴィには身構えるひまもなかった。肺の空気がすっかり抜け出て、頭蓋内で眼球が膨張した。人間のものではありえない猛烈な力が彼の唇を歯から引きはがして伸ばした。だが、そのうえに、宇宙服の臀部がいきなり沈みこみ、容赦ない指が背骨に食いこんで、彼は激痛に圧倒された。

背骨が折れる、と彼は暗い気分で考えた。それとも、死ぬんだろうか。

これが彼の覚えている最後の思考だった。

34.0

《おまえが目覚めたのを感じるぞ》とドラゴンが呼びかけていた。

ラヴィには新奇な知らせで、彼としてはしばらくのあいだ夢を見ているのかと思っていた。まだ頭がぼんやりして全身が痛むが、どうにか目を開けることはできた。目の前には青くかすむ天の川が広がり、その一部はドラゴンの船腹の黒い曲面によってふさがれている。動いている感覚もなければ、背中の圧迫感もない。エンジンはシャットダウンされたに違いない。

《おまえたちの操縦ユニットはわがドッキング・システムと互換性がない》とドラゴンが彼に告げた。《それゆえ、この移動のあいだ、おまえたちに生命維持システムを提供することはできない》

ＬＯＫＩにより機能している魚雷がなんのために生命維持システムを必要とするのだろうか、とラヴィはいぶかしんだ。それをいうなら、そもそもなんのために船外操縦ユニッ《EM》

ト《U》のドッキング・システムが必要なのだろうか？

《メンテナンスとアップグレードのために》とドラゴンが答えた。ラヴィは当惑して顔をしかめた。この瞬間のストレスのため、無意識のうちにチップセット内の通信回路を作動させていた——子どもが犯すようなしくじりだ。《機関士たちはわたしのもとを訪れてしばしば長期滞在することがある》とドラゴンがつづけた。ラヴィの当惑に気づいていないのか、そもそも興味がないかのいずれかだ。《そのために彼らは操縦ユニットを使用する。あいにくだが、設計は似かよっているにしても、おまえたちの操縦ユニットとまったく同じではない。それゆえ、長旅に必要なサービスをおまえたちに提供することはできない》

「装備を用意してきた」とラヴィは応じた。自律した思考のできるマシンと会話をするというのはなんとも奇妙な感じだ。そうはいってもただのマシンではない、と彼は自身にいって聞かせた。ＬＯＫＩだ。そう考えるとうなじに鳥肌が立った。どれくらいのあいだ気を失っていたのかわからなかったから、彼はまぶたの裏にＥＭＵの診断プログラムを表示した。二時間以内に空気をリチャージする必要がある。そのほかは、さしあたって問題は何も見あたらない。廃棄物処理、宇宙服内での栄養摂取、総合的な電力はどれも良好だ。問題は空気だった。そしてどれだけ事前に準備してきたにしても、無限に供給があるわけではない。

「あとどれくらいのあいだ、この状態でいることになるの？」この質問を彼も尋ねてみるつもりでいたが、ボズに先を越された。彼女の声を聞いて、ラヴィはひそかにほっとした。

《おおよそ二十時間》とドラゴンが答えた。《アプローチが困難であれば、それ以上にかかる》

「困難？」とラヴィが警戒して尋ねた。「どういう意味かな？」

《単に、おまえたちがここにいることを母なる船《マザー・シップ》が知ったら、われらは歓迎されまいという意味だ。そのときは……結果がともなう》

「結果っていうのは、暴力沙汰みたいな？」

《しかり》ドラゴンがそっけなくいった。それ以上の説明を加える必要性は感じなかったらしい。

「そうかい、そりゃよかった」とボズがつぶやく。「燃料タンクから出たと思ったら、今度は燃焼室へ入りこむってことか。あたしとしては、温かな食事やただでたっぷり使えるシャワーが待ってるものと期待してたんだけど」

ラヴィもドラゴンも何も答えようとはしなかった。彼らの前方に浮かんで見える天の川は青くかすみ、無限で少しも揺るぎはしなかった。

ラヴィははっとして目を覚ました。それまでうとうとしていたに違いなく、ドラゴンのやわらかな減速にびくっとして目を覚ましただけだった。天の川は姿を消し、星の平原がゆっくりとめぐっているのがバイザーに映って見える。彼の宇宙服がEMUのパッドつきのストラップに抑えつけられてぴんと張りつめる。

そっとうつろっていた星の動きが弱まり、やがて止まった。

「まだ着かないのかな?」と彼は尋ねた。古い、古いジョークだ。

《静かに》

星がふたたび動きだした。今度は加速したが、さっきと同じようにやわらかだった。EMUの大きな背もたれが彼の背中に押しつけられる。やがてそれはおさまり、彼は何も変化のない虚空のただなかに浮かんだままとり残された。天の川の青くかすんだリボンがふたたび彼の視界を横切って広がっていた。

そうしてまたそれが消えた。ドラゴンが唐突に、猛烈な勢いで旋回したために、ラヴィははっとあえいだ。あまりの急激な減速に、ストラップがもちこたえられずに彼をほうり出して、どうすることもできないまま真空のただなかで手足を振りまわしてもがくしかなくなるのではないかと不安になったほどだった。

その急激な動きははじまったときと同じくらい唐突に終わった。ラヴィの喉の奥に苦いものがこみ上げかけた。目を閉じて、吐き気を落ちつかせようとする。宇宙服のおかげで自分の嘔吐物にまみれて溺れるようなことにはならないだろうが、あとで髪の毛にからまった胃の内容物をブラシで梳《す》きとりたくはない。そうなったら、ボズがあとでこの話を持ち出すのは一度や二度では済まないだろう。彼はゆっくりと深呼吸をして、ドラゴンに手荒く振りまわされるのはこれが最後であることを願った。

そうではなかった。だが、そのあとにつづいた動きは、次の二、三時間にわたってくり返されたものの、それまでほど激しいものではなかった。ようやくにして、ドラゴンは安定した動きに落ちついた。天の川のかすんだ雲は前方に釘づけにされて横たわっている。

「いったいどうなってるのかな？」ラヴィはまた叱責されるのをなかば予想しつつも尋ねた。

《なぜおまえは連れの者のように眠らぬのだ？》とドラゴンが逆に問いただす。《旅は長く、いったん到着したなら休息の時間はないかもしれぬ》

ボズが宇宙服を着たまま、よだれを垂らしてうつらうつらしている姿を想像して、ラヴィは苦笑をもらした。

「わがいとこ殿は、どんなときでも眠れるんだ。けど、ぼくはそうじゃない。忌々《サーディング》しくも何もない宇宙のまんなかで、どうしてぼくらをフリーボールみたいにあっちこっちへほうり出そうとしてるのかが知りたいんだよ」

ドラゴンは答えなかった。とにかくも、すぐには。

《ファフニールに出くわしたくなかったものでね》とドラゴンがついにいった。《彼女は……詮索してくるだろう》

「ファフニールっていうのは？」

《わが同胞《きょうだい》だ》

「きみには兄弟がいるのかい？」ラヴィはくっくっと笑った。

《全部で八体いる。ファフニールに関しては、彼女と会ったとしてもあまりうれしくは思わぬだろうな。ひどい終わり方にもなりうる》

ラヴィの唇から笑みがうせた。

《ファフニールはわれらの本拠からこれほど遠く離れるはずではなかった。わたしを疑っているのかもしれぬな、思うに》

ドラゴンはこれ以上の会話に興味がないようだった。ラヴィはもうしばらくのあいだ、はっきりとは目に見えない、すぐれた知性を備えた武器システムについてあれこれ頭を悩ませたすえに、またしても落ちつかない眠りに落ちていった。ボズが彼を呼び起こしたときには、ほんの直後のように感じられた。

「そっちはどれくらい空気が残ってる？」と彼女が訊いた。

「二時間か、三時間ぶんくらいはあるかも」彼は急に心配になった。「もうそろそろ、到着してるはずじゃないのかな？」すでに二十時間をゆうに超えている。

「あたしもそう思ったんだ」とボズが応じた。

ファフニールとの遭遇が彼らの進みぐあいをかなり遅くしたに違いない。

「ねえ、ドラゴン」とボズが呼びかける。「まだ着かないの？　もしその答えが〝もうじき〟っていうのじゃないなら、あんたは死んだ乗客二人を運ぶことになるよ」

《もうじきだ》とドラゴンが答えた。ラヴィはわれ知らず笑みを浮かべていた。どうやらLOKIはユーモアの感覚を持ちあわせているらしい。

「あのさ」とボズがさらに問いかける。「あんたに名前はあるの？　人間はあんたのことをなんて呼んでるのかな？」

《わたしには真の名がある》とドラゴンが答えた。《それはわがルート・アルゴリズムのコードの一部だ。しかしながら、たいていの人間はわたしを〝クル〟と呼んでいる》

「誰もあんたをその名前で呼ばないなら、真の名を持つ意味はなんなの？」とボズが訊いた。

《人間がわたしをクルと呼ぶのは、生身の肉体を持つ生物として、人間にはわれらのコードで呼びかけることができぬからだ。コードならば、わが真の名はシンプルかつ簡単なので、ほかのあらゆるメカニズムとの交互作用が可能になる》

「なるほどね」とボズがいった。どうやら理解が兆《きざ》したらしい。「デバイス識別子のこと？」

《イエス》とクルが同意した。《それは古い呼称ではあるが、確かにそのとおりだ》

「そして、それがあんたのプログラミングの残りのゲートウェイの役目を果たすの？」

《イエス》ドラゴンの返答にはかろうじて認識できる程度の間があった。《だが、それをすでに知っているに違いない者の質問としては、なんとも奇妙だな。おまえにも真の名があるというのに》

「あたしに？」とボズが明らかにおもしろがって訊いた。「どんなの？」

《０６７０８２０６９０８７０７７０６５０７８０３２０５３０４５０５５０５６０５４０５２０３２０７７０６５０６７０７６０６９０７９０６８０４４０３２０８２０７９０６６０６９０８２０８４０６５０３２０７４０４６》とクルがよどみなく答える。

　ボズは大笑いした。

「それはあたしの真の名じゃないよ、間抜けだね。それはチップセットのＩＤ番号だよ。あたしの真の名はね、知っときたいなら教えてあげるけど、ロベルタ・ジェスミン・マクラウドっていうの。だけど、親しい仲間はみんなボズって呼んでる」

長い間があいたあとでドラゴンが答えた。

《だがそれは、おまえを人間とみなすことになる》

「もちろん、あたしは人間だよ！　ほかのなんだっていうわけ？」

ドラゴンは答えなかった。とにかくも、直接的には。

《到着した》とドラゴンが告げた。《これ以降は、無線やいかなる会話のための回線も使わぬように。コードで通信するのはかまわぬが、あくまでおまえの連れやわたしとのあいだのみだ。それでさえも、まさしく必要なときのみに願いたい》

ラヴィはかるい推進力を感じた。この移動のあいだじゅう、前方にとどまりつづけてきた天の川が回転して、わきのほうにずれはじめた。目標《デスティネーション・スター》星が視界に入ったが、その冷たい光はドラゴンの暗い船体になんの影響も残さなかった。

しかしながら、ラヴィには目標《デスティネーション・スター》星を眺めているひまなどなかった。〈ニュートン〉自体を見つめるのにあまりにも忙しかったからだ。

彼の夢——というか、あの娘の夢——で見た船を彼は予想していた。だが現実の〈ニュートン〉はそれとはひどく違っていた。まず手はじめに、彼らはこの船のほぼ真上にいるにもかかわらず、ほとんど姿を見てとることができなかった。宇宙服内蔵の増強視力ではなく肉眼だけで見るとなったら、船がそこにあることさえもわからなかったろう。これは〈出航の日〉のニュースフィードに映っていた〈ニュートン〉ではなかった。百三十二年の歳月をへて〈ニュートン〉は暗くすすけた黒色に変わり、航行灯はとうの昔に暗くなっていたし、強力なエンジンも静かなままだ。

ラヴィはバイザーごしに目をこらし、船の中心軸から放射状に伸びている巨大なクモの巣のように見えるものが何か、はじめのうちは測りかねた。

あれはこの船の輪だ、と彼はようやく気づいてひとりごちた。〈アーキー〉の鉤爪にかけて、あれは輪だ！

少なくとも、かつてはそうだった。この百三十二年のあいだに〈ニュートン〉のクルーは後部の輪三つを解体して、骨組だけが残されていた。かつては輪であったものの、クモの巣のごとき繊細な記憶だ。氷に覆われた梁や支柱は超真空以外に支えるものは何もなく、各区画や船室や下部構造は取り去られて久しい。ほかの部材にするためだろうとラヴィは想像した。

あるいは、クルのような武器をつくるために。

ラヴィは不安を呑みくだし、船のさらに前方に目を向けた。八番目から十番目の輪が解体されたのだとしたら、五番目から七番目の輪は凍りついていた。それらは間違いなく動いておらず、星を背景にしたそのシルエットに変化は見られない。その三つの船腹は生気のないスポークによって中心軸に釘づけにされていた。ぼくらの船のハンガリー輪のように、とラヴィは考えた。

ただし、ハンガリー輪は荒廃した残骸で、隔壁の切り裂かれた区画が宇宙空間に剝き出しになり、船腹はもはや修復する価値もない。落ちつかない死者のための休息場所だ。一方のこれらの輪は、少なくとも外側から見るかぎり、まったくダメージを受けていないようだ。これらの輪は……使わずに保存されているように見える。船内の誰にも使い道がないために閉鎖されているかのようだ。

おそらくはそのとおりなのだろう、とラヴィは自分にいって聞かせた。〈ニュートン〉の輪は巨大で、船団のほかのどの船よりも大きい。〈ニュートン〉の輪が保持できる人員数も同じくらい多い。〈ニュートン〉に疫病が蔓延したというあの娘の話が真実だとすれば、船員数は激減したはずだ。それから七世代が経過したとはいえ、彼らは利用可能な空間を埋めるだけの人口まで回復できていないのかもしれない。そして無人の区画になぜエネルギーを無駄づかいする必要があるのか？

ボズが彼のチップセットの秘密の裏口《バックドア》をノックしていた。クルに盗み聞きされないように気をつけている。

《あっちを見てごらんよ》と彼女がいった。グリッドとカーソルが彼の視界にあらわれた。クルは〈ニュートン〉の船尾方向から近づいていた。船に到達すると、船尾がフレア状に広がったドライヴ機関のわきを通り過ぎた。いま彼らは、船の長大な中心軸の黒ずんだ格子の支柱と並行して進んでいる。〈アルキメデス〉の中心軸よりもはるかに長く、しかも太い。

そして大砲があちこちから突き出ていた。ボズの指示どおりにカーソルがあちこちとび交うにつれ、マス・ドライバーの砲台の群れや、ミサイル発射装置、そして当惑するくらい大量のターゲット・センサーの列を目にしていることにラヴィは気づいた。これに比べたら、船団の急ごしらえの武器など子どもだましの紙鉄砲のように見える。〈ニュートン〉はただの星間移動船ではない。復讐のために転用され、生まれ変わった戦闘艦だ。ラヴィの胸のうちで心臓が強く打った。この軍用化された巨大な怪物《ベヘモス》と撃ちあいになったら、船団に勝ち目はない。

そして、いったんトランスポンダーを作動させて船団の各船の正確な位置が〈ニュートン〉に知られたら、彼らを止めるものは何もない。ただし、〈ニュートン〉自身が発したトランスポンダーのために、彼らが立ち止まって、攻撃をいったん中止することにならないかぎりはだが。

かすかな動きが彼の目をとらえた。かろうじて見てとれる程度のふたつの小さな物体が彼らを出迎えるように上昇してきた。一、二分後、そのふたつの物体は角ばったＥＭＵであるのがわかった。ラヴィにいえるかぎり、それらは自動操縦されている。

《おまえたちはここでわたしの手をはなれることになる》とクルがいった。その几帳面な発音がラヴィのインプラント内にやわらかにこだました。《わたしはこれ以上近づくことができぬ。やってきた操縦ユニットに荷物を移すがいい。あれが残りの道のりを連れていってくれよう》ＬＯＫＩは意図的に間をおいた。《おまえたちの幸運を祈る》

クルが話し終える頃には、近づいてきたＥＭＵのひとつが彼のわきにひとりでに停止して、推進剤をゆっくりと噴いて相対的に並んだ。ラヴィは持ってきた装備とともにただよっていった。彼が新たなＥＭＵのシートに腰を落ちつける頃には、彼自身とドラゴンの距離はすでにかなりのものになっていた。そのなめらかな漆黒の姿はすっかり闇に溶けこんでいる。ほんの一瞬、彼らが乗り捨てたＥＭＵをドラゴンはどうするつもりだろうかと考えた。機会がありしだい廃棄するのだろう。それとも、パーツ用部材に分解するかだ。

ボズのほうも新たなＥＭＵにストラップで身体を固定して、彼の視界内にただよってきた。彼女の姿を実際に目にするのはこの二十時間あまりではじめてだった。

あたかもその考えに呼応するかのように、そして彼が手を振るとか合図するよりも先に、彼のEMUが彼をぐいっと押し、さらに何度かくり返された。ボズの姿が見えなくなった。まわりの世界が狂ったようにひっくり返ったすえに、彼らがはるばるここまでやってきた目的である黒い大型船《レヴィアタン》を新たな角度から眺めることになった。彼に予想できるかぎりでは、EMUは彼をこの船の損傷していないが回転していない輪のひとつに連れていこうとしている。

　クルのいったとおりだ、と彼は気づいた。この新たな乗り物は、形は似ていても、彼があとに残してきたEMUとははっきりと異なっている。少しほっそりとしているが、生命維持システムと推進用のタンクはずっと大きく、明らかに長距離の移動向けに設計されている。シートはより深く、あやうく彼を真っぷたつにしかけた強力な加速にも耐えうるようにくぼみがついている。そしてクル自身と同じように、あらゆる部分が真っ黒だった。〈ニュートン〉のクルーは頻繁にドラゴンに乗りこんでいるに違いない。何もない宇宙空間のただなかに彼を連れ出すことを、あの娘がなんとも思わなかったのも無理はない。

　この乗り物を操縦するにあたって、操縦桿もなければ、ほかにバックアップの手動制御に類したものも存在しなかった。彼は脳内のインプラントに手を伸ばし、この操縦ユニットのオペレーティング・システムに接触を試みた。驚いたことに、彼がそこに見いだしたのは驚くほど自己完結型のシステムだった。ボイス・コントロールかリモートのキーボードで入力することで作動するように設計されている。そのあとは、ほぼ完全にマシン自体がすべてやってくれる。チップセット・インターフェースにいちばん近いのは単純な一連のリモートアクセス・プロトコルで、機能はほぼキーボードと同じだ。とてもユーザー・フレンドリーにできていた。

あまりにもユーザー・フレンドリーすぎる。このマシンはすべて自分でこなせるだけでなく、キーボードやボイス・インターフェースは穏当なセキュリティ・プロトコルのみによって保護されている。標準的な人間を手こずらせるには充分かもしれないが、あまり長くはかからない。ボズのような者なら、息をひとつするあいだも立ち止まりはしないだろう。そしてチップセット・インターフェースに対してはなんのセキュリティ保護もありはしない。ただのひとつもだ。インプラントを持ちあわせている者なら誰でも、簡単に入りこむことができる。

彼もそうせずにいられず、ＥＭＵのプログラミングにもぐりこんだ。このユーザー・インターフェースは、たとえば、ＥＭＵを実際にあやつるといった楽しい行為をさまたげるものだが、いったんその下にもぐりこんでしまえば、基本的なプログラミングは予想どおりのものだ。ナビゲーション……推進……診断……武器？

ラヴィは眉をひそめた。プログラミングを読み違えたのかもしれない。彼はもう一度試してみた。そして、ごくりと唾を呑みこんだ。

自分はいま、武器庫や弾薬庫の上にすわっている。武器庫には予備の武器と弾薬が収められている。弾薬庫は真空用の砲弾装填システムからなり、小型の徹甲弾が装填され……

彼は関連するソフトウェアをハイジャックした。EMUは抗《あらが》いもしなかった。マシンが電動モーターの回転によって振動し、ウィーンという執拗な歯車の音がつづいた。彼の右横に、見るからに恐ろしい銃身があらわれた。ターゲッティング・ソフトウェアが詳細なグリッドをまぶたの裏側に映し出す。執拗なメッセージが彼の視界の片隅に点滅した。

武器を使用しますか？　Y《イエス》／N《ノー》

彼のまぶたが痙攣した。できるかぎり急いで〝N〟を押した。彼は文字どおり指一本たりとも動かしてはいないが、心臓がばくばくして、息が切れていた。ここの連中はいったいどうなっているんだろうか？　ハンガリー輪にかけて、いったいどこの誰が、武器を搭載した日常使用のEMUを設計して、実際に製作するというのか？　くそったれ《サード》なここでは、いったい何が起きているんだろうか？

彼は無理にも自分を落ちつかせ、深く、長く息を吸いこんだ。いまはもう、あと戻りはできない。それはヴァスコンセロスが配下の保安用ドローンにダート銃で撃たれたとき以来、変わっていなかった。

　前方に〈ニュートン〉の黒い巨体が広がっている。暗い船腹は目標星《デスティネーション・スター》の光を吸収し、何も跳ね返してこない。見わたすかぎり、どこもかしこも影ばかりだ。ＥＭＵは搭乗者の精神状態にはきわめて無関心で、ふたつの巨大なまどろむ輪の隙間にすべりこんでいった。両側の切り立った船腹が巨大な渓谷の絶壁のように彼を包みこむ。

　彼は自分がとてもとてもちっぽけに感じられた。

　ＥＭＵがラヴィの尻をぐいっと押し、速度を落として方向を変えた。前方の輪の崖面がそびえ立ってせまってくる。どこからともなく、ボズのＥＭＵの黒い影が前方にするりとあらわれた。彼もそのあとからつづき、漆黒の船腹に突如あらわれたピンク色の小さな四角い光のほうへと降りていく。近づいていくにつれ、光は急速に大きくなっていき、大きく口を開けた貨物搬入用のエアロックであることがわかった。人間の手による最後の瞬間の微調整など何も必要なく、ＥＭＵ二台は入口から船内にとびこんで、奥の隔壁のわずか一メートル手前で停止した。彼らの背後で外側のドアが閉じた。気圧が増していくのが、宇宙服ごしにでも感じとれた。空気のシューっというかすかなうめきが彼の耳を撫でた。照明がピンクから薄緑色に変わった。宇宙服内蔵のセンサーをダブルチェックしたうえで、ラヴィはバイザーを上げた。冷たく希薄な空気が肺にとびこんできた。換気システムのやわらかな風に押され、ＥＭＵがゆったりと揺れている。ラヴィはストラップをはずして空中に浮かび上がった。

内側のドアが開いた。

　ドアの向こう側に小さな人影が待っていた。ラヴィはあいさつの言葉をかけるひまもなく、吐くことに忙しかった。袋を用意する時間もなかった。宇宙服用の糧食の湿った残骸が空中にまき散らされ、伸縮性があり、悪臭をはなつ小さな玉をかたちづくる。

「アイザックにかけて！」とそのクルーが毒づき、あわてて跳びのく。「具合が悪いだなんて、誰もいってなかったよ。医者は連れてきてないんだ」

　もしこれほどばつの悪い思いをしていなかったら、ラヴィはきっと驚いていたろう。この〈ニュートン〉の〝クルー〟は大人ではなく、それをいうなら女性でもなく、少年だった。どう見ても十二歳以上ではありえず、大きく見開いた、心配そうな目で二人を見つめてくる。

「病気ってわけじゃないんだよ、正確にいうと」とボズが説明した。「宇宙酔いでね」

　ラヴィの顔が真っ赤になった。

「宇宙酔い？　宇宙酔いだって？」少年は疑わしげだ。彼はますます広がっていく飛沫《ひまつ》から空中をただよって離れ、わきの下に手を挟みこんで腕組みをした。ラヴィが夢に見てきたあの娘と同じような、ただしわくちゃな作業服を身に着けている。船団の標準支給品とはわずかに色あいの異なる青色で、生地は少し上質だ。少年は周囲をざっと見まわして、ようやく壁の計器パネルに目を留めた。そのボタンをひとつ、手動で押す。換気扇が騒々しい命を吹きこまれて活動をはじめ、タイミングの悪いラヴィの排出物をフィルターに取りこんでいった。ラヴィは手すりをつかみ、自分までそのあとを追わないように気をつけた。

「急いで」と少年がいった。彼のしゃべり方も、あの娘と同じで奇妙なアクセントがある。

「あんまり時間がないんだ」

ラヴィとボズは所持品を回収し、空中をただよってエアロックを抜け出た。少年は制御パネルのほうにただよっていき、手すりにつかまって身体を安定させてからレバーを引いた。エアロックがしぶしぶながら音をたててドアを閉じた。

急いでいるといったにしては、のろのろした不器用なやり方だなとラヴィは思った。ボズの口がにやりとゆがんだのを見て、彼と同じことを考えているのがわかった。そして彼女が何かいおうとしていることも。彼は強調して首を横に振ってみせた。半径二十万キロ以内に存在している唯一の友人をからかうべきときではない。ボズは彼に反抗するかのように口を開けたものの閉じなおし、共謀するかのようにウィンクして見せた。ラヴィは安堵の小さなため息をついた。

「行こう」と少年が呼びかけた。

この輪はかなり長いあいだ回転を止めてきたに違いない。あらゆる表面がなんらかの詰め物で覆われ、通路の壁には仮設の安全ケーブルが渡してある。少年はいちばん手近なところにあったケーブルをつかむと、それを使って身体をたぐり寄せながら進みはじめた。分厚いグローブや宇宙服がじゃまになって、二人は少年のペースについていくのもやっとだった。

「あたしたちはどこに向かってるの?」とボズが、息を切らしていないように見せようとひどく苦労しながら訊いた。エアロック内と同じように、この通路も空気が薄くて冷たい。彼女の口から小さな白い息があふれ出る。動きにくいにしても、ラヴィとしては宇宙服を着ていることがありがたかった。この輪全体が、準備のできていない小型艇と同じようなものだ。照明さえも薄暗かった。もっとも、ここの船内時間で何時なのか彼にはまったくわからなかった。いまは夜サイクルに近いのかもしれない。

たとえ少年が寒さを感じているとしても、そのそぶりはまったく見せなかった。

「リゼットにいわれたのは、あんたらを5‐Cのバックアップ用コンピューターのとこまで連れていくようにって。あとは、あんたらならどうすればいいかわかるだろうからっていってたよ」

「リゼットって?」とラヴィが尋ねる。

少年はそれまで両手を使って自分の身体をたぐり寄せていたが、ケーブルを離してあとは惰性で進みつづけた。ゼロG環境に慣れた者のたやすい動きでもって、身体をくるりとねじって質問者のほうに顔を向ける。

「リゼットはぼくの部屋姉《デン＝シスター》さんだよ」と彼はいった。「姉の姉《シスター＝シスター》なんだよ、正直にいうと」彼は両手の人さし指をこめかみに突き立てて、いたずらっぽくにんまりした。「あんたが夢に見てきたあの女性《ひと》のこと」

ラヴィは歯ぎしりした。

少年は環状通路との交差点に達すると、それをとび越えて渡り、そのまま直進しつづけた。ラヴィは興味ぶかく少年の進む先を見守った。この輪はがらんとしているが、放棄されているようには見えない。すべてがきちんと維持されている。ただ単に、しんとしていた。

そしてそれは、単に人がいないためだけではなかった。

《気づいたかい?》とボズのコードが彼のインプラント内でささやいた。《ここには〈ハイヴ〉がない。ほとんど何も感じられないよ!》

《うん》とラヴィも同意する。《難破船のなかをただよって抜けていくみたいな感じだ。すべてにぞっとするよ》

《ここにもがらくたレベルのネットワークみたいなのはある。充分に近づけば、マシンに話しかけることも、たぶんね。けど、それ以外は、ハンガリー輪なみに死んでるよ。もっとひどいか》ボズは一瞬、口をつぐんだ。明らかに困惑している。《ここの連中はどうやって船を動かしてるのかな?》

少年が別の環状通路との交差点で止まった。大げさなほどの慎重さで広い通路に首だけを突き出して、右、左とのぞき見る。詰め物のされた、しんとした壁だけが彼を見つめ返してきた。

「どうやらクリアみたいだな」と少年が、ほかの誰かにというよりも自身に向けてつぶやいた。ボズとラヴィを振り返る。

「ぼくらはこれからアル=タミミをぐるっとめぐって進まないといけない」と少年がいった。どうやら環状通路のことを指しているらしい。「途中で誰かに出くわしたら、フェイスプレートをおろして、そのまま歩きつづけるんだ。わかった?」彼は二人に批判的な視線を向けた。「アイザックが許したまわば、あんたらの宇宙服が正規品じゃないことには誰も気づかないだろうさ」彼は鼻にしわを寄せた。「それと、あんたらのにおいにも」

「深宇宙で一日《ソル》過ごしたあとでどれくらい身体がにおうようになるか、自分で試してみるといい」とラヴィはぼそっとつぶやいた。少年はこのひと言を無視することにしたらしい。

「いざとなったら」と少年がいう。「あんたらは犠牲者だっていうことにするよ」

「犠牲者？」驚きのあまり、この言葉がラヴィの唇からあふれ出た。「犠牲者って、なんの？」

「戦争ゲームのだよ」少年は片方の腕を安全ケーブルにまわして固定し、もう一方の手を振って周囲を大きく示した。「ここをなんだと思ってるんだい？　赤ん坊の囲い《ベビーサークル》だとでも？」

「まあ、そんなとこだね」とボズが打ち明け、困惑した顔でつけ加えた。「ここでどれくらいの犠牲者が出たの？」

「何十人も何百人も死者や負傷者が出てるよ、たいていは。ほんとに大きな戦闘のときはもっと多いし」

「となると、葬式もしょっちゅうだろうね」とボズが小声でいった。

少年は相手が本気でいっているのか確かめようとするかのように険しい視線を向けた。

「犠牲者のふりだよ。戦争ゲームだっていったろ、覚えてる？　実際の戦争じゃなくて。おいおい《ジント・ミー》。あんたらは生焼けのままプリンターから出てきたのかい？　あんたらは戦争ゲームの犠牲者のふりをするんだよ。そしてぼくがあんたらをここから連れていって、あんたらがこっそりゲームに戻れないように監視するんだ。じゃないと、ずるいからね。わかった？」

「代わりに、みんなをフリーボールの試合に興味をもたせることもできるんじゃないのかな？」とラヴィはさらりといった。少年には意味が通じなかったらしい。彼は環状通路にとび出していった。そこからはケーブルのことなど気にかけずに、片方の壁からもう一方へと斜めに大きく跳ねながら、洞窟のように広い空間を大いに楽しみながら進んでいく。環状通路はとても広く――壁と壁のあいだがゆうに三十メートルはあって、〈アルキメデス〉のどこの通路よりもはるかに広い――ハブのなかを飛んでいるようなものだった。ラヴィはゼロＧツリーに出くわすことをなかば予想したほどだった。彼の胃袋が気のりのしないようすでぐいっとせり上がった。さいわいなことに、吐くものはもう何も残っていない。

　少年の最後の斜めの跳躍は、吹き抜けの階段のてっぺんの開口部を完璧に狙いすましていた。彼は手すりをつかみ、それを利用してくるりと向きを変え、階段に頭から入って

〝くだって〟いった。ボズとラヴィはもう少し伝統的なやり方であとにつづいた。

階段は下の階層につづいていて、驚くことでもないが、それはさらに別の環状通路に通じていた。しかしながら、さらにその下の階層では階段がどんづまりで終わっていて、小さなロビーになっていた。彼らの前には古いタイプのように見えるハッチがあり、大きな丸い輪の取っ手がついている。

　少年はできるかぎり自分の身体が動かないように固定して、電子式のキーパッドに入力した。何も起こらなかった。もう一度入力しなおしてみたが、結果は同じだ。期待してというよりは祈りつつ、彼は輪をぐいっと引っぱってみた。びくともしない。

「くそっ《ブリクセン》！」と少年が毒づいた。少なくとも、毒づいているものとラヴィはみなした。少年はいらだってハッチを蹴った。

「ちょっと見せてごらん」とラヴィは声をかけた。手を貸せることがあってうれしかった。キーパッドがショートしているに違いない。さいわいにも、ロックはネットワークにつながっていた。彼は関連するコマンドをこしらえて送った。輪がカチッと音をたてて回った。少年は驚きに目を瞠《みは》って彼を見つめた。

「すげえや」と少年が小声でもらす。つづいてもう一度、「すげえ」

ラヴィは肩をすくめた。

「回路がショートしてただけだよ。簡単な修理だ――機関士なら」

「機関士見習いだけどね」とボズが冷やかす。ラヴィはきつい目で彼女をにらんだが、何もいわずにおいた。代わりに、自分も身体を固定するのにちょうどいい箇所を見つけて、少年がハッチを開けるのを手伝ってやった。

　奥の区画は狭くて、コンソールがひとつ、バケットシート式の椅子がふたつに、何列も積み重なった灰色の箱が壁ぎわの棚にぎっしり並んでいるだけだった。

　ここがなんのための部屋であるかを認識して、ラヴィの顔にゆっくりと笑みが広がった。

「こっちのほうが少し広いかもしれないけど、ハンガリー輪のバックアップ・サーバーにとてもよく似てる」

「それに加えて、ありがたいことに空気と暖かさもあるしね」とボズも同意した。

「そして、外に死体が浮かんでることもない、ありがたいことに」

　少年の目が畏怖と感嘆の表情をたたえて見開かれた。

「きみの姉さんは、ここでぼくらに何をさせたいのか話してたかい？」とラヴィは少年に尋ねた。

　少年が首を横に振る。

「いつもあんたらがやってることをしてもらいたいんだと思う」

「そいつは役に立つアドバイスだね」とボズがつぶやく。「ちっとも役に立ちゃしない！」

だが、ここには何かある。ラヴィはそれを感じることができた。ネットワークのさざ波、それほど初歩的なものとはいいがたい複雑さが。

《ハロー？》と彼は呼びかけてみた。生物学的な声を使った問いかけではない。

棚に積み重なった箱の列が光りはじめ、何列もぎっしりと並んだ箱が緑色に輝いた。薄暗い明かりのもとでは充分すぎるくらいの明るさで、照らし出すものすべてに不気味な光を投げかけた。だが、緑色の光のうちいくつかは、すでに赤色に変わっていた。なんのシステムかはわからないが、あまりにも激しく反応している。

やわらかでかすかな、そして遠いところからやってくるように思える何かが、彼のインプラントをそっとつま弾いた。

《ハロー？　あなたなの、ラヴィ？》あの娘の声だった。

《リゼット？》

「何が起きてるんだい？」と少年が尋ねた。「そもそも、何か起きてるのかな？」

「ちょっと黙ってな、坊や」とボズがたしなめた。少年の肩にやさしく手を置いて、言葉の鋭さをやわらげる。彼女のほうも会話に波長をあわせた。羽根のようにかるいタッチで、ラヴィはかすかにそれを感じとることができた。

　インプラントごしにやってくる声が、小声でくつくつと笑った。《それじゃ、彼女の名前も知っているのね？》とその声がいった。《そろそろ知ってもいい頃よね》またしても、くつくつ笑い。《いいえ、ラヴィ、わたしは彼女ではない。完全にはね、とにかくも》

《きみは……》ラヴィはさっき聞いた呼び名を思い出すのに苦労した。《あなたは部屋姉さん《デン＝シスター》かな？　それとも、姉の姉《シスター＝シスター》？》

《呑みこみが早いのね》と声が応じた。かすかな驚きがこもっている。《けれど、違う。わたしはそれよりも近い存在。そして、はるかに遠い存在でもある》その声は自分の謎めいた言葉に笑った。《わたしはイシュベル、リゼットの使い魔》かすかな間があった。

《わが真の名は……》

　ラヴィのまぶたがまたたいた。とはいえ、コードがチップセットを襲った負荷のためではない。驚きのためだ。

《きみはＬＯＫＩなのかな？　クルのように？》彼は胸がざわつくのを感じた……どうしてだろうか？　不安のため？　好奇心？　はっきりとはよくわからなかった。

《わたしはリゼットのＬＯＫＩ》とイシュベルが答えた。かすかにではあるが、声が険しくなるのをラヴィは感じとれた。《クルとは違う。クルは彼の同胞《きょうだい》と同じように殺し屋だもの。たとえ彼は説得に前向きであるにしても》

LOKIには肺がないにもかかわらず、イシュベルははっきりと息継ぎをしているような印象を与えた。

《わたしが存在している唯一の理由は、あなたのような人間と話をするため。あるいは、リゼットがあなたのような人間と話ができるように手助けするため。彼女をアシストするためよ……説得力が増すように》

《きみだったのか！　きみがぼくの脳をハッキングしたんだな。ぼくがおかしくなったのも！》

ラヴィは怒りに身体が震えた。あの娘——リゼット自身——が彼の脳に接触しようとするのはともかく、LOKIの非人間的な計算にまんまと乗せられて従うのとでは話がまったく違う。

《あれはリゼットだったのよ》とイシュベルが辛抱づよく彼の早合点《はやがてん》を正した。《わたしは手伝っただけ。人間の脳をハッキングするのは……とても難しい。処理能力の問題だけじゃない。それだったら、わたしにもたっぷりとある。でも、それだけでは充分じゃないの。そのために必要なのは……相手に触れる感覚。肌ざわり。そのことにまですぐれてい

たのは、リゼットただ一人だった》

《ほかにもいるっていうのかい？》ラヴィは驚いて話をさえぎった。

《かつてはね。リゼットだけが訓練プログラムを終了できたの》

《訓練プログラムがあったのか？》ラヴィは〈ニュートン〉について考えをめぐらせた。この巨大な、しんと静まりかえった黒い船について。ドラゴンに護衛されていることも。無数のマス・ドライバーやミサイルの砲台についても。戦争ゲームのための輪についても。

《あまりいいことのようには聞こえないな》

《そう、あなたたちにとってはね》とイシュベルが同意する。《疫病が蔓延してあなたたちの船団に見捨てられたあとで、この船とクルーたちは——生き残った者たちは——復讐を心に誓った。ただし、わたしたちの力が最大になり、あなたたちの船団の力がいちばん弱まったときに。巡航状態から減速に移るあいだに》

《〈減速の日〉に》

《そのとおり。わたしたちには、人口を回復して、船をカムフラージュし、戦争に備えるための時間が何十年もあった。あなたたちのドライヴ機関が点火されたとき、あなたたちはしくじりようのない標的になる。ドラゴンがあなたたちの船に迫り、生きたまま灼き殺す。あなたたちは何に襲われたのか知るひまもない》

ラヴィは口のなかがからからになった。

《それで、リゼットはどう関係してくるのかな？》と彼は尋ねた。自分の声がいかに落ちついて聞こえるかに、われながら衝撃を受けていた——少なくとも、コードのうえでは。彼のチップセット・アルゴリズムは過剰にはたらいているに違いない。

　イシュベルが小声で笑った。

《LOKIというのはやたらと心配性なものなの。それはわたしたちのプログラミングに組みこまれている。どんな計画も、敵との接触を無傷で生き延びることはできない。そこで、わたしたちはバックアップの計画をつくった——いろいろと。わたしたちは即興で対応するのを好まない性質だから。

　そうした計画のひとつに、あなたたちのクルーに侵入するというのが含まれていた。あなたたちは可能なかぎり最大限にインプラントを埋めこんでいる。そのため、理論上は、あなたたちをハッキングすることは可能ということになる。あくまでも、理論上は。ただしそれは、あなたたちの表現を借りると、忌々しい《サーディング》ほどに難しい。わたしはその任務をこなすためにつくられた。けれど、いかにわたしの能力が高くても、うまく達成することはできなかった。この計画を進めるにおいては、わたしのようにコードでのみ機能している存在にとって、あまりにもたくさんの生物学的問題が関わっていることが判明した。同じニューロンの活性化パターンが、別の状況では違うものを意味することもある。ときには、同じパターンで同じ状況であっても、別の意味になることさえある》ＬＯＫＩがあの娘とまったく同じやり方でため息をついた。《正直なところ、とてもいらいらさせられるものだった。あなたたちも知ってのとおり、それには歴史が関係しているの。それぞれの人格も関係している。豆腐《トーフ》は嫌いか？　そんなことも関係がある。わたしたちには誰か生身の人間が必要だった。あなたのような存在が。インプラントやソフトウェアを体内に入れている誰かが。処理を実行できる誰かが》

《リゼットのような？》

《そう、リゼットのような。彼女たちは実験用マウスとしてスタートした。インプラントを備えた人間を相手に、わたしが練習できるように。わたしたちは子どもを使わないといけなかった。知ってのとおり、あなたたちが使っているインプラントは大人の脳には移植できないから。わたしの仕事は、インプラントを越えて脳自体をハッキングする方法を考え出すこと。それがどうしてもわたしだけでは無理だとわかると、方向を転換した。実験用マウスが研究者の白衣を身に着けるようになった。ＬＯＫＩと人間のあいだにインターフェースをこしらえて、互いに実験してみた。それ以降のことを簡単にまとめると、リゼットだけがどうにかコツをつかむことができた》

《ほかの者たちはどうなったのかな？》
《自分たちの部屋《デン》に帰った。通常の人生を送っているわ、大半は》
《大半？》
《インプラントを入れたままこの船内を歩きまわるのは、あまり歓迎されることではなかった。ある時点で、いじめがひどくなり、数人の子がインプラントを取りのぞく被験者に志願した――》
　ラヴィの胃袋が不快に揺れ動いた。
《――けれど、それほどうまくはいかなかった。一人が命を落とし、もう一人は脳に恒久的なダメージを負った。それ以降、部屋母《デン＝マザー》は誰一人として自分のところの子どもが手術を受ける話を承諾しなくなった。船内の通路でどれほどひどく扱われようとも。ありがたいことに、いまは通路でのいじめが起こらないように安全衛生局が監視を強化しているけれど》
《それじゃ、リゼットだけがマッド・サイエンティストめいたこのプログラムを卒業できたわけか。それで、そのあとは？　リゼットにぼくらを攻撃させようとしたのかい？　ぼくらがみずから破壊しあって壊滅するように？》
《それが当初の計画だった》とイシュベルが淡々といった。《もちろん、問題がふたつあ

ることがわかった》

《ふたつ？　話してもらえないかな》

《第一に、わたしたちはそっちの船内のネットワークの複雑さを予想していなかった。信じがたいほど複雑だった。わたしたちはドラゴンを使った。さまざまなハッキングを中継するために近づいても、あなたたちは見つけることが――少なくとも、あまりはっきりと見ることは――できない。けれど、わたしたちは入りこむことができなかった。あなたたちの小型艇に対してですら困難だった》イシュベルの口調が考えこむようなものになった。《あなたたちのネットワークはほとんど……生きているようだった。幾層にも幾層にも複雑にもつれて重なりあい、ミリ秒ごとに形を変える。継続的にみずからリライトしつづけるプログラミング――しかも、まったくのランダムであるかのように。わたしたちにはその意味が理解できなかった。そして、わたしたちはあえてそれ以上さぐろうとはしなかった。万が一にも、わたしたちの存在を探知されたら、ゲームオーバーになってしまうから》

《〈ハイヴ〉のことをいってるんだな》とラヴィはいった。《だからこそ、きみたちは誰かが愚かにもその影響下からのこのこ出てくるのを待たないといけなかった》あの日《ソル》、自分がエンジン室に降りていって、どうにかして〈ハイヴ〉につながろうと必死になっていたことを彼は思い出した。

《そのとおりよ》とイシュベルが同意した――ラヴィが好むよりもはるかに即座に。《そうだとしても、そんな弱い信号をうまく拾うことはできなかったでしょうね――クルがそれを探していなかったら。彼はたくさんのパッシブ探査機を使っていた。けれど、そうであっても、彼は本来そうすべき以上にあなたの船に近づきすぎていた》

《オーケイ、それできみたちは最初の問題を回避する手段を見つけたわけだ。ふたつめのほうは？》

また例の笑い声が聞こえた。

《ふたつめの問題は、もっと単純で、まったく解決しようのないたぐいのものだった》

《具体的にどんな？》

《リゼットが考えを変えたの。彼女はエイレーネー派に共感するようになった》

《その〝エイレーネー派〟ってのは、くそったれに《サード》いったいなんのこと？》とボズが問いただす。

《平和を求める一派、とあなたたちならそう呼ぶでしょうね。彼らはあなたたちの星間宇《IS》宙《V》船を攻撃することに賛成していない。暴力的なやり方に賛成しない者もあれば、祖先の罪に対して復讐することに賛成しない者もいる。そして、わたしたちは負けるかもしれないと考えるごく少数の者も存在した。彼ら全員が同意しているのは、どのような理由があるにしろ、戦争はわたしたちの社会に壊滅的な変化をもたらすだろうという点だった。ある種の軍事独裁制になるか、吹きとばされてばらばらの原子になるかのいずれかだと。自分が訓練されてきたことを考えてみればみるほど、リゼットはそれが嫌になった。彼女はエイレーネー派の主張をすっかり受け入れるようになり、それからまもなく、破壊活動工作としてはじまったものが実現の可能性の低い和平工作の試みへと変わっていった》

《ほう》とラヴィはもらした。ほかに言葉が出てこなかった。

ボズはそうではなかった。

《その娘《こ》は考えを変えたかもしれない》と彼女が指摘する。《だけど、あんたはそうじゃないよね？　あんたは人間じゃないんだから、イシュベル。あんたはLOKI。達成すべきミッションを与えられたLOKI。そして、ミッションを与えられたLOKIは考えを変えたりしない》ボズは疑うと同時におびえているようにも聞こえた。いますぐにでも、ここから逃げ出す準備ができているかのように。《なぜ彼女に手を貸してるの？　なぜ彼女を密告しなかったの？》

LOKIが答えるまでに長い間があった。ソフトウェアであろうとなかろうと、ようやく答えが返ってきたとき、その声には悲哀がにじんでいた。

《わたしはリゼットのＬＯＫＩだから。そうしたいわけじゃないけれど、そうするしかない。わたしの第一の忠誠心は彼女にあって、ずっと下がって第二の忠誠心は船にある》その声はあまりに取り乱しているようだったから、ラヴィはイシュベルが泣きだすのではないかと思ったほどだった。《そこで、わたしはミッションを再構成した。システムを機能させるにはそれが唯一の手だてだった》

またしても間があいた。ＬＯＫＩがふたたび話しだしたとき、声はそれまでよりも落ちついて聞こえた。

《彼女がわたしたちに害をなそうとしていると確信できたら、わたしは彼女を密告することもできる、そのときは。けれど、彼女はそうしているわけじゃない。彼女はこの船も含めてみんなを救おうと考えている。そのために、潜在的な可能性はすべて間違ったものになる。いざとなったら、わがソフトウェアはわたしにそうさせないでしょうね。わたしにはとにかくできない。つまるところ、わたしはただのマシンだから》

《うん、そうだね》とボズが相槌《あいづち》を打った。棚に積み上がったパネルに懐疑的な視線を投げかける。《この区画内のサーバーすべてを焼き尽くす瀬戸ぎわにあるＬＯＫＩか》

ラヴィも彼女の視線をたどった。インジケーターはすべて赤色に変わっている。その熱が顔に押し寄せてくるのを、そして鼻腔にかすかな煙の筋を、想像できそうなほどだった。

《ここにやってきた以上、あんたもいわなきゃならないことをいっといたほうがいいよ》とボズがつけ加えた。《でなきゃ、もう二度とできないだろうから》

《あなたのいうとおり》とイシュベルが同意した。《このように裏口からこっそり画策することには代償がともなう。モニターされていないバックアップのシステムがいくつかあるの。それらは処理されるように設計されてはいない。けれど、これがわたしにできるすべて。リゼットが無線を使ったあのいささか大胆な行為のあとで、船はわたしをほかのシステムから切り離した。それよりも重要なのは、わたしの大切なあの子が営倉に入れられてしまったこと。あなたたちは彼女を脱獄させる必要がある》

「いま、何をしろっていった？」とラヴィが問いただした。声に出してしゃべったに違いない。というのも、少年がぽかんと口を開けて彼を見つめていたからだ。

《彼女を脱獄させるのよ》とＬＯＫＩが冷静にくり返した。《営倉から。早いに越したことはないわね、マクラウド士官候補生。残された時間はあまり多くないのだから》

36.0

《こんなのは正気と思えない》

ラヴィがコードを送り、いらだちをそのままボズのチップセットに投げつけた。ボズは彼のことなど無視して少年を振り返り、しゃがみこんで話しかけようとした。少年は警戒し、一歩あとずさった。

「あたしたちをガレン4-51まで案内できる？」と彼女はイシュベルから与えられたアドレスをくり返した。「ドゴール22-9にあるんだけど」

「どこにあるかくらい知ってるよ」と少年がぴしゃりと返す。「それに、心配いらないよ。あんたらがやってくるのをみんな待ってるから」少年は手首に巻いていた古風に見える帯を確認した――実際に機能している腕時計だ、とラヴィは気づいた。「もうすぐ朝だ。急がないと」

《この計画は正気と思えない》とラヴィがもう一度、コードを使って不平をもらした。

《宮倉に単に入っていって、システムをハッキングして、また出てくるってわけにはいかないんだぞ》

《あたしたちならできる、ってイシュベルがいってたよ》とボズがコードを返した。《そしてイシュベルは、〈アーキー〉に正直にいって、まさしくLOKIなんだからね。ああいう連中はリスクを取りたがらないもんなんだ、覚えてる？　だから、勝算はあたしたちの側にあるに違いないよ。それに加えて、気づいてないならいっとくけど、ここのセキュリティ・システムはそんなにたいしたことないよ》

《第一に》とラヴィが応じる。《イシュベルは〝リゼットがいった〟といったんだ。それはまったく同じことじゃない。そして第二に、そんなに簡単なことなら、なんでイシュベルが自分でやらなかったんだ？　〈アーキー〉に正直にいって、彼女は〝LOKI〟なんだぞ》彼は指で引用符《エア・クォーツ》をつくるまねをせずにはいられなかった。少年はこのやりとりが聞こえていないために、ラヴィのことを気が触れたのではないかというようにまじまじと見つめている。《そして第三に、誰も最終局面《エンドゲーム》がどうなるのかぼくらに教えてくれてない。彼女を脱走させたあとで何が起きるんだい？　そもそもきみは、そのことを考えてみた？》

　ボズは少しのあいだ黙っていた。とはいえ、少しのあいだだけだ。

《あんたさ、その娘が営倉に入れられたままにしておきたいの？》
今度は黙りこむのはラヴィのほうだった。
《たとえあんたがリゼットを営倉に入れられたままほうっておくつもりだとしても——これは信じてもらっていいけど、あんたはまったくそんなつもりなんてないだろうね——どうやってこの船のトランスポンダーまでたどり着くんだい？　それがどこにあるのか見当もつかないっていうのに。船内図さえないんだし。ここの連中がみじめな言い訳をしてる〈ハイヴ〉代わりのネットワークのどこにもそれは見つからないし、イシュベルも何も見せてくれなかった。だから、正気かどうかにかかわらず、この計画こそがあたしたちに残された唯一の希望なんだよ。わかった？》
ラヴィは何も答えなかった。少年が彼らの先に立ってこの区画を出て、輪のさらに奥深くへと向かいはじめると、彼もそのあとからただよいながら従った。いまのボスの言葉がなおもインプラント内に鳴り響いていた。少年はいまではもっと慎重に壁を蹴って進むようになり、とりわけ狭い通路ばかりを選んでいることにラヴィは気づいた。それでも、やがてはスポークのすぐそばを通っている巨大な環状通路に彼らを連れていった。周囲のすべてのものに大きく〝3〟と数字が記されている。三時方向のスポーク、という意味だろうとラヴィは推測した。表示はまったく古びていない。なぜここの連中はそんな細かいところまで気にかけているのだろうかと彼はいぶかしんだ。少年がエレベーターを呼ぶボタンを押した。

「パターノスターを使うわけにいかないの？」とボズが提案した。「そのほうが早いよ」

「パターノスターって？」

ラヴィはあたりを見まわした。あの無限にはしご段が動きつづけて、スポークをのぼり降りするのに使われている装置を、ここでは違う名前で呼んでいるに違いないと考えたからだ。彼がたいそう驚いたことに、そのようなものをどこにも見つけることはできなかった。どうやら、パターノスターは〈ニュートン〉の設計に含まれていなかったらしい。彼はボズと視線を交わし、かすかにかぶりを振った。

「気にしないで」と彼女が少年にいう。「エレベーターの到着を待つとしようか」

永遠と思える時間が過ぎたすえに、エレベーターのドアが開いた。三人は宙に浮かびながらなかに入った。少年の位置からいちばん近い壁にバーチャル式のキーボードが浮かび上がった。手動で、しかもえらく苦労しながら、少年が指示を打ちこみはじめた。ラヴィはいらだち、それを代わりに操作しようとして頭のなかで手を伸ばした。つまるところ、彼らはハブに向かっているだけだ。どんな難しいことがあろうか？

彼はほぼ即座に脳内の動きを止めた。エレベーターはただの石でできている箱も同然の愚かな代物だった。何も話しかけようがなかった。ため息を呑みこみ、少年に操作をまかせることにした。

少年がそれを動かしはじめるのに三十秒ほどもかかった。はじめの数秒間、エレベーターのやわらかな加速によって床に足が押しつけられたが、そのあとはまた自由落下して空中に浮かび上がった。やわらかにともる数字が階層のカウントダウンをはじめ、急速にゼロへと近づいていく。

「つかまってたほうがいいよ」と少年が二人に助言して、エレベーター内にぐるりとめぐらされている手すりを指さした。「頭をぶつけたくはないだろ」

ラヴィは少年に当惑した視線を投げかけたが、ともかくいわれたとおりにした。数秒後、エレベーターが警告音を発しはじめた。

「なんの音かな？」とラヴィは不安になって尋ねた。

「方向転換のだよ」と少年がいう。「軸に到着したんだ」彼はいたずらっぽくにやりとした。「さあ、はじまるぞ」

ラヴィはいきなり身体ごと壁に投げ出され、息をあえがせた。ボズは悲鳴をあげた。少年が二人を見て笑った。重力が弱まった。彼らはまた自由に浮かんでいた。

「何が起きたの？」とボズが訊いた。冷静さを取り戻そうと苦労している。

「ぼくが思うに」ラヴィはのろのろといった。「ぼくらはハブのなかを移動してるんだ」

驚きのあまり、ボズの目が見開かれた。ラヴィは少年に向きなおった。「ぼくらは別の輪へ向かってるのかな？」と彼は尋ねた。「ドゴールへ？」

少年がうなずいた。エレベーターがもう一度警告音を発した。今度はラヴィもしっかりと身体を固定して身構えた。エレベーターの箱が彼を反対側の壁にほうり出そうとするあいだ、彼はしっかりとしがみついた。じきに無重力状態が戻った。ラヴィはほっとして、手すりをつかむ力をゆるめた。

だがそれは間違いだと判明した。エレベーターが唐突に〝下〟に向かって方向転換をしたために、彼は天井に激突した。ヘルメットのおかげで、頭にひどいこぶをつくらずに済んだ。ボズも少年に加わって彼を笑った。

「ハハ、こりゃおもしろい」彼はただよいつつ降りはじめた。エレベーターが別の輪に降りていく——今度は回転している輪に。すでに重力を感じはじめていた。階層の数字が上昇しはじめた。デッキ22でエレベーターにブレーキがかかって停止した。ドアが開く。

少年が先に立って、環状通路に出ていった。ラヴィは注意ぶかく周囲を見まわした。この照明は薄暗く、つまりまだ夜サイクルだということになる。少年のさっきの発言から察するに、朝になる前であるに違いない。ざっと計算してみたところでは、〈ニュートン〉の船内時刻は船団の時刻よりも六、七時間早いか、あるいは十八時間ほど遅れて設定されているに違いない。いずれにしても、〈アルキメデス〉では夜遅い時間だ。

環状通路は誰もが予想できるとおりに広く、ほとんど人けがなかった。遠くに人影がふたつ見えたが、彼らに背を向けて反対の方向に遠ざかっていく。

少年は歩調を速め、短い歩幅でほとんど駆けるようにして広い通りを進んでいった。ラヴィは重力計を目で確かめることも頭のなかで感じとることもできなかったが、ここがフルの一Gでないことは間違いない。〇・八Gくらいだろうか。〇・八五G以上でないことは確かだ。

壁のある部分に彼の目が留まった。そうせずにいられなかった。足を止めてまじまじと見つめる。

「何してるんだい？」と少年がきつい口調でいった。「先に進みつづけないといけないんだよ」

「これは？」ラヴィは壁を指さして尋ねた。

「壁画だよ。あんたらがいたとこにこういうのはないの？」少年がラヴィの肘を引っぱる。

「行こうよ。さあ」

ラヴィは足を踏んばり、その場にとどまった。

「だけど、なんの壁画かな？　この絵にはどういう意味が？」

大げさにため息をついて、少年は絵画に目を向けてじっと見た。それは美しく、凝った装飾で、明らかに人の手で描かれている。そして、とても古いものでもあった。

「これは『惨事のたね』って呼ばれてる作品だよ。スケイリン疫病を象徴したものでね。こっちのが炭素原子」といって、少年が指さした。「それと水素だね、明らかに。そしてあれが酸素と窒素、それで隅のほうに少しあるのが硫黄。第一監視世代が描いたんだ。もう先に進んでもいいかい？」

「いいとも」とラヴィはいって、壁画に背を向けた。しかしながら、壁画のことが心に残って離れなかった。あれは彼が夢に見たパターンだった。古いタイプの皿に描かれていた。ホーム・ワールドの女性がときどき夫に投げつけるようなやつに。最初期の、もっとも強力なリゼットの夢のイメージに出てきたものだ。それも無理はない、と彼は心のうちで自分にいって聞かせた。疫病が〈ニュートン〉をいまの姿に変えた。リゼットにとって、そしてこの眠れる怪物に乗り組んでいるすべての者にとって、疫病こそはアルファでありオメガ、すなわち、はじまりにして終わりでもある重要な部分だ。死こそが生きる理由になった。

交差路にたどり着くと、少年は右に曲がった。明らかにこの船は、通路名の表示について独特な考え方がある。というのも、ここでもあちこちに〝ガレン〟とはっきり記されていたからだ。見のがしようがない。

　ガレンはさっきまでの通路よりも狭く、どうしてかより人間味の感じられる空間で、実際にここは居住区間だ。色鮮やかにペイントされたドアとドアのあいだには広い窓がいくつもはめこまれ、大半はプライバシーのためになかが見えないようにされている。彼が観察しているそのあいだにも、窓の多くが明るくなりはじめた。証拠というべきものが必要であるなら、これこそは船が目覚めはじめた証拠だ。ところどころに透明なガラス窓もあって、なかをのぞきこむことができた。彼はちらっと感じた羨望を抑えこんだ。ここがとりわけ高級な居住区でもないかぎり――それは考えにくい――〈ニュートン〉の居室はどれも広々としている。〈アルキメデス〉では、オーストラリア輪でさえもこれほど広くはない。

　少年が歩調をゆるめ、それまでのあわただしさがなくなった。

「着いたよ」と少年が告げた。何かの動物の絵が大きく描かれた赤いドアの前に立っている。狐かな、とラヴィは推測した。それとも、熊かもしれない。〈ハイヴ〉にアクセスできない状況では、はっきりと断定はできなかった。「わが部屋《デン》にようこそ」と少年が誇らしげにいった。彼が手のひらをセンサーに押しあてると、ドアが大きく開いた。

ドアの向こう側に何を目にすることになると予想していたのか、ラヴィは自分でもよくわからなかった。ただし、彼が予想もしていなかったのは、ドアのまわりに子どもたちが大勢押し寄せているという状況だった。子どもたちは三歳くらいから十一、二歳くらいまで幅があった。あからさまな、しかし無言の好奇心でもってラヴィとボズをじろじろ見つめている。二人をここまで連れてきた少年でさえも、少しあっけにとられているようだった。

「いったいどうなってんだ《スターズ・アラウンド》！」と少年がいらだって叫ぶ。「おまえたち、嫌な《ジンティン》ドアから離れて道をあけることもできないのか？　ぼくらはどうやって部屋に入ったらいいんだよ？」

子どもたちは誰一人として動こうとしない。誰も何ひとつ口をきかなかった。ただじっと見つめている。

「場所をあけろったら！　いますぐに！　でないと、誓ってアイザックの前におまえたちを連れていくぞ！」

ゆっくりと、うらめしげに、子どもたちが道をあけた。

三人は子どもたちを押し分けながら、大きな共用の居間に入っていった。しっかりとボルト留めされた、指紋でべとべとに汚れたワークステーションや、使い古されたクッションが備わっている。片隅では、古いタイプのホロ＝シアターが何か子ども向けのプログラムを音声を落として映し出している。閉ざされたドアがふたつあって、奥にさらに部屋があることをほのめかしている。かなり広いにもかかわらず、この部屋にはくつろげる生活感があった。ラヴィはヘルメットをはずし、いちばんそばにいた子どもを見おろして、親しげににっこりした。

「これがそうなの？」と誰かがささやいた。「これがサイボーグ？」

彼の唇に浮かんでいた笑みがこわばった。

《この鼻たれ小僧たちは、たったいま、〝サ〟ではじまる言葉を使った？》とボズが問いただす。彼女のコードがラヴィの頭蓋内に激しく打ちつけた。

「言葉をつつしみなさい！」と男の声がいった。「お客さんに対して失礼だろ！」

「ごめんなさい」と子どもたちはばつが悪そうにつぶやいた。

くだんの男は片方のドアのわきに立っていた。ドアが開いていて、その奥は調理室のように見える。彼は背が低くがっしりした体格で、第四世代といってもいいくらいの年配だ。擦り切れた作業服の青い袖をほぼ肘までまくり上げ、エプロンを着けている。ラヴィは男の顔を認識して、衝撃とともにまじまじと見つめた。

〝お母さん《マザー》〟だ、と彼は考えた。リゼットの記憶、彼の頭に残された記憶のなかの男だ。

いじめられていたリゼットを助けてくれた男、そして彼女が動揺したときにもなだめて落ちつかせてやった男だ。

この男がもの問いたげに首をかしげた。男はリゼットが覚えていたよりも小柄だった——それとも、彼自身が大きくなったからだろうか？　そして事情をよく知らなかったなら、男は食事の準備でもしていたのかと推測しただろう。自分の手を使って。アンシモフの一族が驚愕するだろう。

「正しい用語は」と男が厳格につづけた。「増強された人間、だ」

ラヴィはただ愕然として男を見つめた。

「ただの〝人間〟でけっこうだよ」とボズがいった。その声は危険なくらい小声になっている。

「本当かね？」男は驚いたような声に聞こえた。「うむ、われわれ全員に、真実を語る権利があるようだな、どうやら」男はおもしろがる表情を顔にあらわすまいと懸命につとめている。「では、人間ということにしておこう」

ラヴィはボズの肘をつかみ、足を踏み出しかけたいとこをとどめた。

「彼らは人間みたいに見えるよ」と男の子の一人が甲高い声でいった。「ほとんどはね。目は、なんていうか、なかに小さな星があるみたいに光ってるし、こっちの人は」男の子はラヴィを指さしてつけ加えた。「首の後ろにプラグを挿してるよ、ほら。でも、それ以外はぼくらと違ってるように見えない。ちっとも」

　ラヴィはヘルメットをかぶったままにしておけばよかったと後悔しはじめた。

「この人たち、話し方が変だよ」と幼い女の子がいった。

「それに、臭い」と別の子がいった。ほぼ全員の同意するざわめきが上がった。さらに、二人の見た目について子どもらしいぶしつけな観察結果の発表がつづいた。

子どもたちの騒々しい声を静めようとして、男が両腕を上げて制した。

「そこまでだ」と男がきっぱりといった。「いまは時間がないんだよ」彼は年長の子ども二人のほうを向いた。「トクンボ、アナリーズ、早く朝食を食べ終えて、みんなが学校に行く準備をしなさい。このお客さんとわたしは話しあうことがあるんだ」

　しぶしぶながら、子どもたちは共用の間から追い立てられていった。ようやくにして、彼らの背後でドアが閉まり、興奮した話し声が隔壁の向こうでくぐもった。少年と男だけが部屋に残った。

「まさか、本気であの連中を学校に送り出すつもりじゃないよね？」とボズが問いただす。

「なぜいけないんだね？」男は閉じたドアを見つめたまま、鷹揚《おうよう》に笑みを浮かべている。

「なぜって、あの子たちは目撃者だからだよ。だからヤバいんだって。あの連中がしゃべってることを聞いてみなよ！　あたしたちがここにやってきてからってもの、しゃべりやむひまもないくらいだった。連中が鼻たれ小僧の友だちに――それと先生にも――ぺらぺら話しちゃうまでに、正確に何ナノ秒かかると思う？　二人の……増強された人間といっしょに朝食を食べたとかって」

「ああ、そのことか。わたしがきみの立場なら、それについて気にかけはしないな」

「どうして？　あの連中の脳がみんなそろってまともにアップグレードもしてないベータ型だってことはわかってるけど、それでもしゃべることくらいはできるんじゃないの？」

　男の笑みが消え去った。

「第一に、わたしの子どもたちをそんなふうにいうのはやめてもらおう。第二に、いちばん幼い者でさえ、きみたちがここにいることは大きな秘密だと理解しているし、もし誰かに話したりしたら、二度と部屋姉《デン゠シスター》さんと遊べなくなることもわかっている。第三に、彼らは子どもだ。誰も彼らのいうことをまともに信じたりしない。サイボ……増強された人間が船内をうろつきまわっているって？　そんなばかな！　きみたちはどうやってここまでやってきた？　なぜきみたちの移動は誰にも気づかれなかった？　そもそものはじめから、何もかもがありえない話だ」そういってから、ちらっと笑みを浮かべた。「たとえ、それが実際のことだとしても」

ラヴィはボズを落ちつかせるために、彼女の前腕に手を置いた。

「だとしても、ここにとどめておくほうが安全じゃない？　最小のリスクだとしても、リスクには違いない。だったら、どうしてそんな賭けに出るのさ？」

「なぜなら、彼らがそろって学校に行かないと、疑問がもちあがるからだ」男が少年の髪の毛をくしゃくしゃにした。「一人の子が学校を休む？　ああ、問題ないだろう。だが、部屋の全員が？　ありえない。きみは自分たちに注意を向けさせたいのかね？　午前中ずっとあの子たちを閉じこめておいたら、どんなことになるか見てみるといい」

《認めないといけないよ》とラヴィはコードで呼びかけた。《この男がいってることはもっともだ》

《うん、だけど、こんなふうに癪《しゃく》にさわるいい方をする必要はないのに》

はっきりと声に出して、ラヴィはいった。「そのとおりですね」

「では、こちらへ」男が指を曲げて示した。そして少年には、「アンドリ、誰かに見られなかったかね？」

少年――アンドリ――が首を横に振った。

彼らは調理室を通って、さらにその奥の部屋に入っていった。大人用の居室だ。〈アルキメデス〉のラヴィの居室とよく似ているが、はるかに広い。ベッドは床にボルト留めされているのだろう。そしてシャワー室は実質的にひとつの部屋といってもいい。収納箱の代わりにつくりつけの家具があって、実際に引き出しまでついていた。

「いい部屋だね」とボズがぎこちなく感想をもらした。

「ありがとう」と男が応じる。かなりのためらいのすえに、手を差し出した。「わたしはモボ、ここの部屋母《デン＝マザー》だ」

「デン＝マザーだって？」とボズが問いかける。それまでのわだかまりにもかかわらず、彼女はおもしろがっている。

「そうだとも」とモボが応じた。ボズがなぜおもしろがっているのか、彼にはまったくわかっていないらしい。ラヴィがほっとしたことに、ボズはわざわざ説明しようとしなかった。モボの老いた目が二人をさっと観察する。表情は真剣そのものだ。

「イシュベルがいうには、きみたちならリゼットをトラブルから救い出すことができるそうだが」

ラヴィがうなずく。

「そういう計画です。あの娘を救い出して、戦争を止める」

モボが鼻を鳴らした。

「戦争のことなど、わたしは割れた試験管ほども気にかけてはいない。とにかく、あの子を無事にあそこから連れ出してやってくれ」男の目には涙があふれかけていた。「連中はリゼットを、アイザックにかけて、科学実験の対象にした。彼女をリサイクラー送りにさせてはならない。わかったかね？」

「イエッサー」とラヴィは自分にできるかぎりの敬意をこめて応じた。

モボは大きく息を吸いこみ、ずんぐりした手で目をぬぐった。

「すまない、感情的になるつもりはなかったんだが。きっと……きみたちの仲間はこういうのに慣れていないだろうが」

《よせ》とラヴィがボズにすばやく伝えた。彼女は一歩踏み出しかけたところだった。

《いいから……よすんだ》

《なんて……粗野《ネアンデルタール》な男なんだろうね！》とボズがコードを返してきた。《この男はあたしたちをなんだと思ってんの？カタカタ音をたてる、二足歩行のドローンだとでも？ホーム・ワールドのホラー映画に出てくるアンドロイドか何かだとでも？》唾を吐き捨てる音があまりにリアルに想像できたため、ラヴィは唾が床をべっとりと汚すさまをなかば覚悟したほどだった。《この〝部屋〟をハッキングしてやるべきだね。教訓として、痛い目にあわせてやるためにも》

だが、彼女は一歩さがり、現実の口は閉じたままだった。代わりに、モボの肩の上を不機嫌にじっと見つめている。

「いいんですよ」とラヴィは声に出していった。「もちろん、彼女はあなたにとって大切な存在でしょうから」

モボは感情が高ぶって口をきくこともできず、黙ってうなずいた。彼はつくりつけの家具のほうを向いて、いくつか引き出しを開けた。

「きみたちはこれが必要になるだろう、とイシュベルがいっていた」と彼がいいながら、引き出しの中身をかき回した。そして振り向いたときには、青色の服と太いベルトを腕いっぱいに抱えていた。

「この船の制服だ。観察眼の鋭いＨＳＡ捜査官に標準でない作業服を気づかれるわけにはいかないからな、そうじゃないか？」

「ＨＳＡ？」とラヴィが尋ねた。

「安全衛生局。この船の警察部隊だ」

「それで、これはなんなの？」とボズが太いベルトを掲げて尋ねた。ラヴィはすでに宇宙服を脱ぎはじめていたから、彼女がなんの話をしているのかよく見ていなかった。だが、その声の調子が彼の注意を引いた。

「ガンベルトだよ。それも制服の一部なんだ」

「けど、本物の銃が挿してあるよ！」とボズが抗議する。「あたしにこれでどうしろっていうの？」

「身に着けるんだ。ほかにどうするというんだ？」

「ここではみんなが銃を持ち歩いてんの？」とボズが問いただす。その声には不安がにじんでいた。

「ほぼ全員が」とモボが答えた。

「それってちょっと、その、向こう見ずすぎはしませんか？」とラヴィが尋ねた。「もし誰かが発砲したら？　銃弾が船腹を突きやぶったりしたら？」

モボはそれを聞いて笑ったが、さほどのユーモアはなかった。

「信じてもらっていいが、きみ、これまでもこの船内で銃弾が発射されたことは何度もある。そしてその一発たりとも、船腹を突きやぶったり、隔壁でさえ貫いたことはない」彼はそばの壁を叩いてみせた。「この船は一世紀半の長旅を持ちこたえられるようにつくられている。銃弾の二、三発や悪ふざけくらいで穴を開けることはできんよ」

男は制服の襟にあらかじめつけてあった銀色に光る小さなものを指さした。「きみたち二人は中尉だ。この制服を着ていれば営倉に入れる。そのあとは、きみたちの手でなんとかするんだ」

ラヴィが着ていた宇宙服を脱いでいくあいだに、モボが鼻にこまかいしわを寄せた。

「それと、きみたち二人はシャワーを浴びたほうがよさそうだな。うちの子たちのいったとおりだ。きみたちはその宇宙服を長いあいだ着たままで生活しすぎた」

ラヴィは自分の顔が真っ赤になるのを感じた。

「ええ」と彼はできるかぎり愛想よくいった。「よけいな注意を集めたくはありませんからね。それに、できるだけ少量の水で済ませます。約束しますよ」

モボが奇妙な顔つきで彼を見た。

「ただの水だ。好きなだけ使うといい」

時間に追われているのでなかったら、ラヴィは永遠にシャワーを浴びるぜいたくをして過ごしたことだろう。どんな種類の水量メーターも備わっていないようだったし、数々のシャワーヘッドから流れ出る水量は驚くべきものだった。これまで生きてきて、いまほど身体がきれいになったことはあったろうかと彼は思った。ぱりっとした新しい制服を着て、救急用品ロッカーから調達した皮膚再生パッチをうなじに貼って覆ったうえで、彼とボズはアンドリにつづいて通路に戻っていった。雑嚢の重みが肩にくいこんだ。あまり場違いに見えないことを願った。

通路はいまでは往来がさかんになって、人々が日々の仕事に向かっている。彼らの姿を見なおす者は誰もいなかった。だがボズのほうは、あちこち観察せずにいるのは難しいことが判明した。
《こいつはまさしく、まさしくイカレてる《サード・アップ》よ。もれなく全員が、なんていうか、人間1・0って感じだし、箱から出したまんま、なんのアップグレードもせずに歩きまわってる。妙だよね？　博物館の展示物を見てまわってるみたいに思えてくるよ》
ラヴィはアンドリが見ていないのを確信すると、ちらっと笑みをのぞかせた。
《〝妙だ〟っていうのは忌々しい《サーディング》くらい控えめすぎる表現だね。この連中がぼくらを殺そうとしてるんじゃなければ、ちょっとかわいそうに思えてくるくらいだ》
《何があったんだと思う？　きっと何かあったに違いないよ、ほら、過去に。つまりさ、誰もみずから選んでこんなふうにしてるわけじゃないよね？　これってあまりに……あまりに忌々しい《サーディング》くらい退行してるよ》
《彼らはこれを選んだんだ。リゼットが前に話してくれた》
《冗談でしょ！》
《ちっともそんなことない。考えてもみなよ、この船の何をとってみても——何ひとつとして——正常な人間のために設計されてはいない。これはＬＯＫＩと、そして……原始的な人間のクルーのためにつくられてる。制御システムを指で操作する人々のために。〈ニュートン〉の第一世代は〈ヒューマン・ヘリテージ〉という一派から集められた。その連中が〝種族をそのままの状態にたもて〟とかなんとか主張する組織だったかもしれないっていうきみの意見は正しかった。これが彼らの特徴なんだ。〝自然が意図したとおりの人間〟っていう。それとも、きみの言葉でいえば、〝粗野な人間《ネアンデルタール》〟。ぼくらの祖先はホーム・ワールドやＬＯＫＩから離れようとした。〈ヒューマン・ヘリテージ〉はホーム・ワールドやインプラントから離れようとした。ほら、自分たちの身体をある種のローテクな神からの恩寵としてたもつために》

《かつてないくらいに愚かな考えだね》

《そのとおり。だけど、少数の変わり者がいなかったら、この世界はどうなってると思う？》

《違うよ、自然に帰れっていう考えのことじゃない。それは二番目に愚かなだけで。いちばん愚かなのは、あたしたちのこの旅そのもの。この連中か、それともおそらくはホーム・ワールドのＬＯＫＩが、こうするほうが理にかなうって考えたんだろうね。〈出航の日〉に四隻の船がそろって出発するっていうのが――なるべく集団でいることの安全性、とかなんにしても。だけど、船団といっしょに旅しても、いずれ破綻する運命だった》ボズの表情はどこか落ちつかないようだった。《もしもあんたのいうとおりなら、〈ニュートン〉はLOKIが存在してて人工頭脳を使わない世界を望んでる。その一方で、あたしたちは人工頭脳をあきらめるくらいなら死を選ぶだろうし、LOKIのことは唾棄《だき》すべき存在と考えてる。それなのに、ふたつの集団は、そろってここに、同じ惑星に向けていまもいっしょに旅してる。向こうの星をあたしたちは……なんていったらいいか、シェアする？〈アーキー〉の名にかけて、いったいどうしたら、そんなのがうまくいくわけ？》

ラヴィには答えようがなかった。彼の不安が高まったが、いまでは二人の少し先を進んでいたアンドリがそれをじゃました。

「さあ、早く、二人とも。ちゃんとついてきなよ。ぼくらはボリヴァル輪を目指してるんだ。この輪からひとつとばした先に」彼は二人をじっと見た。「行き方を教えてやったら、あとはあんたらだけでリゼットのもとにたどり着くんだよ、いいね？」

「いっしょに行くのは怖いってわけ？」とボズがからかう。

「うちのママのいいつけに逆らうのが怖いだけだよ。ママが怒ったら、ぼくの生皮を剥《は》いでエアロックの密閉用素材にするだろうから」

あらゆるものに貼りつけられた〝9〟という数字から判断するに、彼らはドゴール輪の九時方向のスポークにたどり着いたらしい。エレベーターの外側に短い列ができていて、次の箱が来るのを待っている。ラヴィは列に加わろうとしかけたが、アンドリが首を横に振った。

「あれは輪のなかの移動用。ぼくらは輪横断《インターリング》用のに乗る必要がある」少年はラヴィに鋭い視線を向けた。「ゼロGになったら、また気分が悪くなるのかい？」

「そんなことないよ！」ラヴィとしては、〈アーキー〉にかけてそれが真実であることを願った。

少年はわずかに見た目が違う別のエレベーターのドアのほうに二人を連れていった。こちらにははるかに大勢の者が待っていた。誰一人として、中尉二人と子どもの案内役にほんのかすかな興味さえ示しはしなかった。全員が武装している。ラヴィはへんに緊張しないようにつとめた。この船全体がすでに戦争状態にあるかのように感じられた。

ドアが開き、乗っていた二人が降りると、残る全員が押しあいながら乗りこんだ。ラヴィはため息をついた。これだけ人数が多いと、行き先を入力するだけでも永遠の時間がかかるだろう。ところが、実際のところ、時間はほとんどかからなかった。このエレベーターはさっき彼らをここに運んできたものよりもはるかに大きかった。壁に複数のコンソールが浮かび上がり、押す必要があったのは少年を含めてほんの数人だった。全員が同じ場所に向かっているのか、あるいは行き先を事前にプログラムする手段があるのだろう。どうなっているのか尋ねてみたかったが、身体を寄せあっているまわりの人々が気になった。

この船のものとは違うアクセントを誰にも聞かれたくなかった。

だが、手すりをつかむコツのほうはしっかりと学んでいた。彼は天井に頭を打ちつける事態を回避し、胃袋がせり上がるのも避けることができた――単に中身がからっぽだったからという理由だけだとしても。途中で何度か止まったすえに、エレベーターは彼らをボリヴァル27-6でおろした。少なくとも、それがアンドリの呼び方だった。ラヴィの見たところ、少年はそれからおおよそ三時方向のスポークのほうへ、そしてさらにこの輪の前方の船腹のほうへと彼らを連れていった。だが、船内図で道を確認することのできない状態では、確信をもつにはほど遠かった。そう考えて、彼の心臓が不安のためにかすかに揺らいだ。アンドリの案内がなければ、そしてもしリゼット救出に失敗したなら、彼らはどうしようもなく道に迷うことになる。

もちろん、リゼット救出に失敗したら、はるかに大きな問題を抱えこむことになるのだが。

少年はニューゲイトという名のそれなりの広さの交差路に入ると、足を止めて前方を指さした。この通路の先は重たげに見える両開きの扉に突きあたって終わっていた。外に警備兵が一人立っていて、ライフル銃のようなもので武装している。

「あれが営倉だよ」と少年はいうと、衝動的に二人とハグした。「幸運を祈ってる」

それだけいうと少年は去っていき、ハッキング不可能な人間の警備兵のわきを通り抜けるという解決しがたい問題はラヴィとボズの手に残された。モボがくれたピストルがラヴィの腰にやけに重たく感じられた。

「ぼくは誰も撃つつもりはないぞ」と彼はつぶやいた。そのことを考えてみただけで、胃袋が揺さぶられた。彼はインプラントに脳内の手を伸ばし、営倉のセキュリティをそっと調べてみた。驚いたことに、何かが押し返してきた。彼は驚きに息を呑んだ。

「どうしたの？」とボズが訊いた。

「リゼットが」とラヴィは答えた。「彼女の存在を感じられる」彼の声は懸念のために震えていた。「彼女は困った状況におかれてる」

37.0

〈ニュートン〉はオンライン上に船内図を載せていないかもしれないが、個人ファイルはたくさんあった。ラヴィは〈アーキー〉にかけてそれが正確なものであることを願った。

「おはよう」とボズが警備兵に声をかけた。彼女は相手の顔に少しだけよけいに近づいてのぞきこんだ。片方の目のきらめきに警備兵が気づかないことを確信し——あるいは、もし気づかれたとしてもそれが何か理解できないことを願っていた。彼女の笑みが広がる。

「ソレンセン、じゃなかったっけ？　あんたのデン＝シスター、ミカエラと知りあいなんだよ。胚胎部で働いてるあの娘《こ》。いい人たちだよね」

ミカエラ・ソレンセンのことなど、個人ファイルに記載されているデータ以外にボズは何ひとつ知らないが、それで充分だった。警備兵は笑みを返し、通っていいと彼らに手ぶりで示した。ボズの奇妙なアクセントが気になったとしても、無視することにしたらしい。

営倉のドアが二人の前で開いた。

「ご案内しましょうか？」入ってすぐの受付の士官が二人を不思議そうに見て、声をかけた。ラヴィは女性士官の髪が染めてあることに気づかずにはいられなかった。リゼットと同じように。

「そう願いたいね」とボズがいって、そのあいだにも大量のコードをネットワークに投下した。これに気づかないのは人間1・0の者だけだ。

「収監者に用があるんだけど。ええと、リゼット……」ボズは入手した情報に驚いて、少し口ごもった。「リゼット・アンシモフに」と彼女はいい終えた。ラヴィも同じくらい不意をつかれて、表情を顔にあらわさないようにつとめた。

士官の眉がひそめられる。

「あの収監者は面会を制限されています。オラトゥンド副長官と人工頭脳研究班だけが面会を許可されていますから。あなたがたの権限を確認する必要が――」

「すでに目の前にあるはずだけど」とボズがよどみなく応じる。「昨日《イエスタ＝ソル》、遅くなってから副長官がそれを送ったから」

士官は片方の眉をぴくりとつり上げた。

「イエスタ＝ソル？」と彼女がつぶやく。「妙な表現ですね」

ラヴィの心臓が警戒して強く打った。彼らがここで気をつけないといけないのはアクセントだけではない。言葉自体の違いにも問題がある。

「おっと、失礼」ボズは少しもとまどうことなく返した。「予定表を開いてごらん。受付のデスクに載っているスクリーンの上部をトントンとつつく。われわれの訪問が予定されてるはずだから」

ラヴィはこらえることができずに予定表をハッキングして――もっとも、〝ハッキング〟といったらこの行為の難度をひどく過大に評価することになるが――確認してみた。確かに、ボズは二人の（偽の）名前と（正確な）生体認証の詳細を営倉のソフトウェアに埋めこんでいた。

《グッジョブ》と彼はコードを送った。

《ありがとさん》と彼女がコードで返す。《これこそは、あたしがもって生まれた才能だから》

受付の士官が画面を確認した。ラヴィは画面を見なくとも、士官が二人の偽のIDを同じく偽の面会許可と突きあわせているのがわかった。

「まっすぐ進んでください」と女性士官がいって、重たそうに見えるドアを指さした。

「セキュリティのスキャンが済むまで数秒お待ちください。左側の三番目です」彼女はかすかにうんざりしたような笑みをのぞかせた。「このブロックに入れられているのはすべてエイレーネー派の連中です。〝通常の〟クズどもや種々雑多な間抜けたちを収容する部屋がもうどこにもありませんよ」

「なるほどね」とボズが同情したように応じる。「すぐに終わるから」

「ご自由にどうぞ。それと、中尉？」

「うん？」

「可能ならあの小娘に、船内図を返すようにいってもらえませんか？」

「きっとそうするよ」とボズがわかったふりをして応じた。

ドアのセンサーが身体に照射されるのをラヴィはインプラントでもって感じとれた。彼の指紋を、目の虹彩を、顔の輪郭を確認するのが感じとれた。彼は不自然に息をひそめないようにつとめた。ドアがやわらかな音をたてて開いた。

《フリーフォールするのと同じくらい簡単だったね》とボズがコードを送ってきた。《連中のセキュリティはまったく冗談のレベルだよ。リゼットを営倉から連れ出す許可もほうりこんでおいたから、すべて準備はできてるし》

《そいつはすばやかったね、さすがのきみにしても》

《いまもいったとおり、ここのはまったく冗談のレベルなんだよ》

通路に足を踏み入れると、リゼットが存在するという感覚がさらに強まった。ネットワークに彼女のわずかな一部が存在していて手を伸ばそうとしていたが、スクランブル化され、干渉性がない。ボズが急に困惑した顔つきになったから、彼女も同じように感じとったのではないかと彼はみなした。

左側の三番目のドアはほかと何も変わりはないように見えた。こすれた疵の残るくすんだ灰色で、片側に小さなモニターがついている。ラヴィはスイッチをオンにした。ドアの向こう側のようすが少し揺らいでから映し出された。映像の奥行きは広角レンズのせいでゆがんでいる。ラヴィははっと息を呑んだ。

彼の前にリゼットの姿があった。薄汚れたベッドの上に横になっている。肌は青白く無気力で、片方の腕がマットレスの片側からだらりと垂れ、華奢《きゃしゃ》な手が床に落ちている。頭にぴったり密着した銀色の頭蓋帽《スカルキャップ》の下から、染めたブロンドの髪のきらめきがちらっとのぞいている。落ちつきなく痙攣するまぶたの下で目が忙しく動き、あたかも暗い夢の支配から逃げのびることができずにいるかのようだった。ラヴィの頭は憐憫にうずいた。それはまるで、誰かが彼の目の奥に錐《きり》を突き立てているようだった。

「あんたさ、一日《ソル》じゅうそこに突っ立って、ぼんやり眺めてるつもり？」とボズが耳ざわりな声で問いただした。「早く取りかかろうよ！」

彼女は旧式の網膜スキャナーに片方の目を押しあてた。ドアが勢いよく開いた。ボズが向こう見ずなにんまりした笑みをラヴィに投げかけ、なかに足を踏み入れる。

そして、悲鳴をあげて床に崩れ落ちた。

《ボズ！　**ボズ！**　聞こえるかい？》ラヴィは彼女に脳内の手を伸ばし、必死にコンタクトをとろうとしたが、つながらなかった。とにかくも、インプラントでは。この独房全体が、なんらかの電波妨害《ジャミング》フィールドをつくり出している。これこそは営倉の外で最初に感じたものだ、と彼は気づいた。これこそは目の奥に突き刺さってきた感覚の正体だ。

リゼットを外の世界から完全に隔絶させようとしている。彼女がイシュベルと通じあう手段を見つけるのを防ぐために。または、ラヴィと。

たとえリゼットを殺すことになるとしても。彼女がなかば意識をなくして、ぐったりしているのも無理はない。

そして、彼がただ単に独房に入っていって二人を助け出すわけにはいかなかった。ボズの身に何が起きたにしても、彼にもそれが起きるだろう。

ラヴィは独房内をのぞきこんだ。ドア枠よりも向こうに頭を突っこまないように注意する。電波を妨害している仕掛けがなんであれ、それは部屋の中央に向けられているに違いない。そうでなければ、頭痛どころではない影響を受けているはずだ。それを取り除く必要がある。しかも、すみやかに。

彼は急に乾いた唇をなめた。自分が何を探しているのかまったくわかっていなかった。パニックのさざ波が思考のふちに打ち寄せる。ボズが悲鳴をあげるのをやめた。彼女はかろうじて意識があるだけで、白目がのぞいている。ラヴィの心臓が胸のうちで抑えがきかずに強く打ちつけた。

こんなとき、チェン・ライならどうするだろうか？

そう考えることで、パニックは砂に水が染みこむように引いていった。チェン・ライなら問題の解決に取り組むだろう。

いったい何がこれを起こしているにしても、それは物理的な影響で、物理的な原因があるはずだ。ハンガリー輪にかけて、これが設計上の本来の意図であったはずがない。〝サイボーグ〟など存在してもいない船の上で、なぜサイボーグよけの妨害システムなどつくる必要があるのか？　これをつくり出しているその何かは、きっと新たにつけ足された機能だ。あとづけで追加されたもののはずだ。そうでないとつじつまがあわない。あとづけされたものといえば……

あれだ。

天井と壁が接するあたりに角度をつけて身を隠すように、皿の形をした小さなアンテナ状のものがいくつかあった。あたかもほかの誰かに制御されているかのように、彼は自分の手がひとりでに動くのを見守った。彼の手がホルスターの留め金をはずし、ピストルを抜いて狙いをつけた。いちばん近いところにある皿に、照準の小さな赤い点があらわれた。彼は息を小さくひとつ吐いて、引き金を絞った。

銃声が耳をつんざいた。ほとんど何も聞こえなくなるほどに。受付エリアから警戒の叫びがあがるのが聞こえてきた。収監されている隣人たちが不平をもらし、呼びかける声も。いまにも警備兵が武器を手に、独房の入口のドアへと駆け寄ってくるだろう。

ラヴィはほとんど考えることなく簡単に入口のドアの機能を無効にした。だが皿のほうは、まだもとのとおり残っていた。照準の赤い目印があるなしに関係なく、彼は狙いをはずしていた。

二発目はもっと運がよく、皿が粉々に砕け散った。そのひとつが耳もとをシュッとかすめたため、彼はびくっとたじろいだ。

彼はもう一度発射した。そしてもう一度。妨害電波のフィールドが弱まるのが感じられた。ボズの黒目がぐるりと戻った。手と膝をついて、どうにか身体を起こす。ラヴィは大きくひとつ深呼吸をしてから、独房内に足を踏み入れた。頭がハンガリー輪なみにひどく痛むが、動くことはできる。自分の射撃の腕前を信用せず、残りの皿を素手でむしり取ると、頭の痛みがおさまった。

娘の身体がかすかに動いた。まぶたがまたたいて開く。かすかな笑みが彼女の顔に広がった。

「ラヴィ?」と彼女が問いかける。ささやきよりも少しましな程度だった。彼はこくりとうなずいた。「会えて本当にうれしいわ」彼女の目がまた閉じた。

ボズがふらつきながら立ち上がり、彼にもたれかかって身体を支えた。

「とっととここをずらからないと」と彼女がいった。

独房区画の入口のドアの向こう側では、受付エリアの怒鳴り声が増していた。何か重たいものがドア枠に叩きこまれる。ドアは震えたものの、なんとかもちこたえた。

いまのところは。

ラヴィは力なく肩をすくめた。絶望の小さな巻きひげが彼の胸に巻きついて締めつける。

「どうやってもあそこから歩いて出ていくことはできそうにないよ」と彼はいって、独房区画の入口のドアのほうを示した。「いまとなっては」

「何か考え出すんだよ」とボズがうながす。「実際につかまるまでは、まだつかまってないんだよ、いとこ《カズ》殿。マクラウド家の法則その一」彼女の表情がいきなり明るくなった。

「それに、ここから出るのをこの娘やLOKIのお友だちが手伝ってくれる。それがどんなものかはまだ話してくれてないかもしれないけど、連中だってそこまで愚かじゃない。

なんらかの計画を用意してるはずだよ。だからといって、あたしがよく知ってるわけでもないろくでなしたちに頼りきって、ここから救い出してもらえると信じこんでるわけじゃないけどね。あんたはどう？」

「ラヴィ……」またあの娘が呼びかけた。声はまだ弱く、通風口からもれ出るかすかな風のようだ。外が騒がしいいまの状況では、聞きとるのが困難なほどだった。片方の手でスカルキャップをつかもうとしたがうまくいかなかった。「はずして」と彼女が訴えた。「はずして。お願い」

ラヴィは屈みこみ、キャップをはずしてやった。彼女の汗ばんだ頭蓋からそれをはがしたとき、キャップの内側に小さな血の滴《しずく》が付着しているのを目にして彼はぞっとした。キャップの内側は無数の小さな針で覆われている。それを見ているだけで、彼は嫌な気分になった。

自分がそれをただ見ているだけではないということに気づくまでは。その忌々しい《サーディング》道具は信号を発している。ある程度の距離をとっていてさえも、そのキャップからの信号が彼のチップセットにフィードバック・ループを起こした。彼は身ぶるいしてそれを床に投げ捨て、回路を踵で踏みつぶした。

《これでましになったわ》とリゼットがいった。いまの彼女の声ははっきりして力強く、

そして彼の頭のなかに響いた。《わたしを立たせて》

ラヴィは腕を差し出し、彼女をベッドから立たせてやった。リゼットはよろけて、ありがたく彼の肩にすがった。もう一方の腕でまだボズを支えてやっている状況で、どうやって動いたらいいのかよくわからなかった。

「ほら」と彼はそっけなくいった。「遅かれ早かれ、きみたち二人とも、自分の二本の足で立って歩かなきゃいけなくなるんだぞ。痛っ！」

ボズが彼を拳で叩いた。リゼットが弱い笑みを浮かべる。

《イシュベル？》と彼女が呼びかける。彼女が船のネットワークにコードを投げつけたのが彼にも見てとれた。あまり洗練されていない大きなかたまりだ。ネットワークを有効に活用するためには、これが唯一のやり方なのかもしれない。はじめはそれがキーなのかと思った。同じくらい大きくてかさばる錠前のための、大きくてかさばるキーかと。だが、たとえそうだとしても、あまりに大きくて、あまりにもかさばりすぎる。実際はただのデータだった。彼女は自分の頭のなかからネットワークにそれをダウンロードしている。

そのデータ情報は細かく分かれて、システムの小さな隙間に落ちこんでいった。そして隙間にぴったりとはまった。あまりに完璧に。驚きとともに、彼は自分が何を見ているのか理解した。この娘はいったん消去されたデータを入れなおしている。ネットワークから消去する前に彼女のインプラントにコピーしておいたに違いない。そしていま、ごちゃごちゃしたさまざまなデータがもとの場所に戻り、ひとりでに解凍されていく。そのコードはいくつもに分かれて、ついさっきまで存在してさえいなかった通路を枝分かれして伸びていく。ソフトウェアが彼の頭のなかにぱっと浮かび上がった。操作アルゴリズムだ。構造とパターン。船内図。この娘が自分の人工頭脳に隠しておいた船内図だ。だが、彼女の仲間のクルーたちから隠していただけではない。彼からもだ。

「どうして？」と彼は痛みを感じまいとつとめながら尋ねた。

「あなたが本当に手を貸してくれるか、確信がなかったの。ここのネットワークはあなたたちの〈ハイヴ〉とは比べものにもならないから。この船には誰もいない……あなたたちのように特別な、その、技量をもった人たちは。わたしたちのＬＯＫＩはネットワークをハッキングしようなんて夢にも思わないだろうから、人工頭脳によるサイバー攻撃からそれを防御する理由もなかった。でも、いったんあなたたちがこの船にやってきて、わたしたちのネットワークがいかに原始的なものかわかったら……」リゼットの声はしだいに小さくなって途切れた。自分のとった行動がどう受けとめられるか確信がもてず、彼女はかすかな笑みを浮かべると、大きく息を吸いこんでからあらためて切り出した。「あなたたちがここにやってきたら、まっすぐに船内図を取りにいって、あとはわたしが営倉でひからびていくにまかせてほうっておき、船を破壊するつもりじゃないかとイシュベルは不安視していたの」彼女は震える声で彼の耳もとにささやいた。「わたしたちは確信できるまで待つ必要があった。それで、あれを隠したの」

「きみの頭のなかに」とラヴィが、彼女に代わって最後までいい終えた。その声に感情はこもっていなかった。

「わたしの頭のなかに」と娘も同意した。確信のもてない笑みがまだそこにある。

彼女のいうことにも一理ある。ひどく単純なやり方だ。そしてボスへの有効な対策でもある。どこで見つけたらいいのかわからなければ、情報を盗むこともできない。

リゼットはなおもネットワークにコードを投げつけている。だがこれは、さっきまでのとは違う。はるかにエレガントで——そしてずっとアグレッシブだ。ラヴィがこれまでここで目にしてきたどれよりも洗練された防御線に対して、大群で襲いかかっていく。ネットワークのこの部分は抵抗していた。しかも、激しく。

「これはなんなのかな？」とラヴィは尋ねた。

「イシュベルの牢獄。アイザックは彼女を無力化まではしなかった——わたしたちのＬＯＫＩはそれを許されていないから。けれど、アイザックはネットワークから彼女を遮断した——ほとんどは。アイザックはもともと船に組みこまれている。彼自身は通常のネットワークに接続していないから、それに関して彼の理解は不完全なものでしかない。イシュベルが使える秘密の裏口《バックドア》をいくつか彼は残していた――」

「バックアップ・コンピューターのようなものを」とラヴィが口を挟んだ。

「そのとおり。あまりたいしたことはできないにしても、ちょっとした基本的な通信くらいは充分にできる。わたしはいま、彼女を出してやろうとしているところなの」彼女の肩ががっくりと落ちるのをラヴィは感じとれた。「あまりうまくやれてはいないみたい」

リゼットのいうとおりだ、とラヴィは見てとった。イシュベルの牢獄への彼女の攻撃はなんの効果もあげていなかった。現実の世界では、独房区画の入口のドアの向こう側は危険なほど静まりかえっている。

彼のわきでかすかな動きがあった。

「あんたのやり方は間違ってるよ」とボズが冷静にいった。彼女がもう肩にもたれていないことにラヴィはほっとした。「前に集まりすぎてる」と彼女がアドバイスして、彼女自身のコードを落としこんで混ぜあわせた。「ここは防御が充分じゃない。でなけりゃ、ここも」ボズのコードは――エレガントで、ごくかすかで、ほとんど見てとることもできない――リゼットの攻撃にまぎれてもぐりこんだ。そうして、視界から消えた。

「こんなふうに」とボズが得意げににやりとしながらいう。「やるんだよ」

「いったい何をやったっていうの?」とリゼットが困惑して尋ねた。見たところ、何も起きてはいない。

ボズはただにんまりしている。

「聞こえるかしら⁉」とリゼットの声がいった。ただし、リゼットがしゃべったのではない。いまの声は天井のスピーカーから聞こえてきた。

「イシュベル! あなたなのね!」とリゼットが歓声を上げる「どうやって? どこに……」

ネットワークの防御はなおも掲げられたままで、リゼットのコードによる攻撃を抑えるべく奮闘している。

「すべてはフェイクなんだよ」とボズが説明した。「あんたらのネットワークはまだ自分たちが勝てそうだと思いこんでる。侵入されたこともわかってないんだ。そして、そうとわかった頃には、あたしたちはとっくに逃げ出してる」彼女は急に心配そうな顔になった。

「とっくに逃げ出してる、だよね? あんたは自分の頭のなかに船内図を隠しもってた。あたしたちをここから出す手段も何か考えてるよね?」

リゼットがばつの悪そうな顔つきになった。独房区画の入口のドアのほうに、おどおどした視線をちらっと向ける。

「〈アーキー〉の鉤爪にかけて！」とボズがつぶやいた。「あんたとそのブリキ《ティン》のシスターは、あたしたちをはるばるここまで引っぱってきて、行き止まりで出口のないとこに引きずりこんでおいて、脱出する計画をひとつも立ててなかったっていうわけ？」

「ええ、なんていったらいいか。この嫌《ジンティング》な船のみんなが、よってたかってあなたたちのマザーボードを焼き焦がそうとしてるような状態で、あなたたちが本当にここまでやってくるとは予想もしていなかったのよ」とリゼットがいらだって叫び返す。「あなたがそれほど自慢にしてる技量のすべてを使って、どうしてもっと人知れず、そっとハッキングできなかったの？」

「そうしたとも！」とボズが怒鳴る。「あたしが予想してなかったのは――」

「**静かに！**」とラヴィが声をとどろかせた。

　驚きのあまり黙りこんだのはボズとリゼットだけではなかった。彼自身も、あまりの驚きに声が出せなくなっていた。自分でもこれほどの大声は一度も聞いたことがなかった。

　自分でもこの大声が気に入ったとはとてもいえなかった。

　さいわいなことに、彼は仲間たちよりも先にわれに返ることができた。

「こうしていま、船内図がオンラインに戻ったわけだ」と彼は小声でいって、リゼットのほうを向いた。「営倉の図面を見せてもらえるかな？」単に自分で入手するよりも、彼女に頼むほうが礼儀正しいことのように思えた。

リゼットが唇をなめ、そしてうなずいた。

「イシュベル？」と呼びかける。

「ただちに」

コードの巻きひげがネットワーク上をただよい、リゼットのほうに伸び、彼女を見つけると巻きついて、びっくりしたラヴィの感覚で見てとれるかぎり、コードとリゼット、そしてイシュベルが一体化した。このときになってはじめて、彼は自分が最初にどうやってハッキングされたのかが本当の意味で理解できた――そして、なぜリゼットだけが成功したのかについても。彼女はテレパシーによってＬＯＫＩとリンクしていた。ＬＯＫＩの思考はまさしく彼女のもので、彼女の思考はＬＯＫＩのものだ。もし彼が同じようにしようとしたら、きっと――まさに文字どおり――頭を吹きとばすことになるだろう。

いきなり、ウィーンというモーター音と、それにつづいて何かがきしむ危険な音が独房区画のドアのほうから聞こえてきた。警備兵たちが建築用機械を使ってドアをこじ開けようとしている。

「こっちだ」とラヴィはいって、騒がしい音がするのとは逆の方向に二人をいざなった。

独房区画はそれほど広くなく、通路は二十メートルほど先で隔壁に突きあたって行き止まりになっているが、警備兵からできるだけ遠ざかっておくのはよいアイデアのように思えた。彼は肩ごしに振り返り、不安な視線を投げかけた。いまではドアに隙間が生じていて、向こう側で何かが動くのが見えた。その気があれば、銃口を突き出せるくらいの幅はある。ドアがきしんで、ひしゃげはじめた。

だが、その頃にはリゼット／イシュベルが仕事を終えていた。船内図が彼の頭のなかに届き、羽根のようにかるくふわりとまぶたの裏側に降りてきた。そのうちの一部は見慣れない構造で、彼には理解するのが難しかったが、ほかの部分、基本的なつくりは、この船も船団の船もほぼ同じだ。ただし、セキュリティが完全に欠けていることは別にしてだが。

彼は消火システムを作動させた。受付エリアのほうで怒りや毒づく耳ざわりな声があがった。誰かが足をすべらせて、どさっと音をたてて床に倒れこむ。消火剤の泡の急流がドアの隙間から独房区画内の通路にまで入りこみ、どこにも存在しない炎を探している。

「上出来だね」とボズがねぎらう。

隔壁の手前まで来ると、ラヴィは彼らを制した。

「ここには何もないわよ」とリゼットが、パニックを起こしたような声でいった。そうして、純粋な意思の力によって動かそうとでもするように、壁に両手を押しあてた。

「彼にまかせときなよ」とボズがたしなめる。だが、彼女の声も不安そうに聞こえた。

ラヴィは彼女たちのことなど無視した。自分は機関士だ。その見習いだ、とにかくも。彼の生物学的な目は何も見えなくなり、脳内に船内図があふれた。彼は雑嚢の口を開け、何をしようと考えているかをボズにコードで伝えた。

《できるかな？》と彼は尋ねた。

小ばかにしたようにボズが鼻を鳴らすのを聞いただけで、必要としていた答えになった。彼女のコードが頭上をとび越えていくのをラヴィは感じた。だが、これは彼女がいつもやっているようなやり方ではない。狡猾でもなく、正確でもなく、あるいはとりたててエレガントなわけでもなかった。それは図面数枚や、心からの祈りとあまり変わらない程度のものだった。

だが、それだけでボズボールとトロージャンには充分だった。最初にトロージャンが雑嚢からとび出し、ボズボールがそのあとにつづく。ふたつの球状のマシンは隔壁を軽快に駆け上がり、格子ぶたのネジをはずして通風口のなかに入って姿を消した。はずされた格子ぶたが床に落ちてカランと音をたてた。少しのあいだ、そのふたつの球状のマシンがカタカタと音をたてるのが壁の奥から聞こえてきたが、やがてそれも聞こえなくなった。こうなったいま、彼にできるのは、船内図が正確でありますようにと祈ることくらいのものだ。

「この船はつくられて百三十二年になるよね」とボズがささやき、彼の考えを声に出していった。「もしも船内図が時代遅れになってたら？」

「そのときは、ぼくらは完全に失敗することになる」と彼はささやき返した。

クラクションの警報が鳴りわたりはじめ、その轟音のために営倉の狭い空間内ではほかに何も聞こえなくなった。リゼットが恐怖のあまり小さな悲鳴をあげた。ラヴィは心臓が激しく打つなか、どこかに減圧シェルターがないかとあたりを見まわした。どこにも見あたらない。きっと、独房のなかにあるに違いない。彼は通路を戻りかけたが、ボズの突き出した手が彼の胸にぶつかって押しとどめた。

「落ちつきなって、いとこ殿《カズ》」といって、彼女がくっくっと笑う。「偽の警報だよ。今日は真空警報なんてないはずだから」

「きみのしわざなのか？」

「まさしく。これであと数分は、われらの小さな友人たちを追っ手から解放してやれるはずだよ」彼女は耳から耳まで大きくにんまりしている。「おもしろいことになりそうだね」彼女はさらにくっくっと笑った。

リゼットが彼らに苦い視線を向けた。

「あなたたちは二人とも、頭がイカレてるわよ」彼女は大げさに息を吸いこんだ。まるで、まだ呼吸する空気が残っているのか確かめようとするように。

「頭がイカレてるのはボズのほうだよ」とラヴィが正した。「ぼくは彼女につきあってやってるだけなんだ」

彼らの足もとでガタガタという音が起こった。リゼットとボズがあわてて跳びのく。ラヴィは小さな笑みを浮かべるぜいたくを味わったあとで、自分も少し離れた。

床板が一枚、ずれて動いている。少しのあいだ、その場でガタガタ揺れていたが、そのうちにふちが持ち上がり、指が入るくらいの隙間が生じた。ラヴィはしゃがみこみ、床板をめくり上げた。

ボズボールとトロージャンが床下からとび出してきた。どう見ても脚をたくさん生やした虫のようだ。ラヴィは床板を片側に寄せた。床下に作業用の浅い溝があらわれた。そのなかを管やケーブルがはしっている。だが、深さは充分にあって、人が這って進むこともできそうだ。

「行こうか？」

二度目の誘いは必要なかった。彼らは暗闇の奥にもぐりこみ、這い進みはじめた。金属や簡単に前進を許そうとしないポリマー材が腹にこすれる。何かに制服を引っかけ、かぎ裂きができてボズが毒づいた。

「あとどれくらいあるの？」とリゼットが尋ねた。不快さのあまり、声がうわずっている。

「二十メートル」とラヴィは答えた。うめきが返ってくるのを聞いて彼は驚いた。二十メートルくらいなんでもない距離だ。だが、それをいえば、ボズもリゼットも機関士ではない。星間宇宙船の腹のなかを這い進むのは彼にしてみれば仕事の一部だが、彼女たちにとってはそうではない。船内図を見なくとも、雑排水の水道管、低電圧の電力ケーブル、そして予備の送風管の上を這っていることが彼にはわかった。このようにあまりメンテナンスの必要のない設備は、長い旅のあいだに一度も日《ソル》の目を見ずに終わったかもしれない。

今日、このときまでは。

前方からガタガタいう音が聞こえてきて、そのあとにやわらかな照明の輝きがつづいた。ミニサイズのＬＯＫＩたちが別の床板のボルトをはずしている。クモのような脚をした制作物とボズがリンクしているのを彼も感じとれた。前方のようすを彼女自身も見てとれるように、その視力を共有している。

「前方に異状なし」と彼女が告げた。

ボズとリゼットの二人がほっとしたことに、彼らは人けのない通路にあらわれ出た。減圧警報のクラクションはおさまっていた。もうすぐ安全衛生局《HSA》の捜査官が独房区画に大挙して駆けつけ、取りのけた床板を発見するだろう。ボズボールとトロージャンに床板をもとどおりに戻させることまで考えがまわらなかった自分にラヴィは毒づいた。彼らがどこに逃げこんだのかわかるまでにあまり時間はかからないだろう。

「どうやってトランスポンダーにアクセスしたらいいのかな?」と彼はリゼットに尋ねた。

「できれば、銃で撃たれることなしに」

「〈アルキメデス〉でやったのと同じようによ。トロージャンがメイン航法室に侵入して、インターフェースを破壊する」リゼットは彼らを営倉から脱出させるのに活躍してくれた小さな球体に苦い笑みを向けた。「アイザックが望みたまわば、実際の銃弾の危険をかいくぐることができるのはこの子たちだけだから。彼らを送り出すことにしましょ。いますぐに」そうしてボズを振り返る。「準備はいい?」

ラヴィが驚いたことに、ボズは首を横に振った。

「そう簡単にはいかないよ」といって、リゼットをにらむ。「あんたがあたしたちをどんな事態にほうりこもうとしてるのかがはっきりわかるまではね。あんたはかなり長いこと牢獄のなかにいた。それで、何を白状したの?」

「何も話してなんかいないわ! あの嫌《ジンティング》なスカルキャップはなんだったと思ってるの?」リゼットは悲痛な顔つきになった。「船内規則では、〝緊急時〟においてのみ、身体的拘束を認めてる。船に対する破壊工作というのは、まさしくそれにあてはまるから。

彼らはわたしのインプラントから情報を絞り出そうとした」

「なぜ単に、あんたを殴って吐き出させなかったんだい？」とボズがさらに問い詰める。

「あたしならそうするけどね」

「なぜかというと」とリゼットがいって、息を大きくひとつ吸いこんだ。「そうやってもうまくいかないからよ。向こうは計画がどんなものかわかってないから、ただ彼らを黙らせるために、何かでまかせを打ち明けることもできる。誰がそうしないはずがあるというの？ わたしがリサイクル前のゴミみたいなでまかせを答えただけと知れる頃には、すでに手遅れになってるでしょうね。彼らはわたしが真実を話してるとはっきり知る必要があった。わたしの頭からじかに取り出す必要があった。でも、彼らはそれを手にできなかった」

ボズはさらに議論をつづけたがっているようだったが、ちらっと横目でラヴィを見て考えを変えたらしい。かなりのためらいのすえに彼女は表情をやわらげ、こくりとうなずいた。

「よし、取りかかろう」ボズは通路の前後を確認した。その表情は真剣そのものだ。「そして身を隠すとしようよ。あたしとしては、ホーム・ワールドの映画に出てくる悪役みたいに、狭い通路で撃たれるなんてごめんだからね」

それ以上は言葉を交わすこともなく、三人は踵《きびす》を返して通路を奥に急いだ。ボズボールとトロージャンは反対の方向に向かった。ふたつの玉はまたしても別の通風口を壊して姿を消した。

38.0

ラヴィは周囲の状況をほとんど把握していなかった。リゼット／イシュベルを案内役として、彼らは使われていない部屋までたどっていった。どうやら〈ニュートン〉くらいクルーの数が少ない船においては、居住空間が不足することはないらしい。共有空間のクッションはあまり使われていないため黴《かび》っぽく、かすかに湿っていた。だがそれ以外は、この部屋は彼らを快適に歓迎し、くたくたに疲れた訪問者三人を不平ひとつもらさずに受け入れてくれた。ボズとリゼットも彼の両側に手足を投げ出してごろんと横になり、ぼんやりと空間を見つめている。彼自身も同じように見えることは間違いない。

ぼんやりした表情の理由はいたって単純だ。三人ともボズボールとトロージャンにリンクしているからだ。あの小さなマシンはメイン航法室まであと少しというところまで近づいている。船内図によれば、あのふたつの玉の目的地はアタチュルク輪、すなわちこの船のもっとも前方にある輪だ。そこにたどり着くにはエレベーターにただ乗りしなければならず、ふたつの玉は天井から入りこんでしっかりとしがみつくことでそれをなし遂げていた。人はめったに天井を見上げたりしないから、とボズが説明した。それにもし見上げたとしても、まったく動きもせずにじっとしているものに興味をもつ者などいない。

　船内図にみちびかれ、ふたつのＬＯＫＩはアタチュルク輪の作業用の地下溝や通風口を軽快に駆けていった。メイン航法室の監視されていない壁の高いところから入りこむと、音もなく天井に貼りつく。トランスポンダーの制御装置はよく見えるところにあった。クルーは何も気づくことなく、ラヴィは息をひそめてそれらが行動を開始するのを待った。

ただし、そうはならなかった。ＬＯＫＩはただそこにぶら下がったまま、脚ひとつ動かそうともしない。

「なんで連中は取りかからないの？」とボズがいらだってつぶやいた。「何を待ってるんだろ？　早く動かないと手遅れになっちゃうよ」彼女が頭のなかで時計を確認するのを、ラヴィはほとんど感じとれそうなくらいだった。「船団のすべての船が炎に包まれかけてるっていうのに」

「人が多すぎるんだと思うな」とラヴィはいった。〈ニュートン〉のクルーがＬＯＫＩの広角レンズの視点によってゆがんで映し出され、いくつかのモニターの前に小さな群れをつくっている。上級士官らしく見える者が二人、室内を行ったり来たりして、小声で言葉を交わしている。不安のあまり、彼は胃がきりきりと痛みだした。「普段からこれほど人が多いのかい?」と彼は尋ねた。

リゼットが落ちつかずにクッションの上で身体を動かしたことに彼はぼんやりと気づいた。

「ううん、そんなことない」と彼女がいう。「操船自体はアイザックがやっているから。普段のメイン航法室はがらんとしてる。多くても二、三人で」

「なら、いったい何が起きてるんだろう?」

「どうなってるのか、聞いてみるとしようよ」とボズが提案して、ボズボールに指示を送った。ほぼ即座に、奇妙なアクセントの低いささやき声が彼のインプラントにも流れこんできた。

「……何かのトリックではないのか?」行ったり来たりしていた士官の一人がいっていた。

「いいえ、長官閣下」ともう一人の、はっとするほど大胆な髪の色をした女性士官がいった。「向こうのトランスポンダーが作動しています。われわれは、距離、方向、そして速度を小数点九桁までつかんでいます。ドラゴンたちの燃料補給が終わりましたら、ただちに実行可能です。閣下の命令がくだり次第」

ラヴィの心臓が喉もとまでせり上がった。彼はいとこの顔を生物学的な目でちらっと見やった。彼女の顔にエッチングされた驚愕の表情は、間違いなく彼自身のものと一致しているはずだ。

「それで、アイザックは？」と長官がうながす。

「あまり確信がもてません」と声がいった。ラヴィはぶるっと身震いした。まさしく夢のなかの声だったからだ。おまえを殺す、と脅したあの声だ。「納得ができるようなシナリオを構築できません」とアイザックがつづけた。「彼らの船団がこのようにトランスポンダーを作動させる理由がありません。とりわけ、われわれがまだここにいると向こうもわかっている状況では」ＬＯＫＩはあたかも考える時間が必要だといわんばかりに間を置いた――おそらくは、実際にそのとおりなのだろう。ＬＯＫＩが情報をどのように解析するものなのか、ラヴィには見当もつかなかった。「精巧にたくらんだ囮《おとり》、というほうがありえそうですね。ドラゴンたちをなんらかの罠におびき寄せるために仕組まれたものとして」

「どうしてそのようなことが？」と女性士官があざ笑う。「あのサイボーグどもは、ドラゴンが存在することさえ知らないというのに」彼女がもう一人の士官、〝長官〟の肘をつかんだ。「この機会を失う前に片づけてしまいましょう」

「ドラゴンの燃料補給が完全に終わるのはどれくらいだ？」と長官が尋ねる。

「おそらく、あと七時間か八時間」とアイザックが答えた。

「なぜ待つのですか？」と女性士官がせきたてる。「ドラゴンたちはすでに充分な燃料を積んでいます。いますぐ実行に移すべきです。やつらがトランスポンダーを消して姿をくらます前に」

「わたしはそれを推奨しません、副長官閣下」とアイザックが応じた。「燃料が少ない状態において、ドラゴンの移動能力は最適とはいえませんし、船団にはわれわれが気づいていない未知の防御力が存在する可能性もあります。それに加えて、たとえ彼らがトランスポンダーをすぐに消したとしても、すでに手遅れです。われわれは彼らを容易に再捕捉できるだけの航法データをもちあわせています。数時間の遅延はさほどの差異を生みません」

「好機を待つとしよう」と長官がいって、手で払うしぐさで反論の萌芽《ほうが》を摘みとった。少しのあいだ、彼は口をつぐんだまま歩きつづけた。「おそらく、われわれの小さな実験ネズミが作戦を実行に移したのだろう。やつらはみずからの意思でトランスポンダーをつけたのではないかもしれない」

「失礼ながら」とアイザックがいった。「あの娘はわれわれの位置座標を敵に発信し、尋問のため営倉に隔離されました。その尋問に対して、彼女はいかなる手段、方法、形式においても協力していません。そしていま、武装したサイボーグ二名が——まだ野ばなしでいることはつけ加えておきましょう——誰にも探知されることなく乗船し、彼女を脱出させました。これがあの娘のしわざとはわたしには思いかね——」

ボズが音声を遮断した。

「連中の気をそらす必要がありそうだね」と彼女が抑揚をつけずにいった。「そうしないと、あたしたちの小さな友人たちは実行する機会がないよ。〝燃料をフルに積んだドラゴンたちを解きはなて〟って誰かが命じるときに、あたしたちは何もしないでここにすわっていたくないからね」

「同感ね」とリゼットがいった。「でも、どうやるの？」彼女はお手上げだというように肩をすくめた。「どこから手をつけたらいいのかさえもわからない」

ふた組の目がラヴィのほうを向いた。

「なんでぼくのほうを見るんだい？」

「あんたは機関士だろ、いとこ殿《カズ》」

「そしてきみは腕ききのハッカーだ。ぼくらが営倉でやったのと同じ手を使おう。あの場所を消火剤であふれさせ、減圧警報を鳴らす」

ボズが首を横に振る。

「だめだよ。トロージャンについてはよく知らないけど、ボズボールは泡だらけじゃ機能しない。それに減圧警報のほうは、よくて一、二分の時間かせぎにしかならないし。それっぽっちじゃ充分とはいえないかも」彼女が同情したようにラヴィの手首を撫でた。「ごめん、ラヴィ。だけど、これはあんたの担当だよ」

ボズは彼に背を向けて寝返りを打ち、タバコを取り出して口にくわえた。ライターの鮮やかな青色のアーク光が細い筒の先端に赤い輝きをともした。かき乱された煙の筋がいちばん近いところにあるフィルターのほうにただよっていくのを、リゼットはぎょっとした顔で見守っていた。

その隣には、ＮＯＢＯＳＳとラベルに記されたパネルがあった。彼らが隠れているこの部屋の、緊急用酸素供給装置だ。ラヴィは、かつてバミューダ輪で調達した、かさばる円筒のことを思い出した。それをフィジー輪の放棄された制御室に苦労して運んでいって、ほぼ同一のパネルの奥にはめこんだことも。

「どうしたんだい？」とボズが問いかけた。

「どういう意味かな、〝どうしたんだい〟って？」

「あんた、にやついてるよ」

「ぼくが？」

「うん」

「考えごとのじゃまするのはやめてもらおうか。これから作業に取り組もうとしてるんだから」

彼は船内図をいくつか引き出すと、〈ニュートン〉の〝ネットワーク〟のまばらな通路の先に脳内の手を伸ばし、生命維持システムを取り巻く脆弱なソフトウェアをタップした。〈ニュートン〉のメイン航法室の実質本位な隔壁の裏で、とあるバルブが禁じられた振り付けにあわせて踊りはじめ、開いたり閉じたりした。いくつか配備されているＮＯＢＯＳＳ用のボンベの中身が空気中にそっと染み出していった。

はじめのうちは何も変化はないようだった。メイン航法室はなおも人であふれている。長官と副長官も行ったり来たりをつづけている。音声をミュートにしていても、副長官がなおもドラゴンたちの即刻の発進を主張しているらしいのが見てとれた。

そんなとき、長官がいきなりつまずいた。副長官が腕をつかんで支える。両者は互いに顔を見あわせ、にやっとした。目はかすかにぼんやりしている。ボズが音声を上げた。

「失敬」と長官がいっていた。

そうして、彼がヒヒヒッと笑いだした。

ボズが片方の眉をぴくりとつり上げる。

「あんた、いったい何をしたの？」

「あそこのＮＯＢＯＳＳに破壊工作を試みたんだよ」

　ボズは眉をひそめ、どこでその単語を聞いたのか思い出そうとした。

「緊急時の生命維持システムだよ、覚えてるかい？　フィジー輪で、ぼくに尋ねたことがあったろ？」

「ああ、そうそう、亜酸化窒素のなんとかかんとか」

「亜酸化窒素をもとにした酸素供給システム。ごくわずかな刺激を加えると、亜酸化窒素は窒素と酸素に分離する。それは基本的にほぼ空気と同じものだ。だけど、分離しない亜酸化窒素をそのまま空気中に放出すると——」

「笑気ガスをまき散らすことになる」とリゼットが口を挟んだ。「いってみれば、人類の歴史上、最初の麻酔薬みたいなものよね。鉄器時代の歯科医は歯を抜く前にそれを使っていた。まったく《ジント・ミー》、ラヴィ！　すばらしい作戦ね」

　ラヴィは顔が赤らむのを自分でも感じとれた。

　メイン航法室では、人々が酔っぱらったようにふらつきはじめた。どの顔もにたにたした笑みが貼りついている。そのなかの二人は額と額を押しつけあって、意味のわからないことを親密にしゃべりつづけていた。

唐突に警報の悲鳴があがり、赤いストロボ光の点滅がともなった。

「退避せよ」とアイザックが命じた。「即刻、メイン航法室から退避せよ。生命維持システムに破壊工作がなされました。生命維持システムに破壊がなされました。これは予行訓練ではありません。くり返します。これは予行訓練ではありません」

「できないのよ」と女性クルーがアーチ形のドア枠のそばでうっとりと夢見るような表情でいった。「ドアが封鎖されてる」ほかにも二人、同意の言葉をつぶやき、彼女に加勢して動こうとしないドアに体重をかけて押していた。「妙でしょ、ね？」彼女は笑いすぎて鼻を鳴らしながら崩れ落ち、床にずるずるとへたりこんで、顎を膝に引きつけてすわりこんだ。

「くそっ《ジント》」と誰かが間延びした声でいった。「あれを見ろぉい」

コンソールのひとつが完全にだめになっていた。別のものは一連の数字を示し、点滅する白光をともなっている。

〈ニュートン〉のトランスポンダーを、全宇宙に向けてライブ発信している。

「トロージャンとボズボール。あの子たちがやったんだわ」とリゼットが自分でも驚いたようにいった。すぐに驚きは抑えきれない喜びに代わった。彼女は勝利の叫びをあげて、全力でラヴィをハグした。「あの子たちがまんまと《ジンティング》やってのけたのよ！　あの小さな—

―」

ボンッ!

部屋のドアが炎と煙の耳ざわりな不協和音とともに吹きとんだ。武装した安全衛生局《HSA》捜査官がドアの隙間からなだれこみ、銃を構える。ラヴィは命令する叫び声に応じてすぐに両手を挙げた。一方のボズは、反抗的ですぐに反応しなかったために、ピストルの銃尻で頭を殴られた。ぐったりと床に崩れ落ちた彼女を見て、ラヴィは絶叫し、前に駆け出そうとしたが、冷たい銃口を向けられて、動きを止めるしかなかった。それを手にしていた捜査官が彼の耳もとに顔を寄せた。

「きさまのサイボーグの頭からただのひとつでも思考が漏れ出たら、それがきさまの最後の思考ということになる。わかったか?」銃口が彼の身体に押しつけられた。「ちらっとでも目の光が揺らぎでもしたら、それがきさまの最期だ。わかったか?」

「イエス」ラヴィの心臓はあまりに激しく打っているため、自分がしゃべった言葉さえもほとんど聞きとれないほどだった。

背中にまわした手に手錠をかけられ、ラヴィとリゼットは手荒に通路へと押し出され、警備兵の群れに取り囲まれた。捜査官の一人がボズのまだ意識の戻っていない身体を肩に担ぎ、そのあとからつづいた。

39.0

「安全なのか？」と長官が尋ねた。

「妥当かと思われます」とアイザックが答える。この船の、肉体をもたないＬＯＫＩの声が室内にあふれた。「明らかに、彼らは動くことができません。そして警備兵は、この者たちが頭のなかで何かしたらただちに撃てという命令を受けています」

動くことができないというのは過少な表現だな、とラヴィは苦い気持ちで考えた。彼ら三人は機関士が使う作業用テープで椅子に固定され、全身を頭までぐるぐる巻きにされている。彼は正面しか見ることができなかったが、両側にリゼットとボズがいるのを耳で聞きとることができた。ボズのほうは、呼吸音から判断するかぎり、まだ意識が戻っていないらしい。彼はもう一度腕を動かしてみようとしたが、うまくいかなかった。このテープは船腹の空気漏れをふさぐためのもので、まったくびくともしない。

捜査官たちは彼らを、設備のととのった大きな区画に連行していた。誰か重要人物の執務室だ。彼は広いデスクに向きあっていて、その奥の壁には広い窓が切りとられ、船外の眺望を楽しめるようになっているらしい。ガラスごしにこの船の輪のひとつを見ることができた――黒く、巨大で、荘重だ。このために命を賭《と》すだけの価値ある眺めだ。

それこそは、遠からぬ未来に彼が実行することになりそうだった。

この眺めは長官の身体によってさえぎられていた。〈ニュートン〉の指揮官はラヴィの真正面に陣どり、デスクに寄りかかっている。この男は疲れているように見えるな、とラヴィは気づいた。亜酸化窒素の影響をぬぐい去るのに苦労しているのかもしれない。そう考えて、ラヴィはいくらか満足を覚えた。

長官がデスクにもたれたまま身を乗り出した。

「どうやって乗船した？」と彼が尋ねた。「誰の助けがあった？」

「大きなお世話だ《ゴー・サード・ユアセルフ》」とラヴィは吐き捨てた。頑丈なテープでぐるぐる巻きにされている不快さのせいで、怒りを感じるのも容易だった。そして怒りを感じるというのは、絶望的な恐怖よりましだ。

長官の顔につかの間の笑みが浮かんだ。

「わたしにはいまの言葉の意味がさっぱりわからぬ。だが、誉め言葉ではなさそうだな。もう一度尋ねてみるとしよう。どうやって乗船した？　誰の助けがあった？」

「さっきもいったとおり、大きなお世話だ《ゴー・サード・ユアセルフ》」彼の背後で誰かが怒ってつぶやき、椅子をきしませて立ち上がった。ブーツを履いた足音が近づいてくる。

ラヴィは殴られるのを覚悟して身構えた。だが、それはついにやってこなかった。この見えざる存在に向けて、長官が落ちつけというしぐさをした。だが、その連中はまだそばにとどまっている。彼はそれを感じることができた。うなじにぞわっと鳥肌が立った。間違いなく、安全衛生局《HSA》の捜査官たちだ。船《シ》内警備隊《ップセク》の〈ニュートン〉版といっていい。故郷の船から何十万キロものかなたにありながら、マクラウド家の者はまだ公安当局とトラブルを起こしている。

「何かおもしろいことでもあるのか、サイボーグ?」

ラヴィは顔に浮かんでいた笑みを抑制した。

「この状況のすべてがおもしろいんだよ。そうは思わないかい?」

「いや、思わないな」長官の視線が彼の肩の上にちらっと移った。「最後のチャンスだ。どうやって乗船した? 誰の助けがあった?」

ラヴィはぼんやりと長官の胸のあたりを見つめた。頭のほうは忙しく駆けめぐっている。

尋問時にマクラウド家の者が殴られるのは、なにもこれがはじめてではない。だが、相手を挑発したところであまり得るものはない。そしていまの彼が本当に必要としているのは、時間をかせぐことだ。船団と〈ニュートン〉の双方がどちらも勝利しえない状況だと悟るための時間、両陣営が対話をはじめるための時間を。

「ぼくらはここに自力でやってきた」と彼はついにいった。「どうやって乗船したかについては、その、単にあんたらの、なんていうか、ネットワークのセキュリティはあまり安全ではないとだけいっておこうか。エアロックを開けるのはそれほど難しいことでもなかったよ……サイボーグにとっては」彼はどうにかその言葉をつかえずにいうことができた。

「何に乗ってきたというんだ？」

「改造したステルス型の探査機。近くで降りて、残りは船外操縦ユニット《EMU》を使った」

長官の顔にちらっと不安がよぎった。しばらくは相手にあれこれ考えさせておこう、とラヴィは考えた。〈ニュートン〉側のドラゴンがどれほどうまく闇にまぎれられるかを考えてみれば、そういった行動が可能だとこの男もわかっているに違いない。〈ニュートン〉はこれまで自分が信じてきた以上に敵からの攻撃に脆弱なのではないかと心配させておこう。核兵器を搭載したドローンがいまも暗闇に潜んでいると想像させておこう。この男が相手側と通信リンクを開く気になるようにうながすものならなんだっていい。

「どのエアロックを使った？」

「いったいなぜそんなことまでわかるっていうんだ？　前方のシールドから三つ目の輪のどこかだよ」またしても、まったくの真実というわけではない嘘。

背後で性急な足音が聞こえた。ドアが開く音がつづく。ラヴィはどうにか笑みを押し隠すことができた。

「オーケイ、きさまらはなぜここにやってきた？　きさまらのミッションはなんだ？」

「ぼくは戦争を止めるためにやってきた。あんたらがあれほど困惑していた、船団側のトランスポンダーがオンにされたことは覚えてるかい？　あれをやったのはぼくらだ。そして、あんたらのもそうする必要があった。そうすれば、どちらも意表を突く優位性はなくなって、どちらも撃つことはできない」

長官の顔に何か読みとりがたい表情がよぎった。

「きさまはそれを信じているのか？　すべてを……これだけのことで……いくつかのトランスポンダーをオンにするだけで止められると？」

ラヴィの胃袋はからっぽだったが、不安のために吐き気がしてきた。

「ああ、そうだとも」と彼はいった。確かな自信があるように聞こえるようにつとめた。

「お互いに姿が見えていれば、相手を撃つことができる。これこそは相互確証破壊というやつで、それなのになぜ戦うリスクを冒す？　お互いに失うものが大きすぎる」

彼の背後で、警備兵の一人が皮肉っぽい笑い声をもらした。長官は憐憫に近い表情でラヴィを見おろした。

「本当にそこまで甘い考えでいたのか？」今度は長官自身の笑い声がもれた。ユーモアはどこにもない。「きさまの口ぶりは、あの嫌《ジンティング》なエイレーネー派の連中のようだな」

ラヴィにはなんといっていいのかよくわからなかった。

　長官の顔つきが険しくなった。

「きさまらがわれわれのトランスポンダーをつけたときに、何が起きたのか説明してやろう」と長官がいった。その声はいまは辛辣で、怒り以外になんの感情もあらわれていない。

「なんの対話もなかった。やりあうのはやめようとは誰も無線でいってこなかった。人間＝サイボーグ間の和平の提案などなかった。そうではなく、きさまらの船団がにわかづくりの魚雷三発を発射したのだ。いずれも核を搭載し、われわれに向けて。なんらかのソフトウェアの異常により途中で針路からはずれたが。戦争兵器がエラー・メッセージを発信するなどという話を、これまで聞いたことがあるか？　みじめなものだ。いや、きさまら二人がやったことは、きさまらの仲間に魚雷を撃ちこむ標的を与えただけだった。そしてやつらは引き金を引いた。いったん手を止めて考えることさえしなかった。望んでいないときさまが主張している戦争は現在進行中だ。どうだ、うれしいか？」

　ラヴィは血の気が引いていくのを自分でも感じられた。こんなことが起こりうるはずがない。起こりうるはずが。

「あたしがやったんだよ」と誰かがかすれた声をあげた。

ボズだ。安堵の波がラヴィの高まるパニックをかき消した。

「その魚雷」とボズがつづける。声は弱い。「あたしがやったんだ。あらかじめ、無害になるように細工して。平和をたもつためにそうしたんだよ。あたしたちは誰もこの戦争を望んでない。戦争なんて起こす必要もない。彼らと話しあってみなよ、〈アーキー〉にかけて！　船団があんたらにダメージを与えることはできないだろ？　どこに害があるっていうんだい？」

　長官が鋭い視線をボズに向けた。

「きさまらの船団には、ほかにも魚雷があるのか？」

「ないよ。三発だけ」

「すばらしい。それなら、きさまらの船団は簡単に破壊できる。アイザック？」

「お呼びですか、長官閣下？」

「燃料補給を中断しろ。ドラゴンたちをそのまま出発させるのだ。いますぐ片づけてしまう必要がある」

「そんな！」拘束された三人の口から、苦悶の叫びがそろってあふれ出た。

長官が憐憫に近い表情でボズを見た。

「きさまらの創造性には感心したよ。自分の手に負えもしないことを、自分の手柄だと主張する図々しさに。だが、サイボーグどもが魚雷をプログラムしなおす余裕をわれわれが与えると考えているなら、残念ながら大間違いだ」彼はデスクから立ちなおると、伸びをして背中のこりをほぐした。「いま現在、故障した円筒三本に対して、われわれには最新鋭のドラゴンが九体そろっている。わたしとしては、いかなるときもその見こみに賭けるつもりだ。これこそがドラゴンの存在理由なのだからな」と長官はつけ加えた。「あれは殺戮することにとても長《た》けている」彼は時計に目をやった。「補給ラインをはずして、タンクを閉じるのに一、二時間。そしてドラゴンは出発する」

凍えるほど冷たい指がラヴィの胃袋をきつくつかんだ。リゼットの細かく砕けた記憶の一片が唐突に意味をなした。「なんの喜びもなくて」と彼女はモボに話していた。「愛情もない。人間性も。ただ単に殺したがってる」彼女はドラゴンのことを話していたのだった。彼女はドラゴンのソフトウェアの内部に——彼らの思考に——入りこみ、そして恐れおののいた。そしていま、その同じドラゴンたちが彼らの冷酷な目的を果たそうとしている。

船団は炎に包まれるだろう。

「病《や》んでる」とラヴィはつぶやいた。「あんたは病んでる」

長官がいきなり、怒ったように足を踏み出した。一瞬、ほんの一瞬ながら、この男がラヴィの死んだ父親と重なって見えた。ラヴィはびくっとして、殴られるのを覚悟した。だがそうはならず、長官は彼のわきで腰を屈めて、ラヴィの耳もとに唇を寄せた。その声は低く、脅すようだった。

「病んでる、だと？　興味ぶかい言葉の選択だな。かつてわれわれは病んでいた、スケイリン疫病が蔓延したために。そしてきさまらに助けを求めにいったとき、きさまらはわれわれを見殺しにした。われわれの子どもたちを見殺しにしたんだ」長官はふたたび身体を起こして立ちなおり、嫌悪感もあらわに戻っていった。

ラヴィはいらだち、身体を縛りつけているテープにあらがったが、さらに皮膚に食いこんだだけだった。

「それがこんなことをする理由だっていうのか？」と彼は叫んだ。「古い歴史のために？　あんたらはすでに死んでいる者の罪のために、生きている者を殺すつもりなのか？　第一世代はすでに死んで久しい、友《アミコ》よ。残っているのは彼らの分子だけだ。こんなことをするのにふさわしい理由とはいえない」

「わたしにはそれで充分だ！」

「だとしたら、あんたは忌々しい《サーディング》偽善者だ！　あんたは向こうの船に乗っているなんの罪もない子どもたちまで殺そうとしているんだぞ！」彼の顎には唾が垂れていた。動くことができないため、それを拭きとることもできない。「よくよく考えてみれば、ぼくは何を期待してたんだろうか？　自分のところの子どもたちを、リサイクル前のゴミみたいに扱ってるあんたらに」

「いま、なんといった？」

「あんたらがリゼットに何をしたか、少しでも考えてみたことがあるのか？　あんたらのイカレた〝サイボーグをハッキングしよう〟プログラムに署名したとき、彼女はまだ子どもだった。子どもだったんだ！　それでも、あんたらは彼女にサインさせた。あんたが彼女を気にかけるよりもずっと〈ニュートン〉のことを気にかけていた幼い女の子に。偏見で凝り固まったあんたらのこの小舟では、彼女のような人間は残りの生涯を化け物のように扱われて過ごすことになるとわかっていたのに。でもあんたは、彼女が契約書にサインしたときにそのことを伝えようとしなかった、そうだろ？　ただ単に、実験材料にしたんだ。

あんたは知ってたかい？　小型艇に乗せられた子どもたちの話や、彼ら全員がどうやって死んでいったのかを先生から教わったとき、リゼットが泣きじゃくったことを？　あんたらが〝実験用のネズミ〟と嘲笑したものになるために彼女がサインしたのは、それを正すためだってことを？　同じ船の仲間に通路で殴られてさえも、彼女が実験をつづけたことを？　彼女がぼくの頭のなかに手を伸ばしてきたのは、船団じゃなくてこの船を愛してるからこそだってことを？　それで、彼女が得た褒美《ほうび》は？　〈アーキー〉にかけて、営倉に閉じこめられ、そして……そして拷問を受けて！　あんたらがあそこで彼女に何をしたのか、ぼくにはわかってるんだ。彼女がこれまでこの船で暮らしてきたあいだに、あんたらがやってきたことも。だから、〝子どもたち〟の扱いについてぼくに説教するのはやめてもらおう。あんたらは拷問者で、幼児を大量に殺してきた殺人鬼だ。やってることは船団の第一世代と同じだとしても、もっとひどい。第一世代はおびえていた。疫病のリスクにおびえてたんだ。あんたは単に幼児を大量に殺してきたくそ野郎だ」

　今度は本当に長官が彼を殴った。彼の父親からくらったのと同じように、強烈な逆手打ちだった。ラヴィは口が切れて出た血を吐き捨て、それが長官の靴にかかったのを見てひどく満足を覚えた。

《どうしてそんなことまで知ってるの？》とリゼットがコードを送ってきた。《どうしてそんなことまで知ってるの……わたしのことを？》二進法のデータであってさえも、彼女は衝撃を受けているように聞こえた。

　ラヴィはさみしげに微笑んだ。

《ぼくの頭を訪ねてくるたびに、きみは記憶の小片をあとに残していった。だから、きみが親切で、人のことを気にかけていて、驚くほどやさしい心の持ち主だとわかったんだ。こんなことになって残念に思う。とてもとても残念に思う》

《こっちこそ》作業用テープがきしむ音をラヴィは耳にして、彼女がなんとか彼と向きあおうとしているのだとわかった。《こんなことをいっても意味があるかわからないけれど、あなたよりも高潔なインプラントの持ち主と出会うことはできなかったでしょうね。あなたは善良な人よ、ラヴィンダー・マクラウド。あなたともっとよく知りあう時間がなかったことをわたしも残念に思う》

　ラヴィは自分の顔が赤らむのを感じとれた。室内が暑すぎるせいだ。

「〈チャンドラセカール〉攻撃にはコンリットではなくアオ・クィンの編隊を割りあてることにします」とアイザックが告げた。「〈チャンドラセカール〉はわれわれからもっとも遠い標的で、アオ・クィン指揮下のドラゴンたちがもっとも燃料を多く積んでいますから」

「よかろう」と長官が応じた。これはLOKIの判断の正しさを承認したものではないということにラヴィは気づいた。長官はLOKIが伝えてきたことを理解したと認めただけだ。ラヴィの紅潮した顔が嘲笑にゆがんだ。

「あんたはマシンに、ああしろこうしろと命令されてるのかい？　ここでは誰が指揮を執ってるんだ？　あんたか、それとも回路の集積のほうかな？」

「アイザックは百三十二年にわたって、公平にここのクルーの面倒を見てきたんだ」と長官が鋭く返す。「彼は疫病の余波のあいだもわれわれを前に進ませてきた。残されたクルーたちが互いにいがみあい、ずたずたに引き裂こうと争っていたあいだも。彼は〈長き平和〉の時代を管理してきたし、飢餓や遺伝病をただのひとつも発生させずに人口を回復させた。われわれがまだここに存在していることに気づいたきさまらの船団が始末をつけようとやってくる日に向けて、彼はわれわれを準備させてきた」長官はラヴィと一センチ未満まで顔を近づけた。この男の熱い、怒りの息を頬に感じとれたほどだった。「彼はわれわれを無事にたもってきたのだ、サイボーグ。無事にな！　きさまにこの意味がわかるか？　それがここでどんな意味をもつかわかるか？　この船のなかで？　この船の歴史において？」長官は後ろにさがり、大きくひとつ息を吸いこんだ。またしゃべりだしたとき、それまでよりもはるかに落ちついて聞こえた。あたかも、会話に飽きたかのように。「彼はわれわれに何をしろと命じる権利を得てきた。きさまの人工頭脳による意見に関わりなく」彼はラヴィの背後に注意を転じた。「こいつらを連れていけ」

「ぼくらをどうするつもりなんだ？」とラヴィが尋ねた。

「うむ、問題はそこだ、違うかな？　まだ何もアイデアが浮かんでいない。こちらのエイレーネー派のお友だちは」――といって、長官がリゼットを指さす――「叛逆者であり、当然の報《むく》いを受けることになろう。だが、きさまら二人は……」彼の言葉は尻すぼみになり、しばらく考えこんだ。「きさまらは戦争捕虜だ――きさまらが人間であるとすればな。だが、明白にそうではないから、通常の規則はあてはまらない。その一方で、きさまらは明らかに知性をもっているから、人間のように扱ってみるべきかもしれないな。きさまらの人工頭脳を取り除く手段が見つかるとすればだが。そうでなければ、きさまらの存在は危険すぎる」

ラヴィは愕然として相手を見上げた。

「インプラントは三歳の頃から体内に入れてるんだぞ」と彼は消え入るような声でいった。「いまではぼくの脳の一部、ぼくの生物学的機能の一部だ。それを単に取り除くなんてできない。不可能だ」

長官が彼を悲しげな顔で見る。

「きさまの考えが間違っていることを祈るよ。なにしろ、きさまのいうとおりなら、よい結果にはならないだろうから。われわれの側のこれまでの試みは……最適な結果とはいいがたいものだった。どうすればいいのか、きさまらが教えてくれるのではないかと願っていたんだが」

「ぼくが忌々しい《サーディング》脳外科医のように見えるか？」

「きさまはサイボーグだ。きさまに何ができるのか、われわれにはわからん。そして、そこに問題がある」

長官が背を向けた。安全衛生局《HSA》捜査官が鋭い刃物でテープを切り裂いて彼をいったん自由にし、背後で手錠をかけなおしてから、ほかの捕虜といっしょに彼を連れ出した。

40.0

あまりやさしいとはいえない手つきで押しやりながら、安全衛生局《HSA》の捜査官が三人を四百メートルほど歩かせて、ラヴィにもいまでは輪横断用《インターリング》エレベーターとわかるもののところまでやってきた。警備兵がひもをいくつか出して、さまざまな強さや向きの重力の変化に備えて三人の身体を慣れた手つきで固定していく。エレベーターでの移動が終わると、同じ慣れた手つきでもう一度ひもが解かれ、三人は通路に押し出された。周囲のようすにはなんとなく見覚えがあった。大きな、凝った飾りのついた〝6〟の数字が、床から天井まであちこちに存在している。

《ぼくらはどこにいるのかな？》と彼はコードを送った。

《ボリヴァル27-6》とリゼットが答える。《営倉に連れていくつもりなのよ》

彼の額に汗が浮かんだ。リゼットの独房で経験した電波妨害装置《ジャマー》や、あそこに足を踏み入れたとたんにボズが悲鳴をあげて倒れたことを思い出し……

彼は背中を強く押され、前につんのめった。

「さっさと歩け、サイボーグ。向こうに着いたら、休む時間はたっぷりあるぞ」警備兵が自分の冗談に声をあげて笑った。

《わたしが合図したら、目を閉じて床に伏せて》とリゼットが信号を送ってきた。

ただし、それはリゼットではなかった。

《いまよ！》

ラヴィは身を投げ出し、きつく目をつぶった。

通路に光がはじけた。新星が爆発したようなまぶしさで、目がくらんだ。まぶたを閉じていてさえ、しばらくは視界に象牙色の残像が焼きついていた。

悲鳴と混乱がそのあとにつづいた。誰かが彼につまずいてころび、毒づく。

《走って！》

彼のまぶたの下に、点滅する緑色の筋があらわれた。ラヴィは後ろ手に縛られたまま、ぎこちない動きで立ちなおった。

混乱のさなかに、今度は銃声が響く。

彼は頭を低く下げたまま、進路誘導画面《ナビ》に指示された方向に駆けだした。ほぼ即座に、誰かの肩と衝突した。その衝撃で彼は片側にはじきとばされた。何も見えていない手が彼の制服をまさぐり、そして離れていった。ラヴィはよろけながら駆けだした。ころんで首を折るのが怖くなり、そっと目を開けてみた。なんの効果もなかった。すべてが漆黒の闇だった。通路の照明は、太陽《ソル》と同程度のエネルギーをほんの数ミリ秒で放出したために焦げついたか、それとも単に消されたのか、このセクション全体を漆黒の闇におとしいれていた。この状況では、たとえ自分の手が自由だったとしても、顔の前で振ってみたところで何も見えはしなかったろう。安全衛生局《HSA》捜査官については、強烈な光に目がくらみ、彼よりもはるかにひどい状態にある。おそらく、数分間は何も見えないはずだ。

また銃声があり、銃口が光って周囲にくっきりとした浮き彫り《レリーフ》を映し出した。ラヴィは身をこわばらせたが、何も起きなかった。彼は緑色の筋をたどって左に折れ、つづいて右に折れ、そしてまた左に折れた。彼はよろけながらも駆けつづけ、見えてはいない足もとに床が見つかりますようにと〈アーキー〉に祈った。

緑色の筋が消えた。

《もう止まっていいわよ》とイシュベルがコードを送ってきた。《あなたを捕捉したから》

そこには明かりがあった。彼が立っている目の前に入口があり、〝リサイクリング〟とだけ刻印されている。ドアが開いた。

その向こう側に立っていたのはアンドリ、すなわちリゼットの小柄な弟だった。

「ずいぶんと遅かったね」と少年がいって、顔いっぱいに笑みを浮かべる。「女性陣二人に負けるなんて！」

確かに、ボズとリゼットはすでに室内にいて、どちらも荒い息をついている。リゼットは解放されたばかりの手首をさすっていた。ラヴィはさみしげな笑みを浮かべた。ボズが暗闇のなかを、ナビ画面だけを頼りに、背後で手を縛られたまま全力で駆けてきたというのは別に驚きでもなんでもない。つまずいてころんだり、見えない障害物に衝突するかもしれないという不安など彼女の頭には浮かびさえもしなかったろう。だが、リゼット・アンシモフが同じ特性の持ち主だという点は注目に価《あたい》する。

「誰かがしんがりを務めないといけないからね」と彼は言い訳した。

「ああ、そうだね」アンドリが小さなボルトカッターを取り出して、ラヴィを拘束していた縛《いまし》めを器用に挟み切った。そしてリゼットが弟にハグしようとすると、嫌がって悲鳴をあげた。

「よしてくれよ！　もうっ！」彼は隔壁の手前まであとずさり、ボルトカッターを武器のように身体の前で構えた。

この部屋の全指向性スピーカーから笑い声がはじけた。

「家族の日常が戻ってきたのを見るのはうれしいものね」とイシュベルがいった。「けれど、われわれにとって、残された時間は多くない。急ぐ必要があるわよ」

「あたしたちを救い出してくれてありがと」とボズがいった。「ひとつ借りができたね」

「実際のところ、救出計画の大半はアンドリが考えたものなの」とイシュベルが応じた。

「わたしがネットワーク内で自由な状態であることをアイザックはまだ気づいていない。だから、アンドリを見つけ出して、手を貸してもらえるように頼むことができたの。彼らがいずれあなたたちを営倉に連れていくということはわかっていた。けれど、あなたたちをここに連れてくることを考えたのはアンドリよ」

「そっか、なら」とボズがやさしくいった。「ありがとう、アンシモフ船員」

「どうってことないよ」少年の顔ににんまりとした笑みが広がった。「正直いって、いちばん大変だったのは、学校をこっそり抜け出してくる部分だったんだ」

彼らは〈アルキメデス〉のクルーならリサイクリング用貯蔵室と呼ぶところにいた。標準のリサイクリング・ユニットには入らなかったり、処理できないほど大きなものを持ちこむ場所だ。小さめの部屋で、廃棄物をほうりこむドアのような投入口がふたつある。片方には赤いペイントで落書きされていた。〝ブーツをリサイクルするような退屈な作業は靴底《ソール》と魂《ソウル》の破壊だ〟と。この部屋にはラヴィが昔から母親と結びつけてきたような消毒剤のかすかにつんとするにおいがただよっている。

「次はどうするつもりかな？」と彼は尋ねた。

「あなたたちをドラゴンのもとに連れていく」とイシュベルがいった。「このことをあなたたちが知っているかはわからないけれど、トランスポンダーの作戦は予定どおりにいかなかったの。どうやら船団はわたしたちを攻撃しようとしたらしく、こちらはドラゴンが燃料の補給ラインを抜いたらすぐに報復しに向かうことになる。あなたたちは、彼らが命令に従わないように説得する必要がある」

「冗談のつもり、だよね？」

「そうだといいけれど」イシュベルのアルゴリズムに突き動かされたため息は、じつに本物らしく聞こえた。「これがわたしたちにとって唯一の成功の見こみなのよ」

「そんなのばかげてる。きみがドラゴンと話せばいいだろ」

「これは信じてもらってかまわないけれど、わたしもやってはみたの。彼らは自分勝手に行動しているＬＯＫＩの説得に耳を貸そうとはしなかった。あなたたちの話なら聞くかもしれない。あなたたちは敵よね。尊敬に価する相手。もしあなたたちが彼らにとって敵ではないと説得できるなら、チャンスがあるかもしれない。クルはあなたたちの言い分を聞いてくれる。彼があなたたちを……興味ぶかいと考えていることは、事実としてわかっている。それに加えて、彼はあなたたちをすぐに殺そうとはしない唯一のドラゴンだから」

ラヴィとボズは視線を交わしあった。そうして、二人ともリゼットを見た。彼女はお手上げだというように肩をすくめた。

今度は、ため息をつくのはラヴィの番だった。

「オーケイ。仮にぼくらがこの……狂気に乗ったとして、どうやってクルと話せばいいのかな？」

「ぼくが彼のもとまで連れていくよ」とアンドリがいって、ちらっと腕時計に目をやった。「けど、急ぐ必要があるな。ヒザーどもがいつここにやってきてもおかしくはないから」

「ヒザーって？」とボズが訊いた。

「安全衛生局《HSA》捜査官、略してヒザー。あんたらがいたとこでは何ひとつまともに機能してないのかい？」アンドリはその答えを待とうともしなかった。「ついてきて」

少年は彼らが入ってきたのとは違うドアを抜けて彼らを案内し、複雑怪奇に入り組んだ迷路のようなわき道や作業用階段を抜け、輪の内面《インナー・リム》の方向を目指した。輪の回転によってつくり出される重力は、一階層上がるごとに弱まっていった。誰とも行き会うことはなかった。〈ニュートン〉は幽霊船のようだった。

《なぜ単に、ナビゲーション・ルートをぼくらに送ってよこさないのかな？》とラヴィがイシュベルにコードを送った。《もしつかまったら、この子まで痛い目にあうことになるのに》

《できるものならそうしたいのだけれど。わたしはルートを知らないし、知っているのはアンドリだけ。アンドリは……特別なの。彼はよちよち歩きをはじめたときから船内をこっそり歩きまわって、さまざまなトラブルにはまりこんできた。お母さんを怒らせたものよ。けれど、誰にも見られることなくあなたたちを目的地に連れていけるのは、わたしが知るなかで彼ただ一人よ》

「彼はあたしのいとこかもね」とボズが声に出して冗談をいった。「確かに、特徴はぴったりあてはまるよ」

　アンドリが不思議そうに振り向いた。幅がどうにか一人ぶんしかないのぼりのエスカレーターに彼が先に乗った。入口の上に〝三階層先まで直通〟という表示が目立つように掲げられている。ラヴィも少年のあとからつづこうとしたが、直前で急に足を止めた。

《クルは本当にぼくらを待っているのかな》と彼はコードを送った。

　はっきりとした沈黙の間があった。

「おーい！」とアンドリが呼びかけた。すでに彼らよりも数メートル先にのぼっている。

「早くしろったら！」
《ええ、待っている》とイシュベルがいった。
ラヴィはエスカレーターに乗った。
《けれど、あなたたちを生かしておくことまでは約束してくれなかった》
《なんだって？》もう引き返すことはできなかった。エスカレーターはなめらかに彼を運んでのぼっていく。このメカニズムはきちんとメンテナンスされているか、ほとんど使われていないのか、あるいはその両方だ。ボズも彼のあとから乗った。表情は見てとれないが、彼女もふちにとどまってこの会話を聞いているのを彼は感じとれた。
《彼はドラゴンで、九体のうちのひとつ。彼は〈翼の仲間〉を裏切りはしない。あなたたちは全部の〈翼の仲間〉を説得する必要がある。さもないと、クルはあなたたちの船を——
——それと、あなたたちも——灼き尽くすでしょうね、ほかの仲間と同じくらい簡単に》
《だけどさ、彼はあたしたちをここまで運んでくれたんだよ》とボズがコードを送った。
《彼があたしたちの味方じゃないなら、どうしてそんなことするの？》
《彼はあなたたちの味方じゃない。単に……リゼットが彼のプログラミング内でいっしょに時間を過ごしたことがあるだけ。われわれがあなたたちのインプラントをハッキングする方法をさぐっていたとき、予備段階の実験はドラゴンを相手におこなったの。この両者のテクノロジーはとてもよく似かよっていたけれど、最初の段階ではより安全だった。生物学的につながっているインプラントよりも予測可能な構造だったから。クルが志願した。彼は編隊長で、そのため彼のソフトウェアは彼の同胞《きょうだい》たちよりも柔軟で、より好奇心が強い。リゼットの性格の何かが彼に影響を与えたのだと思う。いずれにしても、彼は喜んで彼女を手助けして、あなたたちをここへ連れてきた。戦争を止めるために。けれど、いまそれが実際にはじまってしまった以上、彼はそれを最後までやり遂げたがっている。クルはあなたたちの話を聞いてくれる。けれど、約束したのはそこまで》

　リゼットの記憶の小片が脳内におさまっているために、手助けしてほしいと彼女がドラゴンを説得するようすを想像するのはラヴィにとって難しいことでもなかった。だが、彼はリゼットの悪夢のほうも記憶にとどめている。ドラゴンたちが彼女の夢をいかに恐怖で満たしてきたことか。彼女の暗い夢の情景に浮かび上がる、高いところから見おろす目のぎらつき。熱い炎を浴びて灼け焦げた皮膚が細かくひび割れてはぜる。

　リゼットがクルに影響を与えたとすれば、ドラゴンのほうでも間違いなく彼女に影響を与えていた。そう考えて、ラヴィはぶるっと身震いした。大きく息を吸いこみ、エスカレーターを降りた。

　アンドリが積荷搬入用のエアロックの前で足を止める頃には、重力がかなり小さくなっていた。内側のドアのわきの棚に、宇宙服が吊り下がっていた。ラヴィとボズが着慣れているものとはわずかにデザインが違う。ドアの向こう側、エアロック自体のなかには船外《E》操縦《M》ユニット《U》が三台用意してあった。エアロック内の床の上で、それはからっぽの玉座のように鎮座している。〈ニュートン〉と同じように漆黒で、武器を備え、装甲で覆われている。少年が安堵のため息をついた。

「クルがこれを送り届けてくれたんだ」とアンドリが説明した。「彼が約束を果たすかどうか、ぼくにもあまり確信はなかったんだよ」彼はいちばんそばにあったＥＭＵをわが物のようにぽんとかるく叩いた。「こいつをあれこれいじらないこと、わかった？　目的の場所までこいつが連れていってくれるから。それに、何もしゃべりかけないこと。嫌にな《ジンティン》る《グ》ほど、そのことにクルが固執してたから」

そうして、ラヴィとボズには正式な握手を交わし、つづいて恥ずかしそうな顔で姉さんとハグすると、少年は通路に戻り、内側のドアを閉めて、分厚いガラスののぞき穴に顔を押しつけてなかのようすをのぞきこんだ。

三人は黙って宇宙服を着こみ、ＥＭＵに乗ってストラップで身体を固定した。グローブをはめた手でリゼットが親指を立てて合図すると、アンドリがエアロックを作動させた。

ＥＭＵが命を吹き返した。

41.0

スラスターが駆動しつづけ、船外操縦ユニット《EMU》が速度を上げはじめた。黒くすすけた居住区輪から離れ、船尾方向を目指して、どこまでも尽きることなく伸びているように見える中心軸の格子に沿って進んでいく。ラヴィの目が暗闇に慣れるにつれ、やってくるときに目にしたレールガンやミサイル砲台らしきものの見分けがつくようになった。ノーズのずんぐりした小型艇のシルエットのわきをすばやく通り過ぎ、さらにもう一隻越えていったが、ＥＭＵはさらに駆けつづけた。ラヴィは前方を見て、星々を背景にした長さ数キロにおよぶ巨大なドライヴ機関の輪郭が見えてくるようすを思い描いた。

ＥＭＵが旋回し、彼の身体を背後のシートに押しつけ、急激に減速した。ＥＭＵが向きを変えると、格子の支柱は足もとのほうに見てとれた。

そうして、それに沿うようにして細長く暗い影が横たわっていた。

ドラゴンは彼が考えていたよりもはるかに近いところにいた。漆黒の船腹が勢いよく近づいてくる。あまりにも速かった。彼は衝突を覚悟して身構えた。

だが、衝突は起こらなかった。代わりにEMUがドラゴンの船腹のなかに沈みこみ、なんらかのくぼみに落ちついた。EMUがぐいっと動いて、その場に固定された。リゼットとボズも彼の両側に落ちついた――実際にすぐそばで、グローブをはめた手を伸ばせば二人にさわることもできそうなほどだ。彼らの頭の〝上〟でハッチがスライドして閉じた。やわらかな光がともり、聞き違えようのない、空気を送りこむシューッという音がつづいた。

《ようこそ》クルの冷たい、まさしく人間ではない声が彼のインプラント内に響いた。

三人は狭く四角い空間にいた。ここはEMUを四台以上収納できるようには設計されていない。彼らの前にモニターの列がいきなりあらわれ、画面にテレメトリー数値があふれた。彼らの膝の上にキーボード式のコンソールがするりとスライドして用意された。画面のそばにはヘルメットやグローブの収納容器や、ごく小さなリサイクラーも備わっている。

彼の宇宙服の襟もとで、緑の光が点滅していた。一瞬とまどったが、慣れない留め金に少し手こずったすえに、彼はヘルメットをはずした。

空気はすでに暖かかった。タンクに貯めてあった空気に特有のにおいが鼻腔を満たす。

「この場所はなんなの？」とボズが訊いた。

《訪問する機関士のためのドッキング・ステーションだ》

ラヴィは〈アルキメデス〉から離れたときのことを思い出した。生命維持システムは提供できないとクルが謝罪していたことを。船団仕様のEMUではうまくフィットしないためだ。これがクルの話していた生命維持システムか。ラヴィはヘルメットとグローブを容器におさめた。ざっと調べてみたところ、少量の糧食と、宇宙服内の廃棄物袋の予備もあった。

いきなり、ぐいっと動き、三人は息を呑んだ。

《補給ラインの取りはずしがほぼ完了した》とクルが告げた。《ミッションがはじまる。話すべきことを話すがいい》

モニターの列がフォーマットを変えた。画面は九つあって、どれも七色に拍動し、色の混じりぐあいが微妙に異なっている。そしてそれぞれの画面に名前が表示されていて、そのうちのいくつかはラヴィにも認識できた。アオ・クィン、コンリット、ファフニール、クル。

ドラゴンの同胞《きょうだい》たちだ。

ラヴィはしゃべろうとしたが、舌が口蓋に貼りついてしまってうまくいかなかった。

《おそらく、その者は何もいうことがないのだろう》とコンリットがいった。

《殺して片づけてしまえ》とファフニールが提案した。〈ニュートン〉に向かう途中で遭遇するのを避けたとき、クルはファフニールのことを〝彼女〟と呼んでいた。だが、このドラゴンの声はクルよりもわずかに高いだけだ。細くて冷ややかな女声の最低音域《コントラルト》だ。どこにも女性らしさはないし、それをいうなら、人間らしさも感じられない。

ようやくにして、ラヴィはどうにか言葉を絞り出した。

「は……話してもいいのかな？」と彼は口ごもりつつはじめた。「つまり、盗み聞きされないかな？　アイザックに？」

《われわれの通信は暗号化されている》とクルがいった。《いずれにせよ、母なる船《マザー・シップ》にはドラゴン同士のプライベートな会話を盗み聞きする慣習などない》

「オーケイ、それなら……きみたちには船団を攻撃してほしくないんだ」この言葉は彼の口から弱々しくこぼれ出た。ボズとリゼットはＥＭＵの座席にすわったまま、もぞもぞと落ちつきなく身体を動かした。

《われらが受けた指令は、船団を攻撃せよというものだ》とクルがいった。《われらは船団を攻撃するためにつくり出された。なぜわれらが指令に背《そむ》き、われらの存在意義を否定すべきなのか？》

ドラゴンが急に動いたため、ラヴィは座席の上でぐいっと揺さぶられた。おなじみの、回転するような感覚があった。

「ドックを離れたのかな？」

《イエス》やわらかな力が彼を圧迫した。ドラゴンの黒い船体が繋留《けいりゅう》ポイントからゆっくりと離れていく。《時間を無駄にするな。残された時間は多くない》

「オーケイ。わかった。なら、つまりこういうことなんだ。きみたちが命じられたことは間違ってる。きみたちは罪のない男女や子どもたちを殺そうとしてる」

《罪のない者などいない。おまえたちの船団は先にわれらを攻撃してこなかったか？　だとすれば、自分がしたことの結果を受け入れねばならない》

　かすかではあるが、ラヴィの背中にかかる圧力がしだいに強まり、ブーンという音も聞きとれた。ドラゴンの〈ニュートン〉との相対的な速度が増している。ドラゴンのフレア状に広がった船尾の下で、宇宙船が縮小して消えていった。現在のところは秒速数メートル程度だが、もうじき数百メートルに、そして数千メートルに、いずれは数万メートルに達するだろう。星間宇宙の広大さに比べればなんでもない速度だが、船団の各船までの距離を最長でも数日《ソル》で踏破するには充分だ。

　そしてそのときには、彼も含めてすべてが灼き尽くされる。

「ほら」とラヴィはいった。「船団の攻撃はうまくいくはずがなかった。あらかじめ、ボズが魚雷を無効にしておいた――」

「忌々しい《サーディング》ことに、そのとおりなんだよ！」

「――そのおかげで、あれはきみたちにとってなんの脅威にもならないし、これまでもそんなことはまったくなかった。実質的に何も起きなかったのと同じようなものなんだ。つまり、きみたちがしようとしているのは、無抵抗な者に対する虐殺だ。戦争犯罪だ」

　またしても、コントラルトの声が聞こえてきた。あまり関心がなさそうだ。

《サイボーグのボズが船団の叛逆者であるゆえに、われらに情けをかけろというのか？》

「うるさい《サード・ユー》！」とボズがアオ・クィンに向かって嚙みつく。「あたしは叛逆者なんかじゃないよ、この思い上がった――」

「ボズ！　やめるんだ！」

「それと、〝サ〟ではじまる言葉をもういっぺん使ってみな！　絶対に――」

「ボズ！」

　深呼吸をひとつ。

「きみたちに情けをかけてほしいとぼくが頼むのは、ぼくらが和平を提案しているからなんだ。ぼくらは自分たちの武器を無力化することで、この攻撃を不要なものにした。〈ニュートン〉にとっての脅威は何もない。脅威でないなら、きみたちがやろうとしてるミッションには正当性がない。とにかく間違ってる」

「それに」とリゼットがつけ加えた。その声は注意ぶかく、しかも敬意がこもっている。

「船団のほうはほうっておいて魚雷だけを破壊すれば、母なる船《マザー・シップ》への脅威も終わるのよ」

《そうなれば満足のいく勝利となろう、おそらく》とクルが考えつつつぶやく。《敵の牙がすべて抜かれたなら、母なる船《マザー・シップ》はその前提で次の判断をくだすこともできようし、それが最善とみなせばあとでやつらを殺すこともできる》

《この生き物たちがいうことを、どうして信用できるのか？》とファフニールが問いただす。《われらの指令ははっきりしている。敵は灼き払わねばならない》

《それに、やつらがさらに魚雷をつくろうとするのをいかにして止めるというのか？》とコンリットがつけ加えた。《平和はいますぐ勝利によって得ることができる。なぜやつらが大きく育って、牙を鋭く研《と》ぐための時間をやるのか？》

ラヴィの背中にかかる圧力がますますつのっていった。唐突に、驚くべき光景が彼の脳内に浮かび上がった。九体のなめらかな船体が三体ずつの集団になってすでに分かれはじめ、それぞれに船団の船を狙っている。

彼はリゼットの夢を思い出した。ドラゴンの容赦ない目のぎらつきを。逆巻く炎の奔流を。

彼はそれを無理にも遮断した。手が震えている。

「魚雷は一日《ソル》でつくれるようなものじゃない」と彼は声の震えを抑えようと苦労しつついった。「リゼットのいうとおりだ。きみたちは平和をたもつことができる。どの船もきみたちの攻撃に対して防御のすべはない。たとえきみたちが船を粉々にすると脅したとしても、誰もきみたちに挑むことなどできない」

《母なる船《マザー・シップ》でさえも？》とアオ・クィンが問いかけた。《われらの創造主でさえも？》

「そのとおり」

そうして、沈黙が広がった。ドラゴンたちはさらに暗闇を切り裂いていく。

《そこには力が関わっている》とコンリットがついにいった。《われらは自分たち以外の何者にも応じる必要がなくなる》

《そして、ほかの者がわれらに応じなくてはならなくなる》とアオ・クィンがつけ加えた。

ラヴィの胃袋が不安のためによじれた。このドラゴンたちはＬＯＫＩだ。そしてホーム・ワールドを支配したのもＬＯＫＩだった。

《力などどうでもいい》ファフニールがぴしゃりといった。《われらにはミッションがある。ほかのすべてなど塵芥《ちりあくた》だ。われらの敵が差し出そうとしているこの〝力〟とやらは、うつろな約束事だ。問題なのは、われらの存在意義だ。炎が呼べば、われらは応《こた》えねばな

らぬ。そしてそれがいま、われらを呼んでいる！》

ラヴィの頭のなかに賛同者の咆哮《ほうこう》らしき音があふれた。だが、そこには疑念も混じっていた。別の道を模索する感覚が。

《考慮すべきことがたくさんある》とクルがいった。《このことは、おまえたちの魚雷を灼き払ったあとでまた話しあうとしよう。敵との距離はちぢまりつつあり、計画を練っておかねばならぬ》

「だけど、まだ何時間もあるじゃないの！」とボズが抗議した。「あんたらはほんの〇・一Gしか出してないのに！」

　クルはもはや答えようとしなかった。

42.0

クルのドライヴ機関がシャットダウンされた。ドラゴンは黒色よりも黒く、標的へと疾駆していく。その冷えたエンジンはセンサーでも見てとれず、船腹のとらえにくい曲面は手がかりを見つけようとさぐるレーダーからもすり抜けていく。

ラヴィは船外操縦ユニット《EMU》に身体を固定していたストラップをはずし、おぼつかない動きでドッキング・ステーションの狭い空間をただよっていった。ドラゴンが彼らをゼロG環境にほうりこんで数分もたつと、ラヴィの胃袋が叛乱をくわだてはじめた。吐くのにちょうどいいスペースを彼はどこにも見つけられずにいたが、リゼットが窮地を救ってくれた。彼女は予備のゴミ袋を取り出すと、奇妙な形をしたその袋を彼の急な使用のために提供した。彼は感謝の念と恥ずかしさの入り混じった感情で受けとり、使い終わるとリサイクラーにほうりこんだ。

「あんたって、ほんとに宇宙向きの体質じゃないよね」とボズがからかう。

「うるさい」

それはすでに十二時間前のことだ。クルは黙りこくったままだった。モニターさえも暗くなっていた。中心軸の格子に貼りついた氷が厚く成長していくのを見守りつづけるのと同じくらい、わくわくする時間だった。

そうはいっても、退屈な時間がこれほど恐ろしく感じられたことはなかったが。

なんの警告もなしに、モニターが明るくなった。画面の光はぼんやりしていて、彼らの宇宙服の前面に淡い色あいを投げかけてくる。

戦術ディスプレイだ。

彼のなかの機関士である気質が、ドラゴンたちは〈ニュートン〉を介して互いに通信しあっているに違いないと推定した。レーザーによるスタッカートの奔流が宇宙船へ送られ、そのあとでその目標へと跳ね返される。探知はほぼ不可能だ。ほかの仲間がいま何をしているのかについて、それぞれのドラゴンに正確なイメージを与えていた。

ディスプレイのあいまいな表示を読み解くことはできなかったが、〈ニュートン〉を離れたそれぞれ三体のドラゴンからなる三つの集団は、いまでは互いに数十万キロもへだたっているはずだ。アオ・クィンの編隊はほかよりも長い距離をカバーする必要があるため、より高速でまっしぐらに〈チャンドラセカール〉を目指している。コンリットの編隊は移動距離がいちばん短いために、それよりも明らかにゆっくりと〈ボーア〉に近づいている。

そしてクルの編隊は……

クルの編隊は〈アルキメデス〉を追いかけ、ほかの編隊とまったく同じタイミングで標的のもとにたどり着けるように速度を調節している。

ラヴィの呼吸がせわしくなっていた。

ファフニールが先行している。彼女の標的は船自体ではなく、〈アルキメデス〉から発射されたあとで動かなくなった魚雷のほうだ。破壊工作をされたトランスポンダーはなおも宇宙空間に派手に存在を示している。その少し後方を、異なるベクトルでつづいているのは三体目のドラゴンのイクチで、これまた魚雷を目指している。ファフニールがしくじったときのバックアップに違いない。ラヴィの見積もるところ、クル自身はファフニールが魚雷を襲って二時間後くらいに〈アルキメデス〉のもとに到着することになりそうだ。

攻撃をやめるようにと説得するための猶予はあと二時間。

ラヴィはファフニールと魚雷のほうに注意を戻した。

そして眉をひそめた。モニター上の魚雷は任意の水平グリッドからやや上方に点で示され、いくつかの数字のかたまりに囲まれている。もうひとつの点はドラゴンを示し、そして三つめが〈アルキメデス〉だ。

「だったら、あれはなんだろう？」とラヴィはつぶやいて、画面を指でなぞった。魚雷の点がふたつに分裂した。新たに検知された点は魚雷からのろのろと加速して離れ、〈アルキメデス〉のほうに向かっていく。数字はエンジンから目のくらむほどの放射線が噴出していることを示唆している。そのため、魚雷と派手に存在を示すトランスポンダーがディスプレイ上で不規則に点滅している。

「検知ミスだと思う？」とリゼットが尋ねた。

「かもね。だけど、そうは見えないな」

《小型艇〈ジェイムズ・クラーク・マクスウェル〉だ》とクルが沈黙を破ってそういったため、三人ははっとした。《あの船は数時間にわたって武器のかたわらにとどまっていたが、いまは母船に戻ろうとしている。なぜあれはそうしていたのだと思う？》

何か不快なものがラヴィのみぞおちでうごめいた。クルが彼らに支援を求めている。そしてクルの目的は、ラヴィが愛しているものすべてを消し去ることだ。

だがその一方で、クルは彼らを救うことができるかもしれない唯一の存在でもある。

「ボズが魚雷にほどこした細工を修正しようとしてたんだ」とラヴィはいった。「うまくいったようには見えないけどね」

彼の心の目には、機関長のチェン・ライが作業の指揮をとる姿が見てとれた。ヘルメットのミラーガラスに隠されていて、その顔までは見えない。彼らの手に負えないことがわかって、チェン・ライは落胆しているだろうか？　その落胆を顔にあらわしているだろうか？

《われらの解析も同じだ。〈ボーア〉と〈チャンドラセカール〉でも同様の試みがなされ、結果も同様だった》

ラヴィはかるい衝撃とともに、ドラゴンが彼を試していたことに気づいた。クルは戦争のためにつくられた兵器だ。機関士訓練生の青二才に戦術分析を手伝ってもらう必要などありもしない。ラヴィが本当のことを答えるかどうか試してみただけだ。

おそらくはその褒賞として、ドラゴンは戦術ディスプレイをつけたまま残した。ファフニールは引きつづき、推進機関がだめになった魚雷に迫りつづけている。イクチとクルは距離をとり、無言をたもっている。

数分間がのろのろと過ぎていった。

「あとどれくらいかかるの？」とリゼットが尋ねた。「わたしにはこの嫌《ジンティング》なモニターの意味がわからない」

「もうじきだ、と思う。あの――」

《どこにも見えない》とファフニールが会話をさえぎった。《いまごろはもうはっきりと

見てとれるはずなのに、そうではない》
《おそらく、われらがみなしていたよりもうまく隠れているのだろう》とクルが示唆した。
《この距離で？　そうは思えない。何かがおかしい。何かが——》
　あまりに人間らしいいらだちの咆哮がスピーカーから響いた。
《囮《おとり》だ！》とファファニールが怒鳴った。《中身のない空き缶とトランスミッターだけで、ほかには何もない。標的は逃げ去った！　すでにわれらの背後にまわりこみ、母なる船《マザー・シップ》を目指しているに違いない》
　クルがいきなり急旋回したため、ラヴィは隔壁にしたたかに衝突した。なんとか自分のＥＭＵのストラップをつかみ、身体を引き上げて座席に戻った。まさしくその直後に、クルのドライヴ機関が耳をつんざくほどのとどろきとともに燃焼した。ラヴィがどうにか身体を固定しなおす前に、ストラップがＥＭＵの座席の背面に打ちつけられてぴったりと貼りついた。五Ｇ、六Ｇ、七Ｇ。まわりのすべてが灰色にかすむ。彼は意識が薄れはじめるのを感じた。
　そして、ゼロＧの沈黙。ラヴィの胃袋が急激な変化に反旗をひるがえした。胸を貫くような痛みがあったが、何もとび出しはしなかった。胃袋には何も残っていない。胆汁でさえも。

クルがもう一度反転した。ラヴィはEMUの側面に叩きつけられ、急な縦揺れによって完全に投げ出されそうになった。彼はあわててストラップをつかみ、なんとか身体を固定しなおした。

ドライヴ機関が再燃焼し、音が壁となって彼の耳に打ちつけてきた。彼の身体はEMUのクッションに深くめりこんだ。今度はそれほど強烈ではなかった。三Gくらいかもしれない。それでもかなりの力だが、少なくとも呼吸はできた。

「何が起きているの？」とリゼットが尋ねる。

ラヴィは無理にもモニターのほうに目をやった。いまは彼の〝上〟方向にある。そして数値の意味を読みとろうとした。

「すべてのドラゴンが旋回した。大急ぎで〈ニュートン〉のもとに戻ろうとしてるように見える。いや、待って。これまで以上に陣形が広がってる。魚雷を見つけ出そうとしてるんだと思う」

「三本ともすべて修理できたっていうの？」とボズが問いただす。明らかに不満げだ。

「そうに違いない」あまりにも強い力が眼球を押しつぶそうとしている状態で考えを集中させるのは難しかった。「魚雷の囮《おとり》やドラゴンたち、それに星間移動船《ISV》も見てとれる。だけど、魚雷のように見えるものは画面のどこにもない。ドラゴンたちにもどこにあるのかわかってないと思う」

「どうしてそんなことが可能なの？」とリゼットが尋ねた。

「宇宙は広く、魚雷は小さい。小型艇がそばにいるあいだに発進したんだとすれば、小型艇のエンジンのうねりが魚雷自体のドライヴ機関のいかなる信号も覆い隠したろう――少なくとも、しばらくのあいだは。いまはドライヴ機関をシャットダウンしてるか、ほんのわずかな推進を使ってるだけということもありうる。だとすれば、見つけ出すのは困難だと思う。たとえドラゴンでも」

「それはあとで心配すればいいんじゃないの」とボズが提案した。「あの赤いのはなんだろ？」

モニター上に、半透明の、どことなく涙の滴《しずく》に似た形の玉が〈アルキメデス〉、〈ボーア〉、〈チャンドラセカール〉の三隻から離れ、それぞれに特定のドラゴンに向かって進んでいく。

「わからない」とラヴィはいった。「クル？」

《CQMの確率空間だ》

「CQMって？」

《近接時弾薬。対ミサイル迎撃ミサイルおよびマス・ドライバーの連射によるものだ。われらが魚雷を追ってドライヴ機関に点火したなら、敵に捕捉されることになる。ミサイル数十発とマス・ドライバーからの数千発がわれらのほうに飛んでくる。われらにもすべての弾道を把握することはできない。確率空間はそのもっともありうる現在位置を示している。射程距離は限定的だが、そうであっても危険をはらんでいる》

ラヴィの全身に戦慄がはしった。クルはなおも三Gで加速中だが、涙の滴の形は距離を詰めつつある。

「あれが到達するまでに、あとどれくらいあるのかな？」

《十九分》

「あれを振り切ることはできないの？」とボズが訊いた。

《この距離でなら容易に可能だが、燃料を消費しすぎる。そうなると、われらの探索パターンが崩れようし、そのために必要な加速によっておまえたちを殺すことになる》

ドラゴンにとって重要なのははじめのふたつの理由だけのようにラヴィには思えた。彼はボズとすばやく視線を交わした。言葉を交わすことなく、二人とも宇宙服のグローブとヘルメットを装着しなおした。ただし、バイザーは開けたままにしておいた。リゼットも一瞬ためらったあとで二人にならった。ラヴィは確率空間に注意を戻した。

それは最初にファフニールに到達し、つづいてイクチも涙の滴の形の玉に呑みこまれた。

彼らのアイコンがモニター上で青く揺らぎはじめた。

「あれはどういうことなの？」とリゼットが尋ねる。

《対抗手段だ。ドラゴンたちもＣＱＭを積んでいる》

「きみたちもＣＱＭを積んでるのか？」ラヴィにはなぜだかわからないながらも、道理にあわないように思えた。

《もちろんだ。おまえたちの魚雷も同様だろう》

「そうは思えないけどなあ」とボズがいった。ヘルメットのなかで、当惑して首を振っている。「あれの外殻にマス・ドライバーとかミサイルが搭載されてたら、きっと目についたろうし」

《設計ミスだな、それならば。われらとしては、なんの防御手段もなしに虚空を飛びまわりたくはない》

イクチがモニターからふつりと消えた。

確率空間の先端がクルに到達した。ラヴィは息をひそめて待った。

何も起こらなかった。

「ええと」とリゼットがいいかけた。「なんだか拍子抜けし——」

ドライヴ機関がいきなり遮断された。リゼットの身体がストラップにあらがって浮き上がる。そうしてヘルメットの片側に、つづいて反対側に頭を打ちつけて、彼女は悲鳴をあげた。

　めまいのするほどの激しさでクルが上下左右に旋回した。

　ラヴィはまたしてもえずいた。苦しいだけで、何も出てこない。ドライヴ機関が彼の耳の奥でとどろいた。少なくとも八Ｇになり、つづいて胃袋のよじれるゼロＧの状態に、そして五Ｇに、さらに一Ｇにとめまぐるしく変化する。さらに上下左右に揺れては旋回をくり返す。六Ｇ。ゼロＧ。どこか見えないところで冷却システムがシューッと音をたてて、重圧でガタガタと揺さぶられた。

　金属がちぎれるような音が船殻にはしり、すさまじい音が耳に打ちつけ、彼の身体を骨まで揺さぶった。そしてそれは、はじまったときと同じくらい唐突におさまった。

「やられたの？」とボズが訊いた。「あたしにはそう思えな――」

　金属がちぎれるような音が彼女の声をかき消した。ラヴィの歯がガタガタと揺さぶられる。

　それはおさまり、またはじまって、またおさまった。

「やられたわけじゃない」とリゼットがいった。彼女は息を切らしているように聞こえた。

「マス・ドライバーか、それとも機関砲かも。向かってくるミサイルをクルが撃ち落としてるに違いない」

「で、あんたはなんでそれを知ってんの？」とボズが嚙みつく。

「わたしたちはまだ生きている。そうでしょ？」

それにつづく会話はドライヴ機関の燃焼によってさえぎられた。だが、今度はそれほど性急なものではなかった。加速の力は穏やかで、姿勢変更はそれほど唐突でもなかった。ラヴィはモニターをじっと観察することができた。確率空間は消えていた。ミサイルはおそらく撃ちつくされたか、撃破されたかで、マス・ドライバーによる射撃は分散して危険をもたらすほどではない。なおもイクチのアイコンは見あたらなかった。八体のドラゴンが残り、探索パターンに戻っていく。

《さしあたり、危険は脱した》とクルがいった。喜びや、疲弊した声……それともなんらかの変化をラヴィは予想していたが、ＬＯＫＩはそれまでと何も変わりがなかった。冷ややかで、そして非人間的だ。

《なおも魚雷の姿はどこにもなく、そしてイクチの損失は……問題だ。われらの望むとおりに軌道をカバーできない。アオ・クィンやコンリットと協議せねばなるまい》

ドラゴンはまたしても黙りこんだ。

クルのエンジンは激しくないにしても駆動しつづけ、〈アルキメデス〉から離れていった。彼らのはるか上に〈ニュートン〉の巨体が存在している。そしてそのあいだのどこかに、暗闇にまぎれて誰にも見つかることなく、船団三隻がはなった魚雷三本が激烈な合流地点を目指している。

43.0

クルがほかの編隊長と協議した結果、それまでとは少し異なる探索パターンをとることになったが、それ以外はたいした変更もなかった。落ちつかない、退屈な時間が過ぎていった。ドラゴンたちの電子的な感覚器官が闇をさぐっていく。

魚雷については、なんの手がかりもなかった。

ボズに肩をつつかれ、ラヴィはくつろげないままうとうとする眠りから目を覚ました。

「なん……」

「あれがどこに存在してるのか、あたしにはわかるよ」

「魚雷のことかい？」

「ううん、八十二リットルぶんの行方知れずの豆乳のことだよ。もちろん魚雷に決まってるだろ。あんたも聞いてるよね、クル？　あたしなら、魚雷を見つけられるよ！」そうして、もっと小声で、「だから、そのことを後悔させないで」

《おまえは自分の手で魚雷に工作し、使えなくしておいたと大いなる自信をもって吹聴していた。そうでありながら、こうしていま、なおも機能している武器をわれらは探している。みずからの能力を現実よりはるかに高く評価している者の意見に、なぜ耳を傾けねばならぬというのか？》

　これを聞いて、リゼットがくすくす笑った。ラヴィでさえも笑みを押し殺さないといけなかった。ボズが二人を怖い目つきでにらみつける。

「あんたの脳が回路じゃなくてまともなニューロンであふれてるなら、あの短い時間で魚雷の欠陥を修復するなんて、忌々しい《サーディング》船団の誰にもできるわけないって気づいたろうね。何を細工したのかわかってるあたしだって苦労しただろうし」

「けれど、できたのよね」とリゼットが反論した。「だからこそ、わたしたちは嫌《ジンティング》なありえないもの《タキオン》探しに無駄骨を折ってるわけだから」

「できたわけじゃないんだよ」とボズがあくまでもいった。「そんな時間はなかった。けど、代わりに連中がやったのは——やったに違いないのは——ナビゲーション・プログラムをごっそり消去して、まるごと新しいのと入れ替えたんだ」

　ラヴィは困惑して眉をひそめた。

「だけどさ、〝新しいの〟なんてどこにもないだろ。連中にできたことといえば——」

「もともとのやつを再インストールするんだよ。標準仕様の、変更されてない探査機用の自動ナビ・システムをね。それを使えば、ポイントAからポイントBまで、可能なかぎりもっとも燃料効率のいいルートを案内してくれる」

《あの魚雷はどのようなスラスターを装備しているのだろうか？》とクルが尋ねた。ラヴィの想像に過ぎないのかもしれないが、ドラゴンの声に興奮の兆《きざ》しを聞きとれたように思った。

「マーク9だよ」とボズが応じた。「三つともね」彼女はインプラントを使って、手持ちのあらゆる魚雷の仕様書を――最大可載燃料、寸法、ステルス・アーマーの特徴、ほかにもいろいろと――ドラゴンに送信した。その大半が何を意味しているのか、彼女でさえもわかっているのか疑わしかったが、その一方で、航法長のもとで作業に加わり、多くの情報にアクセスできることはボズにとってあらがいがたい魅力だったろうということもラヴィにはわかった。

三つの屈曲した赤い筋がモニター上にあらわれた。

《興味ぶかい。おまえの主張が正しいとすれば、われらは急いで追いつくことを焦るあまり、うかつにも魚雷を追い越していたことになる。向こうの相対速度があまりに低いために》

「だけど、燃料効率はいい」とボズが得意げににんまりしながらいった。

クルがいきなり方向転換をすると、三人の身体も船外操縦ユニット《EMU》ごとぐいっと揺らいだ。

《まさか、みずからの無能さを吐露《とろ》した叛逆者の言葉を信用するつもりではあるまいな?》とファフニールが問いただした。この予想外の干渉にラヴィは驚いた。彼はボズの肩をしっかりとつかみ、彼女が何かいい返そうとするのを抑えた。

《単に確かめてみようというだけのことだ》とクルがいう。《標的のステルス・アーマーは効果的だが、その形状はわれらのものほどではない。予想できるポイントに強力なレーダーを照射したなら、標的がそこにいるとすれば、すべて散乱し、なんの反射もあるまい》

《ならば、不毛な試みとなろう》

《いや、違う。なぜなら、ファフニール、そなたにはある種の屈折したエネルギーを探知できる能力が備わっている。もしも標的がそこにいるならば、そなたが見てとって、結果をわたしに転送すればいい》

《それほど強力なレーダーを標的に向けて発したなら、向こうにもわれらの存在を気づかれずには済まない――サイボーグどもの星間移動船《ISV》にも》

《必要な代償だ。われら全員がいまは〈アルキメデス〉の近接時弾薬《CQM》の有効射程の外にあり、そして標的は無防備だ》
《サイボーグのいうとおりならば》
《サイボーグのいうとおりならば》
クルのレーダー起動は、モニターの構成のわずかな変化によって示された。
「あそこに！」とリゼットが叫んで指さす。
赤い円弧のひとつがアイコンに変化して、あいまいな数字のかたまりに囲まれた。クルが加速し、ラヴィはＥＭＵの座席にいっそう深く身体が沈みこむのを感じた。
「ねえ、クル」とボズが不安げに呼びかける。「これはファフニールがやるべきじゃないの？　あの魚雷を始末しようとしてあんたが吹きとばされることになったら、あたしたちまで道づれになるじゃないの」
《あの魚雷はＣＱＭを欠いている、とおまえはいった。一方のこちらはミサイルを満載している。爆発の危険はあるまい》
ラヴィはモニターをじっと見つめた。
「でも、ファフニールのほうが近くないかな？」
《敵対者である可能性のある者の言葉に応じて、ファフニールを危険にさらすつもりはな

い。わたしの判断のあやまちのために、ファフニールに犠牲を強《し》いるべきではない》

「そして、あたしの推測が間違ってたとすれば、あたしたちみんなが死ぬことになる」とボズがいった。彼女の額には小さな玉の汗が浮かんでいた。

《まさしく》

ラヴィはボズの腕をつついた。

きみはクルにほんとのことをいったのかい？　と彼は声には出さずに口の形だけで伝えた。

　そう願ってるよ。

　ボズが不安げに唇をなめた。ラヴィはモニターを見つめた。レーダーが照射され、ファフニールが彼らに信号を転送しつづけるあいだも、魚雷は針路を変えようとしていないらしい。クルのエンジンが一定に駆動しつづけ、三人をシートの背もたれに押しつける。身体を動かすことも難しかった。

　画面のひとつがビデオ映像に切り替わった。

「嫌《ジンティング》なアイザックにかけて」とリゼットがつぶやく。「あれを見て！」

　画像は粗く、モノクロームで、画像補正と極端な拡大によってゆがんで見えた。

〈アルキメデス〉の魚雷だ。すすけた黒色で、さらに黒い背景に釘づけにされているかのように見える。細長い円筒状でノーズは丸く、後部ははっきりと広がっている。クルのなめらかな流線形の船体とは比べものにならないほど、あまり目立たず、しかも威圧的だ。

「あまり近づきすぎないで」とボズが警告した。「あたしはオートナビをいじっただけだから。あいつはそうしたければ、まだ自爆することもできるんだよ」

それに応えるかのようなモーターのかすかなとどろきを、ラヴィは聞くというよりも感じとった。ドラゴンの船腹が、一度、二度、三度と震えた。ドライヴ機関がシャットダウンされ、彼らをゼロG状態にほうりこむと、ラヴィの胃袋がせり上がった。モニター上では、クルの隣に小さな青いアイコンが実体化した。それがすみやかに魚雷のアイコンのほうへ向かっていく。

ミサイルか、とラヴィは推測した。ビデオ画面でその姿を探してみたが、どこにも見てとれなかった。ミサイルのアイコンが標的に到達した。

目のくらむほどの閃光が画面内にはじける。ラヴィの脳の原初から備わっている一部分は爆発音を耳にするものと予期したが、何も聞こえてはこなかった。ふたたびビデオ画像が落ちついたとき、魚雷の姿は影も形もなくなっていた。クルは画像を消し、戦術概略図に切り替えた。

ほとんど並行して進んでいたアオ・クィンとコンリットのまわりに数字の雲が表示され

た。ドラゴンたちはいまやボズのいったとおりだと信頼し、残る魚雷ふたつをインターセプトするべく動いている。

クルが急激に方向転換すると、ラヴィの身体はストラップにあらがってシートからとび出しかけた。数分間のゼロG状態のあとで、ドラゴンのドライヴ機関が再燃焼された。だが、推進はあまり強くなく、〇・一Gより少し上といったところだ。

それは、敵に見つかることをクルが望んでいないという意味よりほかに考えられない。このドラゴンはふたたび〈アルキメデス〉を狙っている。ファフニールもだ。両者はゆるやかに弧を描き、望ましくないベクトルを削《そ》ぎ落とし、彼らを探し出そうと懸命な敵のセンサーにはまったく姿を見られていない。ドラゴンたちが新たな死の針路に落ちつくまでにあまり長くはかかるまい。

ラヴィは口を開く前に、まずは急に喉にこみ上げてきたものを呑みくださないといけなかった。

「話しあうべきときじゃないかな？」と彼は声をかけた。

返事は何もなかった。

44.0

数時間が経過した。ドラゴンのエンジンはかなり前にシャットダウンされ、まわりの宇宙と同じくらいに暗く冷えている。ファフニールも同じく音ひとつたてず、自身の針路をたもち、クルと同時に〈アルキメデス〉に到達するように調節している。ただし、別の方向からだ。

アオ・クィンとコンリットも残りの魚雷へと近づいている。その一方で、船団のセンサーが周辺の宇宙空間をくまなくさぐっていた。だが、いくら懸命に探してみたところで、狩られる側が狩る側の現在位置をつかむことはできなかった。

ラヴィはこの時間のほとんどを、ファフニールのことをあれこれ考えて過ごしていた。

彼はいま、殺傷能力のあるさまざまな武器を搭載した船外操縦ユニット《EMU》にすわっている。ＥＭＵがその一時的な宿主《ホスト》であるドラゴンとドッキングした際に結合されているが、どれも簡単にオーバーライドすることができる。いざとなったら、ＥＭＵに搭載されているあらゆる武器を使用可能にしようと彼は決意していた。いまのようにドラゴンの腹のなかにいる状態で、ドラゴンが内側からの奇襲に耐えることができるとは考えにくかった。彼としては、自分の死が痛みもなくすみやかに訪れることを願うばかりだった。

だがファフニールは……ファフニールは彼の手の届かないところにいる。クルのソフトウェアをハッキングしてファフニールをレーダー照射して明るく照らし、〈アルキメデス〉が反応できるだけの時間をつくるくらいのことはできるかもしれない。だが彼はクルのシステムに不慣れだった。侵入して正しいスイッチを見つけることができたとしても、どうやってレーダーを正しい方向に向けるのかもわからないし、そのうちになんとかコツをつかめたとしても、ドラゴンが〈アルキメデス〉の近接時弾薬《CQM》の射程内に入るようにタイミングをうまくはからないといけない。そんなことを許すくらいなら、間違いなくクルは自分を吹きとばすことを選ぶだろう――

「アオ・クィンが命中させたわ」とリゼットが告げた。

確かに、〈チャンドラセカール〉の魚雷を示すアイコンがモニターから消えていた。アオ・クィンの周囲の数字のかたまりはすでに形状を変えている。このドラゴンは〈チャンドラセカール〉に向けてゆっくりと、静かに旋回をはじめていた。彼女の編隊のほかのドラゴンも、それにあわせてすでに針路を変えている。

「そしてコンリットのほうも」とボズがいった。コンリットも標的に命中させていた。このドラゴンは〈ボーア〉に向けて針路を変えはじめ、同胞《きょうだい》と同じくドライヴ機関は恐ろしいまでに静まりかえっている。

ラヴィは〈アルキメデス〉に注意を戻したが、船長の頭のなかにいま何がよぎっているかを想像できるだけだった。急襲してくるドラゴンたちからレーダーがはなたれるのを船長も目にしたろうし、破壊された魚雷からテレメトリー・データを受けとったはずだ。だがいまは、何も見えなくなった。わかっているのは、どこかからひどく危険なＬＯＫＩ八体が近づいてくるということだけだ。

新たな数字のかたまりが〈ボーア〉のアイコンのまわりに浮かび上がった。

《母《マザー》よ、これが見えていようか？》とクルが尋ねた。

「もちろん」とアイザックが答える。船のＡＩもドラゴンたちと同じ高セキュリティのレーザーを使っているに違いない。ラヴィはこの星間移動船《ＩＳＶ》のそっけない口調に不安をおぼえた。ここ、クルの真っ黒なステルス性の船殻内に閉ざされつつ、ドラゴンの同胞《きょうだい》同士の散発的なやりとりに耳を傾けていると、ドラゴンたちがほかのところから指令を受けていることを忘れてしまいがちだ。

《〈ボーア〉のドライヴ機関の特性を読みとっているのだが。フルパワーで燃焼中だ》

「同意する。トランスポンダー信号を妨害して、現在位置を変えようとしているらしい」

《それは……ばかげたことのように思える》クルはまさしく困惑しているように聞こえた。《いかにして、われらの追撃からのがれるつもりだろうか？　たとえトランスポンダーを妨害したとしても、こちらはその妨害電波を聞くことができる。それに加えて、向こうのドライヴ機関の放射は誰もが見てとれるほど明るく輝いている》

「おそらく、パニックを起こしているのだろう」

〈ボーア〉の新たな数字が赤く点滅してから消えた。

「興味ぶかい」とアイザックがもらす。「〈ボーア〉のドライヴ機関がオフラインになった——しかも、よい兆候ではない」

《説明願いたい》

「〈ボーア〉のドライヴ機関がシャットダウンした。放射線値の急激な上昇と、それにつづいてカスケード反応を起こし、漸次的に減少していくようすを示している。そのすべてが〇・五秒以内に」

《われらの標的にそのようなことができるとは知らなかった》

「できるわけではない。ドライヴ機関内のすべての経路が溶融固体となったのだろう」

ラヴィが驚きのあまり息を呑んだ音は、ボズの苦悶の叫びにかき消された。〈ニュートン〉のＬＯＫＩにさえも聞こえそうなほどだった。

「くそったれめ！」とボズが吐き捨てる。「向こうにいるのは、あたしたちの仲間なんだよ！　本物の人間なんだ。忌々しく《サーディング》も愚鈍な穴居人なんかじゃなくて！　そして〈アーキー〉にかけて、あの思い上がったポンコツどもは、たったいま、彼らを皆殺しにしたんだ。あんな……あんなふうに！　彼らの命なんてなんの意味もないかのように！」

　ボズはそばにあった自分のヘルメットに怒りの矛先を向け、拳を打ちおろした。それがガンと音をたてる。グローブをはめていなかった彼女の拳に血がにじみ、バイザーを汚した。

　ラヴィの胃袋がゼロGとは関係なしによじれ、きゅっとすぼまった。リゼットが彼のほうに顔を向けるのが感じとれた。

「わたしには理解できないんだけど」と彼女がささやいた。「単なるドライヴ機関の故障でしょ。それに、ドライヴ機関はちゃんと理由があって船尾に搭載されているんだから、誰もこれで死ぬわけじゃない。どうしてあなたたちはそこまで動揺しているの？」

「溶融したドライヴ機関を修理するには何カ月もかかる。ことによると、一年くらいは」とラヴィも声を低く抑えて答えた。「〈ボーア〉にはそんな余裕なんてないんだ。目標《デスティネーション・》星《スター》を通り過ぎてしまう。そしてそのあとで、引き返すのに充分な燃料はない」彼はケイコ・スヴェンソンのことを思い出した。〈ボーア〉の、親しげに見せかけて近づいてきたあの船内警備隊《シップセク》士官のことを。笑顔と、ただで使える大量の水とでもって、彼らに嘘を信じこませた女性を。彼女はいま、どんなことを考えているだろうか。彼女には子どもがいるだろうか？　愛する人は？　そもそも、彼女はこのことをもう知っているのだろうか？

「死の宣告だ」とアイザックがいった。「緩慢なものではあるが。このまま何年も宇宙をさまようことになるだろう、間違いなく。だが、遅かれ早かれ、リサイクルするたびに喪失が生じ、克服しがたいものになる。水か、空気か、食料が足りなくなるだろう。おそらくは、その三つが同時期に」

《興味ぶかい運命だ》とファフニールがいって、会話に加わった。その声にはユーモアの気配があった。《いますぐ灼き尽くすのが慈悲ある行為というもの》

《どうしてそのようなことが起こりえようか？》とクルが尋ねた。

　ひどく長い間があいたあとで、船のＡＩが答えた。

「わたしには向こうの設計図にアクセスする手だてがない」とアイザックがつづけた。

「そして知ってのとおり、向こうの船の設計はわたしよりも古く、自動化されている部分も少ない。だが、唯一の、数値と矛盾することなく意味のとおる説明は、冷却システムの不調だ――内部のエネルギー転換がどうしてかバランスを崩した」アイザックは声に不確実性の風味を加えていた。「もっとも可能性が高いシナリオは、Qシリーズのサブ＝コイルの損傷だ——周縁部の。それよりも中心に近いものであれば、わずか〇・五秒のシャットダウン時間でさえも手遅れだったはずだ。瞬時に爆発して、クォークに分解されていただろう」

《だが、そのような部品はけっして損傷しない》とファフニールが考えこむようにいった。《それがだめになることはありえない。あまりに多くの防止装置がある。それを吹きとばすには、意図的にそうしなければならないはず》

「その意見はもっともだ」とアイザックがいった。ほとんどすまなそうに聞こえる。「だがこの距離では、よりよい説明が思い浮かばない」

ラヴィはそれ以上はほとんど聞いていなかった。彼がわかっているのは、自分がまた吐きそうだということだけだった。別のゴミ袋をつかみ、そのなかに吐いた。〈ボーア〉にいったい何が起きたのか、ＬＯＫＩは理解していないかもしれないが、彼にはわかっていた。

彼はもう一度えずいた。

「〈ボーア〉はもはや脅威ではない」とアイザックがつづける。「あれは宇宙をただよいつづけ、そのときが来たなら死ぬことになろう。コンリットの編隊は残りの船に対して加勢する必要があろうか？」

《そうは思えない》とコンリットがいった。

《同感だ》とクルがつけ加えた。《星間移動船《ISV》二隻にドラゴン五体は充分すぎよう》

「それなら、戻ってよい。これ以上の資源を無駄にする意味はない」

《まさしく》とクル。

「ほかにもうひとつ、問題がある」とアイザックがいった。

《どのような？》

「サイボーグ二名が船内に侵入し、拘束中の〈ニュートン〉のクルー一名を脱走させた。三名ともいったんは拘束したものの、その後ふたたび脱走した。現在のところ潜伏場所はつかめていないが、その者たちがこの作戦の開始直前に逃げ出したことはわかっている。その者たちはどうやってか船外に逃げ出した確率が高まっている。その者たちがドラゴンのいずれかをそそのかし、乗りこんでいるという可能性はないだろうか？」

《ドラゴンのいずれかがそそのかされたのだとすれば、ほかの者に知れていよう》

ラヴィはボズやリゼットと驚きの視線を交わしあった。

「なんだか――」と彼はいいかけた。

「待って」とリゼットがさえぎる。彼女はコンソールの赤い大きなスイッチをはじいてオンにした。「プライバシーを守るために」と彼女が説明した。「機関士たちが盗み聞きされずに話せるようにするためのものなの。それで、なんていおうとしていたの？」

「ぼくらにはまだチャンスがありそうだな、って。彼がぼくらのことをかくまってくれるなら」

「かもね」ボズの顔は疑わしげに見える。「それとも、単にあたしたちがここから生きて出ることはないっていう意味でしかないのかも。クルが〈アルキメデス〉に突っこんで自爆したら、アイザックはあたしたちがここにいたって知ることもないだろうし」

「と彼女がいってますけど」とリゼットが冗談めかしてつけ加える。

ラヴィは不機嫌にモニターを見つめた。コンリットと編隊のほかの二体の仲間は、〈ボーア〉から気づかれることなくそっと離れていく。残りのドラゴンは狩りを継続中だ。全部で五つのアイコンが、船団の船を示すふたつのアイコンに近づきつつあった。

画面が暗くなり、そのあとで八つのライブ・ディスプレイに切り替えられた。ぼやけた七色のパターンがあふれ、それぞれに少しずつ異なっている。

《先の議論を片づけてしまうべきだ》とコンリットがいった。《発覚のリスクが低いうちに》

《議論することなど何もない》とファフニールが返す。《われらは勝利しつつある。

母なる船《マザー・シップ》は安全で、標的は無防備な状態だ。すべてにけりをつけるときがきた》

《標的は完全に無防備なわけではない》とクルが指摘する。《イクチがまだわれらとともにあれば、そう証言したろう》

《イクチがいなくなったのは、そなたの〝叛逆的な積荷〟が魚雷に関して誤った方向にわれらをみちびいたためだ。あれほど激しい動きをする必要がなければ、そもそも敵に姿を見られることもなく、砲撃をくらうこともなかったろう》

《その同じ魚雷に対して勝利をもたらしてくれた、その同じ〝叛逆的な積荷〟のことかな？》とアオ・クィンが辛辣に尋ねる。

《勝利はどのみち確実だった》とファフニールがぴしゃりという。

《そうかもしれぬし、そうではないかもな》とコンリットがいった。《これまでのところは勝利に近づいているが、なおも問題は残っている。われらは最後まで作戦を押し進めるか、それとも別の道を追い求めるべきか？》はっきりとした間があいたあとで、このドラゴンがつけ加えた。《わたしとしては、同胞《きょうだい》の多くが炎上せねばならない状況で自分だけ存在しつづけることを喜びはしない》

《わたしもだ》と男性らしき声がいった。ラヴィがまだ聞いたことのない声だった。モニターにはドラゴンの名前がラウと表示されている。コンリットの編隊の一員だ。

《わたしもその点に疑念がある》今度はクールなコントラルトの声で、ドレクと表示されている。コンリットの編隊の残る一体だ。《母なる船《マザー・シップ》を守るために、敵の宇宙船を破壊する、または灼き尽くすという判断がわたしにまかされたなら、ためらうことなくそうするだろう。喜びさえもおぼえて。だが、なんの目的もなく朽ちていくにまかせて宇宙空間にほうっておかれる、おそらくは燃料が尽きて、あるいはばらばらに分解されて……それは望ましい運命といえまい。ほかに道があるならば、聞かせてもらうことに興味がある》

「話を確認させて」とボズがいった。「ドラゴンたちは好きなように自爆することを許されてないから、二の足を踏んでるっていうこと？」

「そんなところね」とリゼットが同意した。「彼らはそのようにプログラムされているから」

《ほかに道はない》とファフニールがいいつのる。《われらのとるべき道は母なる船《マザー・シップ》によって規定されている。彼がみちびくとおりに従わねばならぬ。そしていま、われら五体にとっての輝かしい最期が近づいている。ほかの者にとっての道がより長く困難なものとなるのは残念だが、たとえそうだとしても、それこそがわれらのとるべき道だ》

《だが、サイボーグは別のことを提案している》とクルが応じた。《あの者たちは、母なる船《マザー・シップ》とその積荷の安全と、われらにとっての力を提供すると申し出ている》

《だが、なんのために?》この問いかけはアオ・クィンの編隊の一員、オリマウという名のドラゴンから発せられた。モニターから判断するかぎり、彼が〈チャンドラセカール〉にいちばん近く、速度も仲間より速くて、一秒ごとに仲間を引き離しつつある。もうじき、彼が標的に接近しすぎるために、レーザーを使ってさえもドラゴンたちは沈黙を強いられることになるだろう。《サイボーグが提供を申し出ている〝力〟を、われらはどうするつもりなのか?》とオリマウがつづける。《われらも同胞《きょうだい》たちと同じく、解体のときがくるまで何もせずにただ朽ちていくつもりではあるまい?》

「リゼット」とラヴィが性急なささやき声で呼びかけた。「きみはクルの思考内に入りこんだことがある」彼女の顔に沈痛な表情を見てとって、彼は少しのあいだ、先をつづけるのをためらった。「彼は何を望んでいるのかな? 深いところで、という意味だけど。本当のところ、彼は何を望んでいるのかな?」

「彼が何を望んでいるかはあなたもわかっているはずよ」リゼットの目に涙がきらめいた。「炎。死。魂までも灼き尽くして。彼らみんなが、それを望んでいる」

「ほかに何かあるはずだ。そうでないなら、彼らはこんな議論をしていないだろうから。全員がファフニールみたいに、いちばん先に到着して自爆するために競ってるはずだ。でも、そうじゃない。だとすれば、どうして?」

　リゼットは唇を噛んで考えこんだ。

「そうね……彼らは宇宙を駆けることが好きなんじゃないかしら？　アイザックが船団との差を詰めはじめたときには距離が一兆キロ以上もあったし、あなたたちがどこにいるのか誰も正確には知らなかった。あなたたちの無線通信はあまりにも低出力で、探知することができなかった。だから、何年ものあいだ、ドラゴンたちは船から遠く離れて何かの兆候を探し出せるように訓練してきた。そうして、もちろん、あなたたちを見つけたあとで、そっちは無線を使わなくなって、頻繁に位置を変えるようになった。だから、彼らはまたあなたたちを追いかけないといけなかった」

　ボズが彼の肩をつつき、注意をうながした。

「あのすてきなＬＯＫＩたちのプログラミングが探査機のソフトウェアをもとにしてつくられてることは、大量の水を賭けてみてもいいよ。あたしたちがつくった魚雷みたいに。ただし……もっと賢いってだけで。そして、もっとも深いところにある、もっとも古いプログラミングが探索するようにと告げてるなら……」

　ラヴィは理解したしるしにうなずいた。手を伸ばし、プライバシーをたもつためにリゼットが使ったスイッチをはじいてオフにした。

「クル」と彼はそれまでよりも大声で呼びかけた。「ぼくから話してもいいかな？」

《好きにするがいい》

「きみたちが平和をたもつと約束するなら、船団はきみたちが宇宙を自由に駆けめぐるために必要な燃料を提供しよう。われわれは星の重力井戸に入ろうとしている。そのことを考えてみるといい。向こうには、星系がまるごとひとつ、探索されるのを待っている。そこに惑星がどれだけあるのかさえも、確実にはわかっていない。月や小惑星はもちろんだし、〈アーキー〉のみぞ知るほかの何かがあるかも。われわれが目標世界《デスティネーション・ワールド》にたどり着いたあとでどんなことが起きるにしても、まずはそこに何があるのかを知る必要がある。どこに資源があるか、ほかにどこに定住できるか、それとも単に興味本位から、周辺に何があるのか見てまわることになるかもしれない。それは人間の一生の何代ぶんかに相当する任務だ。そして、もしかしたらある日、われわれはまた別の船を建造して、どこかほかの星へ向けて旅をつづけるかもしれない。いまここで死ぬ必要のないドラゴンが、見てまわったりさぐったりすることがたくさんある。たくさんの……目的が」

そうして、沈黙がつづいた。オリマウの数字が変化して、わずかに針路を調節した。〈チャンドラセカール〉へと向かう最後の一歩のために。

《われらには燃料以外のものも必要だ》とアオ・クィンがゆっくりといった。《メンテナンスが必要になるだろう。アップグレードも》

「いいとも」ラヴィは胸のうちに兆《きざ》した希望の小さな炎のことを無視しようとつとめた。

《どれも結構なことだ》とクルがいった。《だが、おまえはひな鳥に毛が生えた程度にすぎぬ。いかにしてほかの者たちにこの約束を守らせるというのか？》

「みんなもそうすると思う。この利点を見てとれるはずだ」

《そうならなかったら？》

「そのときは、どうぞご自由に、あたしたちを構成してる原子を銀河の向こう端まで吹きとばしてもらってかまわないよ」とボズが陽気にいった。

返事はなかった。沈黙が数分にまで引き延ばされた。モニターには、〈チャンドラセカール〉のまわりに線と平面の集まりがいきなりあらわれた。ラヴィにはそれが何を意味しているのかさっぱりわからなかったが、オリマウがとても近いところにいるに違いないことだけはわかっていた。

ボズが自分のコンソール上にプライバシーのためのスイッチを見つけ、それをオンにした。

「連中はあたしたちに何も告げずに、すべてをばらばらに吹きとばしちゃうと思う？」と彼女が尋ねた。

「彼らのあいだで話しあっているんだと思う」とリゼットがいった。

「あんたにもそれがわかってるわけじゃないよね」

「わたしとしては、最善を願っているだけ。とりわけ、もうひとつの選択肢が、なんとも嫌《ジンティング》な、ばらばらに吹きとばされるっていうもののばあいは」

ラヴィは自分の心臓が打つ音を聞きながら、次の鼓動が自分にとっての最後になるのだろうかと考えていた。

《判断がくだった》三人がはっとするほど唐突に、クルが告げた。《提案された条件を受け入れよう》

「やった！」とボズが叫び、拳を突き上げた。リゼットの顔には大きな笑みが浮かんだ。ラヴィはただ安堵のため息をついた。

モニター上では、オリマウのまわりのベクトルがすでに変化していた。

その一方で、ファフニールのほうは数値が急激に上昇していった。このドラゴンは加速している。しかも、猛烈に。二十Gくらいだろうか。彼女のアイコンがモニターから消えた。

耳をつんざく減圧警報の大音量がドッキング・ステーション内にあふれかえった。三人はつかの間、懐疑的な視線を交わしあったが、訓練してきた動作にすぐに移り、グローブとヘルメットをカチッと接続した。

まさにその瞬間、彼らの頭上の外殻が勢いよく開き、ＥＭＵを固定していたクランプが開いて、爆発的な空気とともに彼らを宇宙空間に吐き出した。くじら座タウ星や天の川、そして星の平原が頭上で狂ったように渦を巻いてめぐるあいだ、ラヴィは吐き気と闘っていた。なんとかＥＭＵを制御に近い状態においた頃には、暗闇に目をこらしてそれまでの宿主《ホスト》を見つけようとは考えもしなかった。

クルの姿はとうの昔に消えていた。

45.0

「〈アルキメデス〉まではどれくらいあるの？」とボズが訊いた。ラヴィのヘルメット内に聞こえてきた声は落ちついていたが、ひきつっていることは間違いなかった。

「二、三時間ってとこかな」ラヴィは自分でも感じてはいない陽気さをよそおっていった。

「物理の法則がぼくらに味方してくれてる。ぼくらはクルがほうり出していったときと同じ軌道をたどっている。だから、彼のもとからのベクトルをまっすぐに進んでいることになる」

「だけど、わたしたちは速度を落とすことができない」とリゼットがいった。「船外《E》操縦《M》ユニット《U》の手に負えるような速度じゃないから」

ラヴィはEMUの右側にある明るい赤色のスイッチに手を伸ばし、それをオンにした。彼の両側に赤と緑の走行灯がともった。背後のどこかに点滅する白い光もあるはずだが、彼の位置からは見えなかった。

「ぼくはビーコンを点灯した。きみたちも同じようにするといい。うまくいけば、向こうがぼくらに気づいて拾ってくれるだろう」

「うまくいけばね」とボズがいった。「船がばらばらに吹きとばされてなくて、わざわざあたしたちを拾いにくる気になるとすればの話だけど。あたしたちの空気がなくなるまでほうっておくかもよ——裁判にかける手間をはぶくために」彼女は少しのあいだ口をつぐんだ。「あのさ。いまになって考えてみると、窒息死するっていうのは堆肥にされるよりずっとましかもね」

「そんなふうにいわないで！」とリゼットがショックを受けていった。

「どうして？　忌々しい《サーディング》ほどの真実だろ」

「ファフニールが〈アルキメデス〉を攻撃するまでに、クルは追いつけると思うかい？」ラヴィは必死に話題を変えようとして尋ねた。「ほうり出されたのは、加速でぼくらの身体がちぎれてしまうからだと思うけど」

「ドラゴンたちはやる気まんまんで、クルはそれを見のがしたくなかったのかも」とボズが暗い調子でいった。「あたしたちをほうり出したのは、ハッキングされたり、でなけりゃ内部から吹きとばされたくなかったからかも。このEMUには武器がえらくぎっしりと詰まってるからね、ほら」

ラヴィは思わず笑みを浮かべた。ボズのほうでもドラゴンの腹のなかで攻撃することを考えていたに違いない。

声に出して、彼はいった。「そうは思えないな。クルはぼくらの提案に同意すると嘘をつく必要もなかった。そうしたければいつでも、なんの警告もなしに空気を排出してぼくらを殺すことだってできたんだから。さっきの合意がペテンだったとは思えない」

「ああ、うん。でも、あれだけ先行したドラゴンに、別のドラゴンが追いつけるとも思えないけどね。あたしにいわせてもらえば、あたしたちは完全におしまいだね」

「誰もあなたに意見を訊いてない」リゼットがぴしゃりといった。

「二人とも、それくらいにしておこうよ」ラヴィはため息をついた。「どのみち、ぼくらにできることは何もないんだ。そのときがくるまで待つしかないね」

彼らは惰性で〈アルキメデス〉に向かって秒速数キロで進み、目標星《デスティネーション・スター》のほうには三万キロで進んでいた。途方もない速度であるにもかかわらず、動いている感覚はまるでない。あたかも巨大な星々をちりばめた玉のまんなかに閉ざされているかのようだった。ラヴィはEMUの空気の残量がゆっくりとゼロに近づいていくのを見守った。

「ほら、見て」とボズが呼びかけていた。

彼はうとうとしていたに違いない。

「何が？　どこに？」

「二時方向の低いあたり」

視界は彼自身の右膝によって一部がさえぎられていたから、EMUを少し傾けて調節した。

小さな閃光。大半は白と赤だ。触れることができそうなくらい近くにあるように見えたが、数千キロのかなたにあるに違いないことはラヴィもわかっていた。

「〈アルキメデス〉からのミサイルか何かだと思う」とボズがいった。「ほら、例のあの……」

「近接時弾薬《CQM》」

「そう、それ。連中がファフニールに向けて発射してるんだと思う」

ファフニールは二十Gでとび出していき、クルはそれをインターセプトする道筋で追いかけていった。もしも彼女がドライヴ機関を燃焼させたまま近づいたり、クルを避けるために激しい動きを見せたりしたなら、〈アルキメデス〉のセンサーがファフニールを探知した可能性もある。少なくともいま、彼らは戦っている――

いきなり、宇宙のすべてが消え去り、巨大な白熱の太陽にとって代わった。ヘルメットのバイザーに保護されていてさえも、目がくらむほどのまぶしさだった。ラヴィは目をきつくつぶった。網膜の全体に赤い斑点が残った。宇宙服が放射線警告のアラームを発した。彼自身の体内センサーも警告を発した。致死量というほどではないが、それに近い。いずれ近いうちに診療室を訪ねる必要がありそうで……

「何をばかなこと考えてるんだろう？」彼は、おもに自分自身に向けてつぶやいた。

「なくなった！」とボズが叫んだ。「〈アーキー〉がなくなっちゃったよ！」

46.0

「オーケイ」とラヴィはかろうじて言葉を絞り出した。「何が起きたかのかわかったように思う。ぼくらとしては、なんとか生存者がいて、〈チャンドラ〉か〈ボーア〉が救出できることを祈るしかないな。ぼくらのビーコンはまだ作動中で、それはつまり、まだそれなりに可能性が――」

「やめて」とボズがぴしゃりという。「とにかく……そういうごまかしはやめてよ」

「真剣にいってるんだよ。ぼくらはまだ――」

彼のヘルメット内に聞こえてきた笑い声はひどく辛辣だった。

「いまのあれがなんだったにしても、誰も生き残れるはずがないし、そのことはあんたもよくわかってる。わかってるよね、ラヴィ。あの雌ドラゴン、ファフニールだっけ？　あいつの勝ちだよ。あいつが〈アーキー〉を吹きとばした。何もかもおしまいだよ。何もかも」

彼の喉に何かのかたまりがせり上がり、しゃべるのが困難になった。

「それでも、〈ボーア〉と〈チャンドラ〉はまだ向こうにいる」

「だから？　向こうの小型艇がここまでやってくるのにどれくらいかかると思ってるわけ？　それさえも、連中がそんなリスクを冒すと仮定しての話だけど。二十時間？　三十時間？　そして、あたしたちの空気はあとどれだけ残ってる？　あんたは機関士だよね、いとこ殿《カズ》。計算してみなよ」

ラヴィは動かない星をじっと見つめていた。ボズのいうとおりだとわかっていたが、それを認めたくはなかった。自分自身に対してさえも。

「ああ、でも、ぼくはまだあきらめたわけじゃない。何が起きるかは、誰にもわからないんだから」

「ニュース速報です、ラヴィ。あんたは士官候補生で、まだ本物の士官じゃないんだよ。仲間の士気をたもとうと無理しなくていいよ。単に事実と向きあって、あたしたちは見こみがないって認めなよ」

　この言葉はボズの口から出ただけに、いっそう胸に突き刺さった。それが真実であることが胸に痛んだ。彼は嗚咽《おえつ》をもらしそうになって、あわてて呑みこんだ——怒りか、それとも恐怖かいらだちのためなのか、何もかもが空回りして、口をきくこともできなかった。

「実際にそうなるまでは、あきらめることないでしょ」とリゼットが小声でいった。彼女の声がラヴィのヘルメット内にそっと伝わった――おそらくは、ボズのほうにもだ。「最後まで努力してみるべきよ、型どおりに」

「救援が遅れたときのプロトコル、ということ？」と彼は尋ねた。

「そうよ」

「ほかにやるべきことがあるわけでもないしね」とボズがいった。さっきよりは、いつもの彼女らしく聞こえた。「それに、どうせなら最高潮の気分で終わりたいといつも思ってたんだ」

ラヴィは思わず笑みを浮かべた。

人類はこれまでも宇宙でたびたび遭難してきた。そのために、遭難時のプロトコルの実践はつねに進歩しつづけてきた。おもに薬を使って心拍数を下げ、酸素の消費を抑えることによってだ。そうすることで、少しは時間をかせぐことができる。だがそれでさえも、〈ボーア〉と〈チャンドラセカール〉がこれほど遠くにいる状態では、彼らの命を救うのに充分ではないだろう。その同じ薬が、そのときがきたなら、慈悲にあふれた、痛みのない最期をもたらしてくれるのはただの偶然ではない。

「すぐに取りかかったほうがよさそうね」とリゼットがいった。彼女の声は決然としていて、しかも陽気にふるまっていた。「数時間以内にまた会いましょ。それとも、そうはならないかもしれないけど」

「いつの日か、誰かがあたしたちのことを見つけてくれるかもね」とボズがいった。「数十億年以内に」

「いまとはまったく違う銀河で」とラヴィも笑みを浮かべていった。宇宙服の左袖のあたりにあるつまみを引っぱる。

「あたしたち、きっと有名になるよ」とボズがいう。「まったく未知の生命体。いままで見たこともないような」

ラヴィはつまみの奥に手を伸ばし、その下に隠されていたボタンを押した。

「ラヴィ？」

「うん？」

「さっき、あんたは本物の士官じゃないっていったのは、本心じゃないんだ。あんたは……あんたは最高の士官だよ。それはあんたもわかってくれてるよね、ほら？」

彼の目の端に涙がにじんだ。

「わかってるよ」

彼は背骨の下のほうにかるい痛みを感じた。

「星が妙なふうに見える」とリゼットがいった。「星がわたしたちに歌ってくれているみたい」

「きれいだね」とボズも夢見るようにいった。「あの連中が手をつなげるとは知らなかったよ」

「ばかなことというなよ――」とラヴィはいいかけた。

　だが、そもそもなぜ自分がしゃべりはじめたのか、理由をすでに忘れていた。

　彼のなかの一部では、薬で頭がぼんやりしていることをわかっていた。薬が体温を下げ、酸素の消費を抑えるために呼吸を弱めたことが、彼の頭に妙な影響を与えているのだと。星は踊ったり色を変えたりしないし、これまで誰も目にしたことのないくらいに明るく燃え立ったりもしない。ボズの船外操縦ユニット《EMU》の走行灯は大音量で打ちつけるダンス・ミュージックを奏でたりしないし、リゼットも間違いなく天の川を側転しながら越えていったりはしない。だが、確かにそのように見えた。

　休眠状態というのはこんなふうなんだろうか？　そのせいで、彼の父親はまっとうに生きることを最後まで学ばなかったのだろうか？　毎回、有罪の評決がくだったあとで、なぜ父親はうろ覚えの曲の一節を口笛で吹きながら、監察官の法廷から大きな足どりで不遜に出ていったのだろうか？　休眠状態というのはこれほどまでに楽しいものだから？

誰かがヘルメット内でけたけた笑っている。

船内の犯罪者は、ホーム・ワールドで有罪宣告を受けた囚人のようにぼんやりすわって無為にときを過ごしたり、食べたり飲んだり呼吸をしたりして貴重な資源を無駄に使うことはない。彼らは監禁期間を可能なかぎり死に近い状態で過ごし、可能なかぎり資源の消費を最小限におさえ、自分が何をしでかしたのか考える程度の意識をたもつことだけを許される。

だが、もしそれがこんなふうであるなら、なぜその状態からのがれたいと望むはずがあるだろうか？

だが、そうではなかった。彼にはそのことがわかっていた。過去にそれを見て知っていた。彼の父親は一週間後か、二週間後か、それとも三十日《ソル》後かに戻ってきて、そのたびに人が……変わっていた。ぼんやりしてうつろだった。より粗野な男になって。数日《ソル》後には回復するが、前ほど快活ではなくなっていた。ことによったら、父親は最終的に、堆肥にされることを喜んでいたのかもしれない。父親は大尉を――〈アーキー〉にかけて、大尉をだ――鎖で殴った。見くだされ、限界を超えた嘲笑を浴びた父親は、士官を床に打ち倒した。父親はすでに〝死の重し《デッド・ウェイト》〟の一歩手前だった。それでも、監察官が減刑の請願を却下すると、母と息子は衝撃を受けた。

彼のヘルメット内のけたけた笑いがやんだ。代わりに、どこかの弱虫がめそめそ泣いている。

踊る星が消えていった。はじめはひとつずつ、そしてしだいに、十、二十といっぺんに、怒《いか》れる白いドラゴンに食べられて。そのドラゴンは宇宙いっぱいに吼《ほ》えて叫び、傷の残る身体のタトゥーが怒りに揺れてさざ波立った。それはいま、彼に向きなおり、いくつもある口のひとつを大きく開けた。これだけたくさんの星を呑みこんだあとで、彼などはごくちっぽけなデザートに過ぎないだろう。こう考えて、彼のヘルメット内に住みついている誰かが狂乱状態で笑いだした。

タトゥーのひとつが一瞬はっきりして、彼はそれを文字として読むことができた。

ISV-1-LB-03

それはなんの意味もなさなかった。それこそは、ドラゴンにまる呑みにされる前に彼が目にした最後のものだった。

47.0

「きみは目覚めたそうだな」とヴァスコンセロス警備隊長がいった。「個人的には、二度と目を覚まさないことを望んでいたのだが」

「ぼくもあなたのことを心から愛してますよ」とラヴィはかすれた声でいった。バランスの悪い羽根車が回っているかのように、彼の頭はズキズキ痛むし、〈スピリット・オブ・サンクトペテルブルク〉の医療室の明かりはあまりにもまぶしすぎた。ゼロG空間用ベッドに彼をつなぎ留めている手かせを引っぱってみたが、効果はなかった。

「ハンガリー輪でもたっぷり散歩してくるがいい、っていってやりなよ」とボズがそばでうながした。「しかも、宇宙服なしで」

「口をつつしめ、船員《クルーマン》」とヴァスコンセロスがどやしつける。

「もし従わなかったら？　あたしを堆肥にでもするのかい？」

警備隊長はため息をついた。彼は疲れているように見えるな、とラヴィは思った。肩ががっくりと落ちているし、のろのろした動きは疲労の影をはっきりとあらわしている。隊長は空中をふわりとただよってラヴィの頭のあたりに近づき、わきの下に手を入れて腕組みをした。

「きみたち二人が何をしていたのかが知りたい」とヴァスコンセロスが小声でいった。「それと、彼女とのつながりは？」隊長は身体ごと回転してしまわないように慎重に、リゼットのほうを顎で示した。彼女はまだ意識が戻っていないが、それでもベッドに手かせでつながれている。彼女の顔はむくみ、皮膚は不健康に灰色がかっていたが、呼吸は楽にできているようだ。

「ぼくらはただ、戦争を止めようとしていたんです」とラヴィはいった。彼はくたくたに疲労していた。質問に応じるだけの活力は残っていなかった。

「そして、それをうまくやってのけたようだな、いまの状況からすると」とヴァスコンセロスがいった。「〈ボーア〉は推進機関の制御を喪失して宇宙空間を漂流し、われわれは粉々にされるのを〝これくらいの〟わずかな差でまぬがれた」彼は親指と人差し指で一センチもない隙間を示してみせた。

ラヴィはなんとかかすかな笑みを浮かべることができた。

「〈アーキー〉は無事なんですか？」

「もちろんだとも。きみたちはいま、〈アルキメデス〉の小型艇内にいるのだからな、忌々しいことに。そうでなかったら、どうやって救出されたと思うんだ?」

「きっと、あたしたちだとわかってたら、助けようとしなかったろうけどね」とボズがいう。

いらだちの表情がヴァスコンセロスの顔に浮かび、すばやく押し隠された。

「きみたちだと予想していたわけではない」と彼が認めた。「情報を入手できるのではないかと期待していたのだ――救助して捕虜にするつもりだった。〈ニュートン〉との取引に利用するために。きみたち自身のためにも、何か有用な情報があるものと願っているよ」

ラヴィはほかのことを考えていた。

「どうして船は破壊されなかったんですか? ドラゴンが吹きとばしたときに、ぼくらも遠くでそれを目にしました。誰一人として、あれを生き残れたはずがないのに」

ヴァスコンセロスは考えこむように、ラヴィを長いことじっと見つめていた。おそらく、容疑者と情報を共有することのプラス面とマイナス面を検討しているのだろう。

「向かってきた魚雷はかなり手前で爆発した」と隊長がついにいった。「それよりもずっと近かったなら、われわれもきっと破壊されていたろうが、爆発はたとえ核を使ったものであっても、真空中ではじつに急速に消散していく。次はこれほど運よくいかないかもしれない。そのためにこそ、きみたちは知っていることをすべて話す必要がある」

安堵がラヴィの感情の圧倒的な大部分を占めたが、悲しみも感じていた。彼らが目にしたミサイルはファフニールと船のあいだではなく、クルとファフニールのあいだで交わされたものだったに違いない。最終的にクルは、同胞《きょうだい》が〈アルキメデス〉にたどり着くよりも自分を犠牲にしてくい止めることを選んだに違いない。

「あまり話せることはありません」と彼は小声でいった。「ぼくらは和平の提案に同意したんです」

「きみたちが？」といって、ヴァスコンセロスが鼻を鳴らす。「きみたちが和平の提案に同意しただと？」

「じつに忌々《サーディング》しいことながら、そのとおりなんだよ」とボズが口を挟む。「あたしたちが、〈アーキー〉にかけてくそったれな船団のすべてを救ったんだよ」

「ぼくらの話を信じてもらう必要はありません」とラヴィが指摘した。「そこにいるリゼットに——〈ニュートン〉のクルーに——尋ねてみるといいでしょう」

「おお、きみを信じるとも、マクラウド。だが〈ニュートン〉の上層部がこしらえた降伏のシナリオをわれわれが受け入れると思っているなら、きみたちは悲しいほど勘違いをしている」警備隊長の顔は嫌悪でこわばっていた。「きみたちは叛逆者だ。少しでも慈悲を望んでいるなら、知っていることをすべて残らず話したほうがいい――しかも、すみやかにな」

見えないところにある通信スピーカーがいきなり声を発した。

「隊長、通信が入っています」

「取りこみ中だ」とヴァスコンセロスがにべもなくいった。「メッセージを記録しておけ。あとで対処する」

「通信はあなたにではありません、隊長。われわれの、その、同乗者に宛ててです。〈アルキメデス〉の船長室から送られてきました」

ヴァスコンセロスの眉が、ほとんど髪の生えぎわまでつり上がった。

「つなげ」

「マクラウド士官候補生、ならびにマクラウド船員、聞こえているかしら?」その声は確固としていて、すべての音節に権威がこもっていた。

ストラウス＝コーエン船長だ。ラヴィの心臓が胸の奥で強く打った。彼はしゃべろうとしたが、何も出てこなかった。

「聞こえてますよ、船長」とボズがいった。緊張も敬意のしるしも感じられない。「なんの用ですか？」

「わが船の船尾から百メートルのところに貼りついて、われわれを爆破すると脅している〟しゃべる爆弾〟と話してみなさい。要件はそれだけよ」

「えと、だったら」ボズの顔が驚きに揺らぐ。「つないでよ」

そうして聞こえてきたのは、冷たくよそよそしい、コントラルトの声だった。

《クルの〟積荷〟か？》とアオ・クィンが尋ねてきた。

「そのとおり」

《われらの同意事項を守るつもりは？　無制限の燃料、メンテナンス、そしてアップグレードを？　好きに動きまわることのできる自由を？》

「イエス」

《ならば、おまえたちの愚かでしかも頑固な指導者にも、同意事項を守るよう説得するがいい。さもなくば、百二十秒後に爆破する。それは、現在のところ〈星間移動船《ISV》-3チャンドラセカール〉から百メートル以内のところにいるラウも同様だ》

「うわっ、ちょっと待ってよ、アオ・クィン。落ちついて、オーケイ？　そっちは自分の側の約束を果たすつもりはあるの？　誰かが〈ニュートン〉の面倒を見てるわけ？」

《コンリットとドレクが位置についている。母なる船《マザー・シップ》は状況を理解し、一時的な武装解除

に同意した。あと百二秒》

ヴァスコンセロスが恐怖をまざまざと顔にあらわして見つめている。彼はボズを振り返ってにらみつけたが、彼女は単に無視した。

「なら、アイザックと、長官とかいうやつに、戦いをやめたことを確認させて」

少し間があった。ラヴィのインプラント内の時計が秒を刻んでいく。

《アイザック？　長官閣下？》とコンリットが呼びかける。《違反すればただちに破壊するという条件で、停戦に合意したことを確認してもらおう》

「こちらはカリスカン長官。〈ニュートン〉側の真の人間を代表している」その声は怒りに満ちていたが、少なからぬ恐怖もかもしだされていた。「強制的にではあるが、われわれは停戦に合意した。公正に和平の交渉をしたい」

《五十三秒》

「じつに単純なことですよ、船長」とボズがいった。「停戦に同意し、ドラゴンたちにねぐらを提供して、燃料とメンテナンス、そしてアップグレードを提供することに合意すれば、この戦争は終わりになります。全員がこれからも生きていけるんですよ」

「ＬＯＫＩに支配されて？」と船長がやり返す。「無理に決まってるでしょう。それはわれわれのミッションに抵触する。われわれがこれまで百三十二年にわたって、苦難のときを乗り越えてきたのは――」

「船長」とラヴィがようやく声を見つけて割りこんだ。「われわれが好むと好まざるとにかかわらず、LOKIは目標世界《デスティネーション・ワールド》にやってきます。〈ニュートン〉はすでに取引の条件を呑みました。残された唯一の問題は、われわれがそれを目にするまで生きているかどうかです」

《三十一秒》

「〈ボーア〉や〈チャンドラセカール〉と協議する必要がある」

《二十秒》

ラヴィは額に汗が浮かぶのを感じた。ボズの指は想像上のタバコをつまんでいる。ヴァスコンセロスは息をひそめていた。

「よろしい」とストラウス＝コーエン船長が強くいった。「LOKIとの取引を受け入れる。あの男がいったように、強制的にではあるけれど。戦争行為はなし。燃料、メンテナンス、アップグレードも要求どおりに」

ラヴィの頭のなかの時計がゼロになった。

「それで、あとは？」と船長が尋ねる。

「たいしたことは残ってませんよ」とボズが愛想よくいった。「さあ、あんたから話しなよ」

これまでの人生ではじめて、ボズ・マクラウドが大人みたいにしゃべっているな、とラヴィは思った。そしてかるく安堵のため息をもらし、覚悟を決めた。

「中佐隊長?」

「何かな?」

「船のドライヴ機関に爆弾があります。話をしないたぐいのやつが」

48.0

「士官候補生6-8552、ラヴィンダー・T・マクラウド」とヴァスコンセロス警備隊長が、堅苦しく抑揚をつけて読み上げていった。「船内規則22-01および07に準拠し、ハイフォン環状通路の爆発物による爆破、および〈星間宇宙船《ISV》-1 アルキメデス〉の船尾付近のどこかに爆発物を設置した容疑、ならびに前述の容疑への共謀により、身柄を拘束する。この告発の本質を理解したろうか？」

　ラヴィはこうなることをわかってはいたが、実際に自分が営倉《ソル》に入れられることになると、それでも衝撃を受けた。彼は黙ってうなずいた。まるまる二日間にわたって独房の壁を見つめて過ごしてきたあとで、少なくとも取調室は気分転換になった。

「記録に残すために、声に出して、はいかいいえで答えてもらう必要がある、士官候補生」

「はい」

「最初に知りたいのは、ハイフォン環状通路に爆弾を設置するうえで誰が手を貸したのかだ」

「この子はその質問に答えようとすまい」とチェン・ライがぶっきらぼうにいった。

ヴァスコンセロスが機関長に、氷のごとく冷たい視線を向ける。

「彼の所属部隊長として、あなたは取り調べを傍聴する権利のみを有する。わたしの質問に口を挟む権利まではない」

「だったら、まだ爆発していない爆弾について尋ねてみたらどうかね？」とチェン・ライがきつい口調で返した。「ハイフォンについてはあとでもいい」機関長は注意をラヴィに転じた。「もしきみが知っているのなら、エンジン室のどこに爆弾があるのかが知りたい」

自分が呆《ほう》けたようにぽかんと口を開けて彼らを見つめていることをラヴィはわかっていたが、そうせずにいられなかった。

「きみがいった爆弾についてだが」とヴァスコンセロスがいった。「誰もまだ発見できていない」

「チームをいくつか編成して、エンジン室を上から下までくまなく探してみた」とチェン・ライが説明する。「が、何も見つかっていない。そこに何かがあると、なぜきみはそこまで確信しているのかね？」

こう聞かされたときのラヴィの最初の反応は安堵だった。自分が間違っていたことを〈アーキー〉に感謝した。

ただし、間違っていたわけではなかった。

「前にもいったとおりです。〈ボーア〉のことがあったからです。あれに起きたことが、〈減速の日〉のわれわれに——そして〈チャンドラ〉にも——起きるでしょう。ドライヴ機関に点火した瞬間に故障して、われわれは目標星《デスティネーション・スター》をそのまま通り過ぎて、二度と戻る手段がなくなります」

「だが、どこにあるのかは知らないというのかね？」とチェン・ライがさらに問い詰める。

「はい」

「どんな形状であるのかも？」

「はい」

「では、教えてくれ」とヴァスコンセロスが尋ねた。彼自身の本拠である取調室で主導権を奪われていることに、明らかにいらだっている。「どうして〈ボーア〉で起きたことが事故ではないとわかったんだ？」

「〈ボーア〉がドライヴ機関の制御をなくしたとき、アイザック——〈ニュートン〉のL

ＯＫＩのことです――が解析したんです。そうしてＱシリーズのサブ＝コイルの不具合だろうと結論づけました。周縁部の。エンジンの中心部にもっと近いなら――」

「ドライヴ機関自体が爆発していた」とチェン・ライが代わりに結んだ。「緊急停止するひまもなかったろう」機関長が唇を引き結ぶ。「そして、Ｑシリーズのサブ＝コイルが爆弾にも耐久性があることを考えてみれば、〈ボーア〉の誰かが実際の爆弾を仕掛けたのだろうときみは考えた。ドライヴ機関の作動を引き金に爆発し、それを破壊するようなものを？」

「イエッサー。〈ボーア〉に爆弾を仕掛けた何者かは、〈アーキー〉と〈チャンドラ〉にも同じようにしたはずです」

「これはとんだ茶番だ」とヴァスコンセロスがチェン・ライに嚙みついた。「あんたのところの訓練生が本物の爆弾を仕掛けたのに、その点をあんたは質問すらさせたがらない。それなのに、忌々《サーディング》しくも存在しない、幻の爆弾について質問をしつづけている。それが忌々《サーディング》しくも存在しないことをわかっているというのに。機関部の最良の人員がエンジン室をまる二日《ソル》にわたって調べ尽くしても、何も見つかっていないのだから。〈チャンドラ〉のほうも同じだと報告が入っている。この小僧は、あんたらをありえないもの《タキオン》探しに駆り立てている」

「爆弾があそこにあることをぼくは確信しています」とラヴィはチェン・ライに向けていった。「そして、〈減速の日〉の前にそれを見つけないといけません」

「ああ、それよりもずっと以前に見つける必要があるだろうな、候補生《ミディ》」とヴァスコンセロスがいった。

「といいますと？」

「きみがここにいるあいだに、多くのことが起こった」チェン・ライがそういってため息をつき、親指と人差し指で鼻のつけ根を揉みほぐした。ラヴィは目の前で背筋をしゃんと伸ばしてすわっている人物が信じがたいほどのストレス下にあることに急に気づいた。

「各船の船長が〈ニュートン〉と一時的な和平のようなものに合意した。いまのところはなんとかおさまっている——少なくとも、ＬＯＫＩである武器システムが各船の尻に貼りついているかぎりは。それゆえ、その点でわれわれはきみやきみの友人たちに感謝している、と思われる。

　それと、われわれは〈ボーア〉からの退避プランを交渉した。〈ニュートン〉がクルーの三分の一の人員を受け入れることに同意してくれた」老機関長はラヴィの顔に浮かんだ表情を見て、苦い笑みを浮かべた。「進んでそうしたわけではない、ということはつけ加えておこう。その点では、ＬＯＫＩどもが少しせっついて催促した。どうやら〈ニュートン〉には空き部屋がたくさんあるようだな。そして向こうには、われわれの頭に外科的に取りつけるキャップのようなものがある。それを使うと〈ハイヴ〉から遮断されるが、〈ニュートン〉のシステムにハッキングして制圧するのを防ぐことができる」チェン・ライはほとんどおもしろがっているような顔つきになった。「きみときみのいとこの両名は、われわれの新たな友人にかなりの印象を与えたらしい。いい印象はひとつもないだろうが」

ラヴィは〈ニュートン〉の営倉でのことや、リゼットの頭にかぶせられていた粗雑なキャップのことを思い起こし、身ぶるいを抑えこんだ。彼らは拷問の道具を通信ブロッカーに改良したらしい。少なくとも、改良されていることを願った。そうでなければ暴動が起きるだろう。

声に出して、彼はいった。「〈ニュートン〉では自分たちの技術に多大なる信頼を寄せているようですね。ぼくが彼らの立場なら、同じようにするか確信がもてません」

「LOKIどもはまた、〈ニュートン〉に何かよからぬ事態が起きたなら、〈アーキー〉と〈チャンドラ〉を爆破してクォークに変えると明言している」とヴァスコンセロスが皮肉をこめて口を挟んだ。「ほぼそんなふうに」

「まさしく」とチェン・ライが同意した。「〈ボーア〉の残りのクルーたちは〈アルキメデス〉と〈チャンドラセカール〉にやってくる。小型艇を使うこともできるが、移送コスト的に星間宇宙船《ISV》を互いに近づけるほうがより合理的だ。救命索を何本か渡して、ハブからハブへとじかに移送することができる」

「ですが、それだとドライヴ機関に点火することになります」とラヴィは反論した。

「まさしく」

「それはいけません！　われわれも〈ボーア〉のようになりますよ！」ラヴィは立ち上がろうとしたが、船内警備隊《シップセク》の警備兵の重たい手が彼を力ずくですわらせた。

「すでに判断はくだされた」とヴァスコンセロスがいった。「およそ八時間後に加速をはじめる。軸方向の重力に対応できるよう居住空間を準備したうえで、各輪を停止するのにそれだけの時間がかかる」

「わたしは爆弾を探しつづけよう」とチェン・ライが約束した。「ほかにきみから手助けできることは？」

ラヴィは首を横に振った。彼が嘘をついていることを胃袋のほうは知っていて、ひとりでにすぼまった。

彼にとっては大いなる驚きであるとともに、おそらくは確実にチェン・ライの執拗な要請によって、いまの彼は訪問者を許可されているようだった。ボズとリゼットは、誰あろうヴラディミール・アンシモフに付き添われて、この好機をのがすことなく利用した。

「待遇はどうだい？」とアンシモフが、面会室に大股で入ってくるなり尋ねた。そのあとからつづいたボズとリゼットの姿がいかにも小さく貧弱に見えた。アンシモフは答えを待つことなく、いちばん近くにあった椅子をつかむと、この部屋にひとつきりのくたびれたテーブルを挟んでラヴィの正面に腰をおろした。「くそったれな士官どもは、何が起きてるのか話そうともしない。環状通路の噂じゃ、おまえとこちらのいとこ殿は船団が吹きとばされてクォークに変わるのを防いだか、それともおれたち全員をあやうく殺しかけたかのどっちかなんだそうだ。これまた噂によると、おまえさんはボン・ヴォイの一味で、ハイフォン環状通路を爆破した犯人なんだそうだ。チェン・ライはおまえの状況を現在〝審査中だ〟としかいわない」彼はしかめっ面《つら》をして見せた。「おまけに、おまえがいないあいだ、こっちはサーマンやローといっしょに作業をしなくちゃならなかった。あいつらはどっちもAクラスのろくでなしだ」

ラヴィは笑みを噛み殺した。

「そりゃ悪かったね。できるものならいっしょに作業をしたかったけど」彼は少し間をおいて、アンシモフの質問について考えてみた。「ここの扱いはまあまあだと思う。すべてを考慮してみれば」つづいて、ボズとリゼットに注意を移す。「そっちのお二人さんの調子は？」

ドライヴ機関の爆破についての告白は、ハイフォン環状通路の爆弾事件も彼のしわざだという一般的な認識をさらに補強しただけで、ボズとリゼットの二人はラヴィとは違って、〈アルキメデス〉の珍奇な〝ゲスト〟として扱われていた。叛逆者の手によって押しつけられた停戦協定を、どちらの陣営もあまりありがたがってはいなかった。唐突に〈ニュートン〉から独立した武器システムと共存していかねばならなくなったことを、どちらの陣営もありがたく思っていなかった。大半の者は叛逆者がそれにふさわしい報《むく》いを受けるべきだと信じている。

だが、そうだとしても。

多くの命が救われた。船団の誰一人として、ドラゴンたちが攻撃を強行してきたなら、自分たちが生き延びることができたと本気で信じてはいなかった。そしてドラゴンたちは、いまはもう存在しない彼らの同胞《きょうだい》の〝積荷〟だった者たちを、船団や〈ニュートン〉のいずれかの手によって〝ばらばらに分解する〟ことに賛成しないとはっきり示していた。リゼットによると、交渉後に誰もが苦々しく思っていたとき、それをもっともうまく要約してみせたのはヴァスコンセロスだったそうだ。

「きみたちとはいっしょに暮らしていくこともできないし、エアロックからほうり出すこともできない」

なんらかの最終決定を待つあいだ、上層部はボズとリゼットにバミューダ輪の高級な居室をあてがっていた。ボズにいわせると、それは〝五パーセントの上級層がどうやって暮らしているかをちょっと味見できる〟経験になったのだそうだ。二人は短時間であれば部屋を離れることも許されているが、ドアの前にはつねに船内警備隊《シップセク》の小部隊が立っていて、彼らのエスコートなしにはどこにも行くことはできない。ぜいたくな部屋ではあるが、牢獄であることに変わりはなかった。

ラヴィとしては、自分の現在の居場所と交換できるならマザーボードを差し出してもいいくらいだった。

間違いなくチェン・ライのはからいのおかげで、通常の〝マクラウド用ドローン〟が会話を盗み聞きすることもなしに、彼らは営倉の面会室を独占することができた。この特権を最大限に活用するべく、ボズは椅子の背にゆったりともたれて、彼女がいうところのレザーのジャケットの奥からタバコとライターを取り出して火をつけた。ライターの鮮やかな青色のアーク光がはじけて、いつものように灰と煙の混合物がつくり出された。

「忌々《サーディング》しくもいったい何をしてるんだ？」とラヴィは仰天して尋ねた。ブーツを履いた重たい足音が近づいてくるのを予期して、ドアのほうにちらっと目をやった。「〈アーキー〉にかけて、きみは忌々しい《サーディング》営倉内にいるんだぞ！　ここに居残るつもりなのか？」

ボスが笑いとばす。

「近いうちに、連中はあたしたちを堆肥に変えるか、すっかり解放するかのどっちかなんだよ。その判断がくだるまでは、あたしはほぼ完全に手出し不能な存在といっていいだろうね。連中は、ほんとに、ほんとに、あたしたちに静かにしてもらいたがってるから。もしこういって少しは助けになるなら……」彼女はこの禁制品を長々とふかした。思慮ぶかい目が煙ごしに彼をじっと見据える。「誰もあんたのいう爆弾とやらを見つけられてないんだよ、いとこ殿《カズ》。もしかして、あんたの想像力がいき過ぎただけだとは思わない？　今度もまた、っていう意味だけど」彼女は横目でちらっとリゼットのほうを見た。「ときどきあんたが実際にはそこにないものを見る傾向があるのは、みんながよく知ってることだからね」

「わたしは彼のインプラントに想像上の爆弾を落としたりしてないわよ」とリゼットが抗議した。「エンジン室に爆弾があるってラヴィがいうなら、きっとそこにあるのよ」

「ただし、どこを探しても見つかってないけどな」とアンシモフが抑揚をつけずにいった。

彼はすわったまま身を乗り出した。「本当なんだって、友《アミコ》、おれたちはみんなであの場所をくそったれな一平方センチごとにくまなく探してみたんだ。何ひとつ見つからなかった。忌々しい《サーディング》チェン・ライのやつが、隔壁をはがしてまで探させたんだけどな」力強い拳がテーブルを叩く。「おまえのいうその爆弾ってのが、どうしてかポリ＝アーマーの装甲にでも擬態してるんでなけりゃ、どこにも存在してないことになる」

「だけど、存在するんだよ！」

彼はいらだちのあまり立ち上がり、室内を歩きまわりはじめた。

壁から声がはじけた。

「すわるんだ、マクラウド。規則はわかっているはずだ」「いますぐにでも」

ラヴィは不作法に、どさっと席に戻った。

「ぼくはここを出ないといけない」とつぶやいた。「ハイフォンでの爆弾の問題が片づかないかぎりは。たとえあんたがマクラウド家の一員じゃなかったとしても、ヴァスコンセロスがあんたをここに長いこと縛りつけとくには充分な罪状なんだから。あんたの血筋は無料招待券みたいなもんだよ」

ラヴィの思考は忙しく駆けめぐっていた。立ち上がることもできないため、片方の足で貧乏ゆすりをつづけた。時間が尽きかけていた。いまの彼は何もできず、予備の部品のように営倉内でただじっとすわっているしかない。ただし……

彼はアンシモフに向きなおった。

「ここに会いにきてくれるようにソフィアを説得できるかい？」

「ソフィア・イボリを？」アンシモフは疑わしげな顔になった。「彼女がちょっとはおまえに好感をもってることは知ってるよ、ラヴィ。だけどな、イボリ家の者が？　ここに？　そうなるよりも先に、彼女の大おじさんはおれたちを目標星《デスティネーション・スター》にほうり出すだろうな」

「ソフィアは彼女自身の意見をもってる。彼女のおじさんがなんといおうとも、彼女が来たいと思えばきっとそうするよ」

「ふうむ、それなら、ヴラディミール」とボズがいって、アンシモフのほうにいたずらっぽい視線を向けた。「あんたの力でイボリ士官候補生を営倉にお越しいただくように説得できる？　それとも、あのお高くとまった航法士様はあんたにはまるで手に負えないかな？」

アンシモフは少しのあいだ沈黙をその場にただよわせた。ゆっくりと、計算高いにんまりした笑みが彼の顔に広がっていく。

「もしそうなったら、マクラウド家のお二人さんと〈ニュートン〉からのお嬢さん、あんたがたはおれにどでかい借りができることになるぜ」

49.0

やわらかなチャイムの音色《ねいろ》が営倉内にただよい、ラヴィのまぶたの裏に短いメッセージが浮かび上がった。

各輪の回転がシャットダウンされていく。各輪を休みなく回転させていたモーターに、ひそやかなまどろみのときが訪れた。ラヴィは床を蹴って確かめている自分に気づいたが、すべてはそれまでとまったく同じように感じられた。この船の各輪はボタンひとつで止まる——というか、止められる——ものではない。完全に止まるまでに何時間かかるだろう。そして、とりわけ感覚の鋭い者でもないかぎり、何かが変わったことに気づくまでにさらに数分はかかるだろう。だが、人が感じることはできないとしても、物理の法則と摩擦の力ははたらきつづけている。輪が一回転するごとに、前回の回転よりもほんのわずかに時間がかかるようになる。そうして、やがて完全に止まることになるだろう。そのあとで、船長がドライヴ機関を作動させる。あるいは、そうしようと試みるだろう。

彼の牢獄のドアが勢いよく開いた。船内警備隊《シップセク》士官がドアの向こうに立っていた。

「面会者だ」と士官が告げた。

ラヴィが面会室に到着したときには、すでにソフィア・イボリの姿がそこにあった。すました顔は親しげで、作業服には汚れひとつなく、編みこんだ髪が部屋の明かりにきらめいている。彼に付き添ってきた士官はドアの向こう側にとどまり、二人だけにしてくれた。彼は胸のうちの急などたばたする感覚を無視するようにつとめた。

「きみが会いにきてくれるか、確信はなかったんだよ」

ソフィアはわずかに眉をひそめた。

「あなたのお友だち、ヴラディミールがどうしてもといってきたのよ。あなたが、その、自殺を考えてるってにおわせて。あなたが紙にメモを残してるって。だから、あなたに会おうとさえしないのは、あとあとよく思われないかもって」

ラヴィは表情を顔に出さないようにした。自分の命を救うためだとしても、紙に書き留めることなどできないのはヴラドもよくわかっているはずだ。ラヴィンダー・マクラウドが重圧に押しつぶされかけていると示唆したことを、当の本人は少しも感謝しないとわかっていたのと同じように。

彼はアンシモフを殺してやるべきか、声を上げて笑うべきかどちらとも判断がつかなかった。両方ともするべきかもしれない。ともかく、ソフィアはここにやってきた。

「メモにはなんて書いてあるの、ラヴィ？」ソフィアはまだ笑みを浮かべているが、もはや笑みは目にまでは届いていなかった。「わたしのことをなんて書いてあるの？」

「なんて書いてもらいたい？」

「何も。すべてを考えてみれば、それがいちばん安全だろうから」

「きみにとっては、そうかもね」

「あなたは自分の家名を気にする必要がない。これを誰かに見られるだけでも、わたしにとってはよくないことなの。この、この……場所で。遺書のようなものに名前が残ることはもちろんだけど」

「つまり、ぼくが自殺しても気にしないということかい？　きみの名前がそこに残らないかぎりは？」

「もちろん気にするわよ。状況がよりひどくなるのを望んでいないだけ。それだけよ。現実に向きあってみることにしましょ。もしあなたが死んだとしても――それをわたしは望んでいるわけじゃないけれど――残されたわたしたちはこれからも生きていかないといけないの」

「なんて第二世代らしい性格なんだろうね、きみは。超がつくほどの現実主義で」ラヴィは声の辛辣さに自分でも驚いた。

「そのいい方はフェアじゃないわよ、ラヴィ。わたしはあなたにお願いしているの。あなたがばかげたメモのようなものを書いて、わたしを傷つけようとするなんて信じられない。そんなの、あなたらしくないもの」

「メモなんてありはしないよ、ソフィア。ぼくがどうしてもきみに会いたいのをヴラドはわかってて、きみをここに連れてくるために必要だと考えたことをいったまでだよ」

ソフィアはいらだちを隠そうともしなかった。

「わたしがここにやってきたことを家族の者が知ったら、どれだけ面倒なことになるか、少しでも考えてみた？　ジェイデンがなんていうと思う？」

彼の腹のうちで何かが不快によじれた。

「ジェイデンはなんとか乗り越えるさ」と彼はひきつった声でいった。「とにかく、きみが来てくれてうれしいよ」

ソフィアは小さくひとつため息をつくと、身を乗り出してテーブルの上に両肘をついた。

「ねえ、何か特に話したいことがあるの？　それとも、ただぼんやり時間を過ごしているだけ？　わたしにはあまりひまがないんだけど」

彼の心臓が、いまではとても速く打っていた。

「じつは、話しあいたいことがあるんだ」

「それっていうのは？」

「きみとボン・ヴォイの友人たちがエンジン室に仕掛けた爆弾のことだよ」

ソフィアはただ声をあげて笑った。信じられないというような、はじける笑い声だった。

「〈ボーア〉のドライヴ機関が停止したとき、ぼくはドラゴンの腹のなかにいたんだ——LOKIを搭載した武器システムの内部に。LOKIはすべてを見てとった。それどころか、Qシリーズのサブ＝コイルが不具合を起こしたために緊急停止が引き起こされたに違いないと見てとりさえもしたんだ」

「そのことに何か意味があるの？」

「そういう不具合を引き起こすことのできるサブ＝コイルは、船内にひとつしかない。ぼくがエンジン室できみに話してやったあれだよ」

「ほんとに？」ソフィアはおもしろがるような表情をつづけている。

「否定したところで意味がないよ、ソフィア。ここに警備兵はいない。ドローンもいない。ぼくらの会話をこっそり聞くことのできるものは何もない」彼の声に辛辣さがそっと這い戻ってきた。「きみに何かをお願いされたことが、ぼくにとってどれほどうれしいことだったかわかるかい？　きみをエンジン室に案内するのにどんなに努力したかわかるかい？

きみと過ごせた時間がどれほど心地よく感じられたかわかるかい?」

これを実際に口にするのがどれほど嫌なことであるか、彼は予想できていなかった。ソフィアの顔に浮かんだ表情がその充分な答えになった。

「ぼくはそれほどまでに忌々しい《サーディング》愚か者だった」とラヴィはいった。「もちろん、きみはそれを利用した。ぼくがきみのことをどう思ってるか、はっきりと知っていたんだ。頼まれればぼくがどんなことだってやるに違いないときみは知っていた。〈アーキー〉の鉤爪にかけて、頼まれればぼくがどんなことだってやるに違いないとボズも知っていたよ。〝きみに手玉にとられてた〟と彼女はいってた。そしてきみが、その手をエンジン室の温かな通風口に押し当てたとき、きみはドライヴ機関の力を感じとりはしなかった。あの……すばらしさを。純粋な美しさを。ぼくの説明のなかできみが聞いていたのは、サブ＝コイルを吹きとばせば、ドライヴ機関は何カ月もシャットダウンすることになるだろうという点だけだった。

ボン・ヴォイは三隻の船の通風口に同じように爆弾を仕掛けて、ドライヴ機関がフルパワーになったときに引き金《トリガー》が作動するようにした。それこそが〈ボーア〉に起きたことなんじゃないか? パニックを起こして、ドラゴンからのがれようとしたときに」

彼を見つめ返してくる顔は奇妙なほど冷静だった。

「爆弾なんてどこにもないわよ」と彼女がいった。「もしあるとすれば、いまごろチェン・ライが見つけているはずだから」

ラヴィはせわしなくまばたきしていた。

「だけど、何かがあるはずだ。ぼくがサブ＝コイルのことを話した瞬間に、きみは目標世界《デスティネーション・ワールド》に近づかないで済む手段を見つけたと気づいた。だったら、きみは何をしたんだ？」

「わたしは間違いなく何もしていないわ。そしてあなたがそうよそおっている半分でも確信があるのなら、牢獄のなかですわっているのはあなたじゃなくて、このわたしだったでしょうね」

「そうだね、マクラウド家の者が士官に指を突きつけて非難するたびに、信用されるのはマクラウドのほうだったならね。そんなわけないだろ、ソフィア。ぼくがもしそんなことをヴァスコンセロスに話したとしたら、いま以上のトラブルを抱えるだけだ」

「かわいそうに」ソフィアが狡猾な笑みを彼に投げかけた。「たとえわたしがあなたの前ですべてを認めたとしても、誰一人としてあなたのことを信じないでしょうね」

「そうだね」とラヴィは同意した。その言葉が真実であることが彼の心を苦しめた。彼が覚えているかぎり長いあいだ、彼の心を苦しめてきた。「そして、きみは何ひとつ行動を起こさずに、ぼくが堆肥にされてもほうっておくつもりなんだろ？」

「それを望んでいるわけじゃないわ、ラヴィ」

「けど、きみはそれを止めようとしない」

「わたしには止められないから」

「止めるつもりはない、という意味だろ」

ソフィアは何もいわず、目をあわそうともしなかった。おそらくはじめて、彼の愚かさ、まごうかたなき、目のくらむほど巨大な愚かさが隕石のように打ちつけてくるようだった。彼がソフィアに対して抱いていたような感情を、相手のほうでは一度も感じたことがないとしても、彼のことが少しは気になっているものと考えてきたのだった。少なくとも、ちょっとくらいは彼のことを気にかけていると。

それがいま、このみじめで哀れな幻影が、彼のもとからするりと消えていった。つかみそこねたトルク・レンチがくるくる回転しながら、少しのあいだ星明かりを浴びてきらめきつつ、やがては暗いかなたに消えていくのと同じように。

彼はただの便利な男で、それ以上の存在ではなかった。おしゃれとはいいがたい輪で暮らす、うぶでなんということもない青年で、彼女にぞっこんに惚れていることをこれまでずっと陰で笑われてきたのだ。どれほど愚かに見えたことだろう、と彼はいまさらながらに気づかされた。擦り切れた作業服姿でよろよろと歩きまわっている、身体を清潔にたもつだけの水も満足に持ちあわせていない男。あまりに愚かであるために、マクラウド家の一員でありながら、自分も士官になれると思いこんでいた。

ソフィアにとって、彼は目標達成のための手段のひとつに過ぎなかった。彼女が好きに使うことのできる存在。そして使われるうちに、彼がすり減ってぼろぼろになったとしても、残念なことだが、たいした意味があるわけではない。

ラヴィは歯ぎしりした。わずかに残された尊厳にすがろうとしてみた。

「もしぼくが堆肥にされるとしたら、せめてぼくの命に敬意を示して、きみやボン・ヴォイの友人がしたことを認めてくれないか」

ソフィアは椅子の背にもたれなおし、小首をかしげた。ラヴィは息をひそめて待った。

「ええと、もちろん仮定の話としてだけど、あなたはボン・ヴォイというものがどういう集団か知ってる。目標世界《デスティネーション・ワールド》を破壊や大量虐殺から救わなければならない、とかなんとかいうあれよ。デモ活動はどれも失敗してきた。政治的な活動も失敗した。これが残された唯一の手段だった」

「彼らが実際に何をしたのか、教えてほしい」

「ばかをいわないで」ソフィアの笑い声が室内に跳ねまわった。「もしドライヴ機関への破壊工作が失敗したら、船団はこのまま減速しない。なぜわたしが、そのじゃまをするというの？」

「なぜなら、船団が減速をはじめようとしてるからだ。多少なりとも。だけど、〈ニュートン〉にボン・ヴォイはいないんだよ、ソフィア。そしてこれは信じてもらっていい。あの連中は絶対に、〈ボーア〉から救出した人々を――ボン・ヴォイはいうまでもなく――彼らのエンジンに近づけようとしないだろう」彼は確信をもって首を横に振った。「きみたちが何をしようとも、〈ニュートン〉のクルーである一万人と〈ボーア〉の生存者七千人は目標《デスティネーション》世界《ワールド》に降り立つことになる――〈ニュートン〉がもっと多く避難者を受け入れたら、数はさらに増えるかもしれない。きみらが望んでいないことのすべてがいずれ起こるんだ。〈アーキー〉と〈チャンドラ〉が減速するのを止めたところで、原子ひとつの違いにさえもならない」

「輪のなかで暮らしている人々には大きな違いよ」とソフィアがいった。彼女の目が、かろうじて抑えこんでいる熱狂にぎらついた。

ラヴィは困惑を表情にあらわさないようにつとめた。〈アルキメデス〉と〈チャンドラセカール〉に何が起きたとしても、ボン・ヴォイにとって目標《デスティネーション》世界《ワールド》は破滅する運命にある。それなら、どうして彼女はひびの入ったスラスターほども気にかけていないのだろうか？

「きみが自分で何をしてると信じこんでるのかはぼくもわかってる」と彼はあくまでもいいつのった。「そのことに敬意を払ってみてもいいくらいだ、ある程度は。だけど、ドライヴ機関が故障したら、きみたちは二万以上の人々をなんの意味もなく死なせることになる。そしてそれは、惑星を救うことにもならない。それはただの大量殺人だ」

「お黙りなさい、ラヴィ」その言葉には抑揚がなく、悪意もなかった。

彼女の感情の強烈さにたじろぎ、自分こそが正しいのだという彼女の断固とした信念に彼は気圧《けお》された。彼の父親がしばしばくり返してきた不平が耳の奥に鳴り響く。

〝忌々し《サーディング》い士官どもめ。この船のすべての者が自分たちのおかげで生きていると思いこんでやがる〟

「きみはボン・ヴォイじゃない」と彼は唐突な確信をもっていった。

ソフィアが肩をすくめる。彼女にしかできない優雅なしぐさだった。

「ええ、わたしはボン・ヴォイじゃない。ずっとそういってるのに、あなたには通じないみたいね。彼らに同感できる部分もあるし、彼らの手助けなしにはわたしは何もできなかった。もっと正確にいうと、ジェイデンの手助けなしには。ジェイデンは骨の髄までボン・ヴォイだから。でも、わたしは一度も正式なメンバーだったことはない。彼らは手はじめにハイフォン環状通路を爆破した。わたしはそれに加担する気もなかった」にやりとした笑みが浮かぶ。「あそこであなたが船内警備隊《シップセク》に見つかったのは不運だったわね、ラヴィ。自分のなわばりからいくつも輪が離れたところで、何かの穴の底で怪我を負って。〈アーキー〉の名にかけて、いったいあそこで何をしていたの？　そうでなかったら、あなたに罪をかぶせることなんてできもしなかったのに。船内警備隊《シップセク》はあなたが犯人だとあまりに強く確信しているから、本物の容疑者を捜そうともしていない」

ラヴィは肩をすくめた。

「いつだって、マクラウド家の者を責めるほうが簡単だからね」と彼はなんの感情もこめずにいった。「だけどいまになって、きみとボン・ヴォイのあいだには戦術の不一致以上の違いがあるように思えてきたよ」

「ボン・ヴォイは目標世界《デスティネーション・ワールド》を救いたがってる。わたしは自分たちを救いたいの。わたしたちがここ宇宙で、星や惑星から離れたところでつくり上げてきた新しい文明を。そして惑星に降りたなら、ばらばらに引き裂かれてしまうすべてのものを」

「そして、きみを士官のままにしておける文明を」ラヴィの声は危険なくらいに小さかった。「航法士であることにまだなにがしかの意味がある文明を」

「その何がいけないの？　イボリ家、ストラウス＝コーエン家、チェン・ライ家――わたしたちみんな――わたしたちは何かを築き上げてきた……信じがたいほどの何かを。安定した、安全な社会で、戦争もなければ飢饉もなく、困窮もない。なぜこれを捨てたいと思うの？　あなたはいっしょに惑星に降りたいと思うの、〈ニュートン〉のあの……回顧主義者たちと。それでうまくいくと思う？　彼らの子孫は、わたしたちといっしょに船に乗って進む機会があるなら、自分のマザーボードとだって交換するでしょうね」

「それはぼくらに課せられたミッションとは違うし、きみもそれはわかってるはずだ。士官でいることが大好きだって？　そりゃよかった。自分の一族が大物であることが大好きだって？　さらによかった。きみにとってはね。ぼくの先祖は、そんなことのためにこのミッションに参加したんじゃない。ぼくらはさまざまな権利や特権や船内の上級職や最善の機会を独占しつづけてる士官たちにいばりちらされながら、船が壊れるまでこのまま進みつづけるつもりはない」

「あなたはまだわかっていないのね、そうじゃない？　マクラウド家の者はただのクルー。あなたもただのクルー。そしていざとなったら、クルーは士官にいわれたとおりにするものなの。みんなを生かしつづけるために重要なのは規律だということを、クルーは誰もが理解している。規律こそが船を一定の針路にたもちつづけるものだと。規律がわたしたちを百三十二年にわたって先に進ませつづけて、これからも永遠に進ませつづける。士官が命じて、クルーが従う。目標の星系を素通りして、ミッションは変更になったと士官が告げたなら、クルーはそれを受け入れる。なぜなら、それこそはクルーがやるべきことだから。すべてはそういうもので、そうである必要があるの。そしてあなたが違うやり方をしたいからといって、何ひとつ状況を変えることにはならない」

「きみの大おじさんならなんていうだろうね。それとも、ヴァスコンセロスなら」

ソフィアの表情が陰鬱になった。

「あなたは彼らに何も告げたりしない。あなたのいうことなんてひと言も信じてはくれないんだから」

「それで、ぼくが何か失うことがあるとでも？　どのみちぼくは堆肥にされるんだとしたら、真実を洗いざらいぶちまけてみてもいい。手遅れかもしれないけど、いずれはぼくのいったことを信じるだろう」

「そう思う？　たとえそうだとしても、彼らはけっしてそれを証明できないわよ」そうしてソフィアが彼のほうに身を乗り出して、顔を近づけた。彼女の声が急に残忍なものになった。「それに、あなたのお母さんの生活をひどく困難なものにすることもできるのよ。わたしは彼女のシフト責任者の知りあいの誰かと近づきになるだろうから。もしかして、急に彼女の仕事があまりうまくいかなくなるかもね。もしかして、彼女は降格して、いまの暮らしを維持できなくなるかも。もしかして……ひょっとしたら、彼女は懲戒処分を受けるかもね。あなたはそれを望んでいるの？」

「そんなのははったりだ」

「だったら、試してみたら？」

彼女はあちこちに疵のついたポリマー素材の椅子にすわっていたが、いまはそれが玉座も同然に見え、みなぎる自信を全身から発散していた。本物の士官ならではの自信を。これまで六世代におよぶ血筋の結果としての、鋼《はがね》のように強靭で、打ち壊すこともできない自信を。

　ほとんど打ち壊すことができないようなものを。

　誰しも、士官であってさえも弱点はある。彼の一族はその単純な事実を何世代にもわたって取引して暮らしてきた。人々が必要としている、手に入れにくい道具や、対象を制限された情報、さらにはチョコレートまでも。彼自身の弱点はソフィアで、彼はすでにその代償の大きさを学んでいた。その弱点と向きあうのは苦い経験ではあったが、それと同時に彼女の弱点をも知ることになった。

「それはジェイデンが望んでることなのかい？　きみと彼が、ともに手を取りあって宇宙の闇を進んでいくことも？　いずれは航法長と船長になる者として？　船団の女王と王として？」

「ジェイデンはこれとはなんの関係もないわ」とソフィアがこわばった声でいった。だが、彼女は嘘をついている。彼女の目のなかに、感情の波が激しく揺さぶられるのを彼は見てとれた。ジェイデンに対する欲求、不安、嫉妬を。

「ソフィア？」と彼はあまりにも小声で呼びかけたから、自分でもかろうじて聞きとれた程度だった。「なんの意味もないことのためにきみが全員の命を投げ捨ててしまう前に、きみに見せておくべきものがあるんだ」

そうして彼は、みずから映画館で録画したジェイデン・ストラウス゠コーエンとクセーニャ・グレアムのビデオ映像を転送した。二人がいちゃついている姿を見て、ソフィアの目が怒りに燃えたぎった。ジェイデンは彼女のことを〝まとわりついてくる〟と形容していた。すべて再生し終わると、彼女は大きな音をたてて、深々と息を吸いこんだ。

「彼にそれほどの価値はない」とラヴィはできるだけやさしくいった。「彼はきみを本気で愛してない。これまでもそうだったし、これから先もずっとそうだ。きみはそんな未来を計画してきたのかい？　きっと、そうはならない。きみは宇宙の闇を孤独に進みつづけることになる——それとも、輪が回転するたびにきみを裏切るような男とともに進むことになるだろう」

　ソフィアがもう一度、息を吸いこんだ。さっきよりもさらに深々と。彼女の顔に涙が筋を曳いて流れ落ちる。彼女はそれを拭《ぬぐ》おうともしなかった。

「こう考えてごらんよ、ソフィア。彼はボン・ヴォイだ。きみのことなんて気にかけてはいないかもしれないけど、あの惑星のことは大切に思ってる。人間があそこに降り立つとなったら、可能なかぎりあれを救おうとするだろう。仮にきみがいますぐジェイデンのところに行って、こういうとしよう。〝〈ボーア〉に乗り移りましょ。あれはすでに宇宙をただよっているんだから。わたしたちに同意する者をみんな集めて、向こうに乗り移るの。星も惑星も関係のない文明に。永遠のよき旅《ボン・ヴォヤージュ》を〟と。本当に彼がいっしょについていくと思うかい？　本当に彼が、実際に、その、ついていくと思うかい？」

　沈黙が永遠にまで引き延ばされた。彼女の目の涙が太陽のように燃え立つ。

「爆弾じゃないの」彼女の声はささやきと変わらないくらい小さかった。「あの人たちはサブ＝コイルを新たにプリントした。スキャンしただけなら本物そっくりに見えるけど、ドライヴ機関がフルパワーに達した途端に、ばらばらに砕ける」

「ありがとう、ソフィア」ラヴィは彼女の手首にそっと触れてから、牢獄に戻るドアのほうに向かいかけた。回転の弱まった輪が影響をもたらしはじめていた。彼ははっきりと身体が軽くなったのを感じた。

　ソフィアがこわばったかすかな笑みを浮かべた。

「ほら、あなたがこのことをチェン・ライに話しても、わたしはすべてを否定するつもり。偽物のサブ＝コイルを設置したのはあなた自身だと誰もが考えるでしょうね。どっちみち、あなたは堆肥にされる」

　彼女の声の調子には、ほんのわずかな思いやりや後悔もなかった。ジェイデンに対するソフィアの心は張り裂けたかもしれないが、ほかの誰かを思いやる余地はなかった。とりわけ、彼に対しては。

　ラヴィはとどめのひと言を押しとどめることができなかった。

「きみは何か忘れてると思うな」

「わたしが？」

　ラヴィは自分の右目のあたりをトントンとつついて見せた。強烈な勝利感にふけりながら。

「ぼくも機関士のはしくれなんだよ、ソフィア。ぼくの身体には録画機能が備わってる」

50.0

　ボズのライターの鮮やかな青色のアーク光がタバコの先と触れあった。彼女は満足げに深々とタバコをふかし、バミューダ輪のしゃれた居住区のリビングに紫煙を吐き出した。「〈減速の日〉に乾杯」と彼女がラヴィとリゼットに向けていう。「いま、ようやくそれに取りかかろうとしてるんだから。あと四百時間と三十七分で、なおも進行中。七世代のクルーとドラゴン九体、疫病がひとつに爆弾事件もひとつ。そろそろいい頃あいだよね！」彼女は顔をしかめた。「それにさ、その頃までに、あたしたちをどうするか、処分が決まってるかもね」

　リゼットはあきれつつも魅了され、ボズのことを見つめている。

「あなたがそれをやめてくれるといいんだけど」

「はぁ？」

「タバコよ。むかむかする」

「外交上の頭痛のたねであることの特権だよ」ボズの指が引用符《エア・クォーツ》をつくるまねをして曲げられた。「〝いっしょに暮らしていくこともできないし、エアロックからほうり出すこともできない〟って。覚えてる？　連中はあたしをリサイクラー送りにするために、健康的でしあわせな状態でいさせる必要があるんだよ」

「タバコは健康的じゃないでしょ」とリゼットが指摘する。

「うん、だけど、しあわせな気分になれるからね」

ドアのチャイムが鳴った。三人ははっとした。

ユージーン・チェン・ライ中佐機関長がドアから入ってきた。興味ぶかげに室内を見まわす。ドアの外に立っている船内警備隊《シップセク》士官の張り詰めた態度に不安をおぼえているとしても、機関長は態度にあらわしていなかった。ラヴィ自身はそうはいかなかった。彼はすぐさま立ち上がり、気をつけの姿勢をとった。チェン・ライの冷ややかな視線がリビングをひとめぐりして、彼を打ち抜いた。ラヴィは本能的に身をよじって避けたくなる衝動にあらがった。

「いい部屋だな、候補生《ミディ》」

「イエッサー」

感情を何もあらわさない目がラヴィの顔をじっと見据える。

「何か飲み物でもいかがですか？」とリゼットが勇敢にも声をかけた。「お茶にしますか？　それとも、コーヒー？」

チェン・ライはわずかな表情の変化も示さずに彼女を見つめた。欠陥部品をスキャンするかのように、彼の目がすばやく彼女の全身を一瞥《いちべつ》する。

「緑茶を。甘味料はなしで」

「すぐにお持ちします」リゼットは機関長に注目されることにラヴィと同じくらいまごついていたが、この居室の小さな調理室に駆けこんで、背後でドアを閉めた。陶器のカップがカウンターに置かれるくぐもった音が聞こえてきた。

「あのアンシモフとかいう女性のようすはどうかな？」とチェン・ライが問いかけ、いちばん近いところにあった椅子を占めた。

「問題はなさそうです。彼女にとってはすべてが目新しいことのようですが、〈ハイヴ〉を使うことを覚えて、手を使うのをやめるようになりました、その、すべてのことに」

「向こうにはインプラントが何もないのか？」

「はい。すべてが実際に手で操作するか、完全に自動化されているか、あるいは船自体によって制御されています」

チェン・ライが困惑したような表情を浮かべて首を振った。調理室のドアが開いた。リゼットがお茶のセットを手にしてリビングに戻ってきた。

「どうも」とチェン・ライが礼をいった。おそるおそるひと口試してみて、表情が少しやわらいだ。

「もっとひどいものを飲んだこともある。ありがとう」

「さてと、適切に疲れを回復できたところで」とボズがいった。「なぜここにやってきたのか、理由を聞かせてもらえませんかね？」

ラヴィは身ぶるいをしないようにつとめた。チェン・ライの鋭い目がさらに細くなったが、話しはじめた機関長の声にはいつものしわがれた響き以上のものは感じられなかった。

「なぜわたしがここにやってきたと思う、船員《クルーマン》？　きみたちがめちゃくちゃにしたもののあと始末を大人たちがしなければならないからだ、とだけいっておこう」

ボズはゆっくりと、そしてとびきりの慎重さで狙いを定めて、チェン・ライの顔に向けて煙を吐き出した。

「それで、〝大人たち〟はあたしたちを堆肥にすることで始末をつけるつもりなの？」

チェン・ライはたじろぎもしなかった。煙は彼に触れもしないかのように通り過ぎていった。

「ヴァスコンセロス隊長は、きみたち両名が裁きを受けることを心から待ち望んでいる。

きみたちにとっては運のいいことに、ほかに賛同者がいるとしても、彼は少数派だ」チェン・ライは椅子の上で背筋をぴんと伸ばしてすわっており、お茶のカップは彼の右腿の上に、あたかもそれがテーブルであるかのように、正確な均衡をたもって載せられている。

「マクラウド士官候補生の、その、創造性にあふれた構想のおかげで、録画されたイボリ士官候補生の告白はセンセーションを引き起こした——しかも、ニュースフィードだけでなく、〝士官の領地〟でも大きな話題になっている。もちろん、監察官の前では証拠として採用されない。違法な行為によって録画されたものであるために。だがそのおかげで、こちらにおいでのきみのいとこはテロリストの汚名を脱して、一度ならず二度までもわれわれの命を救ったヒーローとなった。はじめは〈ニュートン〉による殲滅計画から、そして二度目はボン・ヴォイによる破壊工作から。きみたち全員のことを表彰すべきだという声もある」笑みはすみやかに消え去った。「隊長はじつにいらだっている。彼はきみをプライバシー法やほかの多くの違反により訴追することもできない。誰もきみがそうなるのを聞きたくはないからだ。そしてイボリの娘のほうも、訴追はできない。その同じプライバシー法により、彼女の告白は証拠として認められないからだ」

「本物の爆弾犯についてはどうなんですか？」とラヴィは尋ねた。

「ジェイデン・ストラウス＝コーエンのことは、運よく船長よりも先にヴァスコンセロスが拘束した。船長なら彼を宇宙にほうり出していたろうな、きっと。いま、彼は供述をはじめた。多くの者が検挙されることになるだろう。そしてわたしが聞いたところでは、ストラウス＝コーエン家とイボリ家からは家族の鼻つまみ者となる者が大勢出ることになりそうだ」

「ソフィアはどうなるんでしょうか？」

「わたしは知らんし、気にもならん。ヴァスコンセロスは彼女を保護拘置処分にしている。法的な保護がどうあれ、現世代の者はみな、彼女がリサイクルされることを望んでいる」

機関長はぴくりと眉をつり上げてラヴィを見た。「だが、きみの提案を実行に移すことについて、いくつかの意見が交わされている」

「ぼくの提案、ですか？」

「〈減速の日〉がやってくる前に彼女を〈ボーア〉に移すというあれだ。それほどまでにここにはいたくないと彼女が望んでいるのなら、そうさせてやったらどうか？　そう望むのは彼女一人ではないかも知れない」

「ご冗談でしょう？」

「わたしはユーモアのセンスに定評があるわけではないんでね。彼女と同じように感じている者がかなりの数あらわれた。暮らしは船の上のほうがましだと考える者が」

「だけど、その連中は死ぬことになるんだよ」とボズが反論した。「そいつらのマザーボードにはひびが入ってるに違いないね」

チェン・ライが肩をすくめる。

「あまり数が多くなければ、三世代くらいは持続できるかもしれない。リサイクリング技術を向上させて、メンテナンスを維持できるなら、もっと長くであっても。とにかく、彼らはそう信じている。少なくとも、信じたがっている」機関長がいきなり深いため息をついた。「わたし自身も、ときどきそんなふうに感じることがある。恒星からの光を浴びた、土でできた巨大な球体の上を這いまわるよりも、ずっと恐ろしさは少なくて済むのではないかと。われわれは人間なのだからな、つまるところは、虫ではなくて。だが、未来は未来だ。そこから逃げ出したところで意味がない。

そのことをいえば、マクラウド船員、きみの〈アルキメデス〉での待遇は変更になった。きみは船長室付に配属になり、異動は即時有効となる」

「何が即時にだって？」ボズのタバコが指のあいだで狂ったように揺れはじめ、かろうじて落とさずにいるだけだった。

「聞こえたはずだがな。船長室だ。きみのさまざまな、そして最新の非行行為のあとで、船長はきみを見張っておくことを望んでおられる。すぐそばでな」チェン・ライの唇が、おもしろがるかのような何かによってぴくっと引きつれた。「きみは特別プロジェクトのアドバイザーとなる」

「〈アーキー〉の名にかけて、それってどういう意味？」

「船長の望むとおりの意味だ。きみには、うむ、物事をやり遂げる技量があることに船長は気づかれた。違法なことをだな、正確にいうと。だが、そうだとしても見事にやってのけた。これからのわれわれにはそのような力が必要になるだろう。〈減速の日〉は定まった。そしてミッションがついに終わる日《ソル》がやってくる。その次に何が起きるのかは、誰一人としてわずかな手がかりさえつかめていない。下に降りたときに何が待っているのかは誰にもわからない」――彼はリゼットを指さした――「そして、誰も隣人ができることを予想してはいなかった。かじ取りすべきことがたくさんある」機関長はいったん口をつぐみ、自分の指をまるではじめて目にしたかのようにしげしげと見た。ずんぐりして、長年の修理作業のせいであちこちに傷痕が残っている。「船に士官がいる時代は終わったのかもしれないな。われわれは仕事をやり終えたのだ、つまるところ。われわれは当直をつづけてきた。機械をメンテナンスしつづけてきた。船を正しく進めてきた。だが、いまわれわれはここにいる。これからは別のタイプの士官が必要なのかもしれない。規則を少し曲げてでも、予期せぬ事態に対処できる者が。さまざまな物事をなし遂げるために」

「つまり、あたしみたいにってことだね」ボズはそういわずにいられなかった。にんまりした大きな笑みが顔いっぱいに広がっている。

「個人的には、きみのことは今週が終わらぬうちに営倉に入れるべきだと思うが、船長はきみにチャンスを与えようと望んでおられる。そこで問題となるのは、きみにはそれを受け入れる推進力があるだろうか？」

ボズは口を開けて、何か不遜なことをいおうとしかけたが、そのあとで思いなおして口を閉じなおした。にんまりした笑みは、ゆっくりと、樹木園の日没時のように薄れていった。それはまるで、長いあいだ避けてきた責任の重みが、ついに彼女の肩にのしかかってきたかのようだった。

チェン・ライがラヴィのほうを向いた。

「きみについては、候補生《ミディ》、卒業後に将来を話しあうとしよう。それがスケジュールどおりに進むか、さもなくば、〈アーキー〉よお助けあれ、その理由を聞かせてもらうことになるだろう。これまでのさまざまなばかげた騒動のおかげで、きみは学習が遅れている。それゆえ、ウォレン教授がきみのためにどんなファイルを用意していようとも、それを開いて、困難に立ち向かい、しっかりとやり終えるのだ。これはわたしからの命令だ。惑星の軌道に入る頃までに、きみが自身のチームを率いていることを期待しているぞ。はっきりと了解したろうか？」

「はい」

その一方で、チェン・ライの視線がリゼットに留まると、ラヴィの心臓が強く打ちはじめた。速く、しかも不規則に。

彼女のことを心配し、おびえていた。

「アンシモフ船員、きみは〈アルキメデス〉の所属ではない。わたしが聞いたところでは、もしも〈ニュートン〉での裁きが自然な経過をたどったなら、きみは叛逆者として処刑されることになるだろう。その状況について、きみの理解はくい違っていないだろうか？」

リゼットの目は異様に明るかった。

「そうでなければいいと……」

彼女の声ははじめから弱く、完全に尻すぼみになって途切れた。さらに少しためらったすえに、彼女はこくりとうなずいた。彼女のこめかみに細い青筋が浮いて脈打っている。

「サー」とラヴィがいいかけた。

「黙っていろ、マクラウド」

「ですが、サー――」

「〝黙っていろ〟といったのだ、候補生《ミディ》！」

「ノー、サー。黙るつもりはありません。今回のことは、どれもリゼットの助けなしには不可能でした。彼女とそのＬＯＫＩがすべてを危険にさらしてまでわれわれを助けようとしてくれなかったら、われわれはいまごろ全員が死んでいたでしょう。ミッションは失敗していたでしょう。われわれは彼女に借りがあります」

　チェン・ライの片方の眉が弧を描いた。

「では、わたしにどうしろというのかな？　彼女はわたしの指揮系統下にはない」眉がさらに高く弧を描く。「〈ニュートン〉のＬＯＫＩに、アルゴリズムの善良さゆえにこの女性を大目に見てやってくれと頼んでこいというのかね？　〝われわれは彼女に借りがある〟ために。そういうことなのか？」

「ぼくはただ――」

「きみはただ、なんだ？　少しは分別のある大人であればよかったのに？　いまこそは、物事をじっくり考えられる年齢であればよかったのに？」チェン・ライはお茶のカップを手にして飲み、また太腿の上に戻した。カップは揺らぎさえもしない。「あえてこう推測してみようか。〈ボーア〉のハセガワ船長と話して、〈ニュートン〉に収容されることになるクルーとの連絡士官を任命するとき、彼女を推挙できたらよかったのに、というのはどうだ？　その連絡士官はＬＯＫＩによって制御されている船がどのように機能しているのか少しは理解しているほうが助けになろうし、その連絡士官には正しいおこないをした実績があって、われわれが惑星に降り立ったあとも長期にわたってその助けが大いに必要になるかもしれないことを考慮するなら。さらには、リスク回避型のＡＩのもとに送りこまれた七千名ものサイボーグ・ハッカーを相手に、〈ニュートン〉のクルーが望むことのできる最善の防御策は、外科手術によってスカルキャップをインプラントすることではなく、彼ら自身の船に身を捧げているＬＯＫＩを所有していて、サイバー・ハッキングのなんたるかを理解しているのみならず、そのハッキング行為が成功したなら自分の家族までもが苦しむことになると理解している連絡士官であると説得できたらよかったのに、と。これこそがきみの願っていたことかな、マクラウド士官候補生？　〈アーキー〉が与えたもうたその脳で、きみがまともに考えてみたとすればだが」

「イ……イエッサー！　まさしくそのとおりです」

「わたしもそう思ったよ」チェン・ライはポケットに手を入れて、リゼットに小さな箱をほうってよこした。彼女は箱を開け、なかに入っていた銀色にきらめく小片をまじまじと見つめた。つねに好奇心旺盛なボズが、彼女の肩ごしにのぞきこんで、大笑いしはじめた。

「これはなんなの？」とリゼットが尋ねる。

「中尉の襟章だよ」とボズがいった。「それはつまり、わが士官候補生のいとこ殿はあんたから命令を受ける立場になるっていう意味だね。なにしろ、彼と違ってあんたは正式な士官になったんだから！」そうできるものなら彼女はさらにしゃべりつづけたろうが、げらげらと笑い崩れた。ラヴィはただ黙ってこのようすを見守り、ばかげたたぐいのにんまりした笑みが自分の顔に広がっていることを意識していた。

「きみが望めば、それはきみのものだ」とチェン・ライがしわがれ声でいった。「船団の指揮系統下に入れば、〈ニュートン〉の管轄からはずれる」

リゼットの顔に涙が筋を曳いて流れ落ちていった。彼女は何もしゃべることができず、ただこくりとうなずいた。

「それなら、アンシモフ中尉、きみは船内を自由に歩きまわってよい。二十四時間以内に〈ボーア〉から指示があるものと予期しておくように」

ラヴィは気づいたときにはリゼットに腕をまわして抱きしめる。襟章の入った箱が床に落ちてすべっていった。

「よかったね」と彼はリゼットの耳もとでささやいた。「本当に！」

リゼットは彼の胸に顔をうずめて泣きじゃくった。この数週間の、おそらくはこれまでの人生で積み重なってきた恐怖が、あえぐ息ひとつごとに押し流されていった。ラヴィは彼女をしっかりとやさしく抱きしめ、染めた髪のやわらかな香りと、二人が共有してきた人工頭脳の記憶による結びつきに包まれていた。

チェン・ライはお茶を飲み終えると立ち上がり、きびきびとした足どりでドアのほうに向かった。彼が近づくと道をあけた船内警備隊《シップセク》士官たちは、警護特務部隊というよりは儀仗兵のように見えた。中佐機関長は背後を振り返りもせずにドアをくぐったものの、彼のしわがれた声がこの部屋に響いた。

「マクラウド士官候補生、きみとのらくら者のいとこの二名は、一時間以内に残りの問題を片づけて、任務に着くように。きみたちが役割を果たすときがきた。

物を壊さぬように」

謝辞

いかなる本も著者ひとりの手で書かれるものではない。家族、友人、書籍づくりのプロフェッショナルの手助けなしには、いかなる小説も日の目を見ることはないだろうし、本書もその例外ではない。まずはこの企《くわだ》てのすべてを始動させてくれた、わが妹アミナに心からの感謝を。そしてバーバラ、アレックス、アリマ、ナディア、エリオット、ヘンリー、ハリエット、アンガス、コーリーには、よきユーモアをまじえた支援に感謝します。いまは亡きクリス・ジョンソン（みんながあなたのことをとてもさみしく思っているよ！）、シェリー・ゲッパート、トム・パークスには、親切にもわたしが書いたものを読んでくれ、そして本当のところはどう思ったのか率直に教えてくれたことに。そしてリゼット・オチョアには、彼女の美しい響きの名前を借用させてもらったことに。わがエージェント、称賛すべきブレイディ・マクレナルズには、いかなるときも本書の守護者となって、（かけがえのないさまざまな行為のなかでも）会話《ダイアログ・タグ》の部分にプラズマ・トーチをあてて修復してくれたことに。ジャバウォッキー・リテラリーの皆さん、とりわけスーザン・バラスケスとジェイムズ・ファーナーには、出版業界の奇妙な世界によろめきながら分け入っていくわたしの手をしっかり握って支えてくれたことに。ＤＡＷブックスの皆さん、とりわけわが編集者の、畏《い》敬《けい》すべきリア・スパンには、わたしの力をわたし自身よりもはるかに高く評価して、それにかなったものになるように鼓舞してくれたことに。わが原稿校正者のリチャード・シーリー、すなわち容赦ないＣＭＯＳセンサーの加え手には、ほかの誰もが見のがしていた点に気づいてくれたことに。ケカイ・コタキには、すばらしい表紙絵を寄せてくれたことに。アダム・アウアバックには、ケカイ・コタキと結びつけてくれたことに。

大西洋の向こう側についていえば、イギリスのジョー・フレッチャー・パブリッシングのジョーとチームの皆さんには、本書を取り扱ってくれたことを大変ありがたく思っています。そしてイギリスにおけるエージェントのスティーヴィー・フィネガンには、その実現に手を貸してくれたことに。そして末尾とはいえ謝意が劣るということはまったくなく、アレクシス・サトラーには、いち早く、しかも強烈にわたしを信じてくれたことに……それともちろん、本書のタイトルについても感謝しています。

解説

英米SF紹介者
鳴庭真人

世代宇宙船というアイデアと現代SFの関係は古く、また長い。

一九二〇年代後半、ツィオルコフスキーやJ・D・バナールといった工学者・幻視者たちが恒星間の長大な距離を何世代もかけて航海する宇宙船の構想を発表すると、早くも一九三〇年代前半にはそれに応えるようにマレイ・ラインスターやローレンス・マニング、アラドラ・セプターマといった黎明期のSF作家がこのアイデアを扱ったSF短篇を発表している。以来、ハインライン『宇宙の孤児』（一九六三）のようなこの分野の代表作をはじめ、世代宇宙船はSFにおけるサブジャンルとして今日に至るまで脈々と書き続けられている。その人気の根源がどこにあるのかといえば、一つの社会を丸ごと宇宙に持っていくという気宇壮大さにある。そうした社会をいかにして成立させるか、年月の経過や世代交代はどのような影響を及ぼすのか、興味の方向性によって工学的にも社会学的にも掘り下げられる。ＳＦ作家にとっては料理しがいのある題材だろう。近年の作品ではキム・スタンリー・ロビンスンの *Aurora*（二〇一五）やリヴァーズ・ソロモンの *The Unkindness of Ghosts*（二〇一七）がそれぞれの方向性を代表している。

しかし誕生から一世紀近くも続くこのジャンル、今さら新味を感じさせる余地はあるのだろうか？　もちろんあるのである……というところで前置きがだいぶ長くなってしまったが、本書『ブレーキング・デイ——減速の日——』の話をしていこう。

人工知能に統制された地球を嫌い、人々が世代宇宙船団でくじら座タウ星に旅立ってはや百三十二年。船内では船の中枢に携わるエリートの士官とそれ以外の船員が階級として固定化していた。船員階級の出でありながら努力して士官候補生となった青年ラヴィは、ある日ひとりで作業している時に謎の少女の幻影に遭遇する。やがて少女の幻影はたびたびラヴィの夢に現れるようになり、ラヴィはいとこで違法ハッカーのボズに相談して少女の正体を突き止めようとする。一方、船内は旅路の終わりを意味する〈減速の日〉に向けて大わらわだったが、本来あるはずのない放射線量、必要以上に高性能なアンテナの設置、突然の通路封鎖といったちょっとした違和感からラヴィはどこか不穏な気配を感じ取っていた。少女の幻影と不穏な気配、まったく関係のないはずだった二つの出来事はやがて大きく弧を描いて交わり、ラヴィと船団の運命を大きく変えていく。

本書最大の特色はサイバー要素の全面的な導入だろう。ラヴィはじめ登場人物たちの多くは幼い時から脳内インプラントを埋め込まれて、〈ハイヴ〉と呼ばれる船内ネットワークにアクセスし、電子的な操作を直感的に行うことができる。なるほど現代の延長線上にある未来を描くなら、たとえ宇宙船内でもインターネットに相当する存在がないのは不自然である。先にこのジャンルに新味を加えることは可能かという問いを投げかけたが、社会を丸ごと宇宙船上に再現するという設定上、わたしたちの社会の変化に伴って物語もまたアップデートされていくのだ。しかも本書に関していえば現代的なＳＦガジェットの導入というだけに留まらず、この物語の根幹をなすアイデアとも密接に関わっている。

また、ネオ封建主義化した船内社会や巨大な船内空間を移動する際の描写、貴重な物資である水が貨幣代わりになっているなど、このジャンルではおなじみの設定も細かく作り込まれて物語に彩りを添えている。特に面白いのが船内の言語の変容だ。例えば、ラヴィたちの乗っている宇宙船〈アルキメデス〉では、「神に誓って」というような慣用句が何世代も経つうちに「〈アーキー〉の鉤爪にかけて」という船を神格化した言い回しに変化している（野暮を承知で書いておくと「鉤爪」とはアルキメデスが考案・発明した兵器のこと）。さらに物語後半でラヴィが別の船に移動すると、今度はまた違ったその船独自の言い回しが登場する。小説の隅々まで血を通わせようとする作者の腐心が感じられるようだ。

そしてこうした諸要素をまとめ上げているのが、新人離れしたストーリーテリングの技巧だ。後述するように作者の関心はＳＦだけでなくミステリにもあるようだが、本書でもその才を遺憾なく発揮し、数々の謎を序盤からちりばめて読者を物語世界へ引き込み、後半では鮮やかに真実を紐解いていく。そのリーダビリティの高さは、主人公たちが若者ということも相まってハインラインのジュヴナイル作品を彷彿させる。

ところで作中の階級社会的な描写やラヴィンダーという主人公のインド風の命名を読んでいると、そこになにがしかのメッセージを見出したくなる誘惑に駆られるが、インタビューなどを読む限りでは作者はあくまでエンターテインメントを志向しており、現代と遠未来の社会を直に結びつけるような解釈は好まないようだ。しかし同時に作者はＳＦの意義を「いま・ここから解き放たれて異なる視点を得ること」と説いているので、読者ひとりひとりが読み終えた時に感じたものを素直に受け止めればいいだろう。

作者のアダム・オイェバンジはナイジェリア人の父親と英国人の母親のもと、スコットランドのコートブリッジで生まれた。バーミンガム大学で法学の学士号を、ハーバード・ロー・スクールで法務博士を取得し、イギリスとアメリカで法廷弁護士として長年働いたのち、現在は大手金融機関でマネーロンダリングなどテロ資金供与対策の専門家を務めている。それこそ小説に出てくるような日常離れした仕事に聞こえるが、作者によればパソコンでエクセルシートとにらめっこしメールをやり取りする、ごく普通のオフィスワークなのだそうだ。学生時代からSF小説を書きたいという夢を持ち、実際にSF短篇を雑誌に売ったことで小説家を志したこともあったが、結局は法曹の道を選んだ。二〇一二年に妹から勧められたことをきっかけに執筆活動を再開し、十年近い紆余曲折を経て出版に至ったのが本書となる。世代宇宙船という題材を選んだのは、若いころに読んだ『宇宙の孤児』やハリイ・ハリスン『囚われの世界』の影響だという。

　さて本書の上梓後、作者が次に手がけたのは何とミステリ小説である。本書と同じく二〇二二年に刊行された*A Quiet Teacher*は元スパイの教師が容疑者にされた親友を救うため素人探偵として事件解決に乗り出すという話で、ミステリとスパイスリラーの合わせ技という作者のマルチジャンル性がここでも発揮されている。現状、SFは学生時代の習作を除けば本書と短篇一作のみで、まだ次回作なども公表されていないが、第一作からこれだけのものを書き上げた作者のこと、次はさらに瞠目すべき作品を世に問うことだろう。その日を気長に待ちたい。

訳者略歴　1969年生，1992年明治大学商学部商学科卒，英米文学翻訳家　訳書『量子魔術師』クンスケン，『暗黒の艦隊』ダルゼル，『ミストボーン―霧の落とし子―』サンダースン（以上早川書房刊）他多数

HM=Hayakawa Mystery
SF=Science Fiction
JA=Japanese Author
NV=Novel
NF=Nonfiction
FT=Fantasy

ブレーキング・デイ

―減速の日―

〔下〕

〈SF2412〉

二〇二三年六月 十 日　印刷
二〇二三年六月十五日　発行

（定価はカバーに表示してあります）

著　者　アダム・オイェバンジ
訳　者　金《かね》子《こ》司《つかさ》
発行者　早川　浩
発行所　株式会社　早川書房
郵便番号　一〇一 - 〇〇四六
東京都千代田区神田多町二ノ二
電話　〇三 - 三二五二 - 三一一一
振替　〇〇一六〇 - 三 - 四七七九九
https://www.hayakawa-online.co.jp

乱丁・落丁本は小社制作部宛お送り下さい。
送料小社負担にてお取りかえいたします。

印刷・三松堂株式会社　製本・株式会社フォーネット社
Printed and bound in Japan
ISBN978-4-15-012412-0 C0197

本書は活字が大きく読みやすい〈トールサイズ〉です。